U0026558

愛奇藝原創劇集《逆局》原著小說
犯罪懸疑名家 千羽之城 著
逆局
上
DANGER
ZONE

目錄

【上冊】

【下冊】

臺灣繁體版獨家作者序

得知要為這次出版寫一篇序的時候，我才翻開了許久沒打開過的《逆局》（原名《追凶者》）的初版文檔。我習慣在寫下書名的同時記錄故事的創作時間，當時這個故事的名字還叫《命案現場》，檔案下面的時間是二〇一六年五月。

這是我第一次寫刑偵懸疑題材的故事。

最初的最初，是因為想寫梁炎東這麼一個人。

他不是這本書的第一主角，但他卻是我想寫這個故事的初衷。

有什麼一個人，身穿囚服，背影卻孤拔，他在黑暗裡踽踽獨行，身上有太多的故事，背負了太多的秘密，可是他選擇獨自承擔，不願告訴任何人，因為「不相信」，也因為「怕連累」。

我想去挖掘他身上的故事，想替他講述種種的口不能言，漸漸地，任非的形象也就在我的腦海裡建立起來了。

不矯情、耐折騰、說話直、滿身熱血又猴脾氣的任非，相對於為人冷淡、寡言少語又城府極深的梁炎東而言，幾乎是一個情緒的爆發點和宣洩口，而他們之間的羈絆，從任非小時候家庭的變故開始，直至他在監獄裡用一個連環殺人案敲醒了裝睡的梁炎東，其實更像一個前後輩之間精神與使命的延續和傳承。

而我在這個故事裡，陪著任非一起在不斷撕裂的情感中成長，陪著梁炎東尋找被鮮血掩埋多年的真相，陪著書中的人物一起經歷親情、愛情、友情全都被圈在這個巨大漩渦裡痛苦和絕望，直到真相大白、塵埃落定的那一天，天光乍現，雨過天晴。

那是格外炎熱的二〇一七年八月，於某天凌晨，我寫下故事的最後一筆，而在「東林」的世界裡，他們迎來了一場埋葬一切的風雪，和一個生活都可以重新開始的新年。

故事完結了這麼久，我想念善良熱血的任警官，也想念算無遺策的梁教授，感謝這次出版，讓我回憶起與他們並肩而行的日子，也感謝打開了這本書的你，感謝相遇，這個故事，希望你也能喜歡。

千羽之城

二〇二一年八月四日

千羽之城

1 懸案

雨從下午開始，一直沒停。

老舊社區街道的一整排路燈在暴雨中全部陣亡，由於傍晚時暴雷劈壞了電路，又沒人前來維修，致使附近十幾棟大樓毫無一點光亮。濃墨般化不開的黑夜裡，萬籟俱寂的城市，驟雨敲在窗玻璃上的聲音宛如粒粒黃豆砸下，成為惡劣天候裡的唯一伴奏。

臨街那棟大樓的二號公寓五〇二室，裝潢老舊的小套房中，已經熬了超過四十個小時未闔眼的任非即使入睡了，腦子裡繃緊的某根神經仍未放鬆警惕——他再度陷入那無比簡單又恐怖至極的夢境，模糊的影子在眼前倒下，殷紅的鮮血迅速全面覆蓋視線。膠著在記憶中的畫面無論如何都揮之不去，睡夢中，任非放在胸前的手顫抖不休。

夢裡的這個人死了，死於凶殺，他知道。那麼……這就意味著，現實中同樣也有人死了……

某種潛意識裡已根深柢固的認知如鋼針般刺穿混沌，年輕男人驟然驚醒，猛地坐起來，凌亂的呼吸跟雨打窗櫺的聲音混在一起，讓人內心驚懼恐慌。

就在這時，白亮閃電劃過天際，驚雷乍響，喘著大氣的任非呼吸一滯。下一秒，放在枕邊的手機瘋狂震動起來，他不由自主打了個哆嗦，幾乎是下意識地抓過電話、接通，聲音緊繃得似乎下一秒就要斷開，「喂?!」

「別睡了，快點過來！去他的，富陽橋下又發現一袋屍塊！」

任非幾乎是手腳並用、連滾帶爬跑下樓，慌忙之中甚至忘了手機內建的手電筒功能可照明。他上車、發動，本田CRV猛躥出去了十幾公尺才想起自己沒開雨刷。

他滿腦子都是譚隊咆哮的那句「又發現一袋屍塊」，以及驚醒前那個揮之不去的夢，豆大的雨點成串拍擊在擋風玻璃上，交織成一張無法掙脫的巨網，將任非連同他的車層層包裹住，在黑暗中引著他走向更深的深淵。

在這種視線極度不佳的惡劣路況中，這位剛從警校畢業不久的年輕人，不要命地將車速飆到了九十。快到富陽橋時，遠遠就見雨幕裡連成一大片的紅藍燈光不斷閃爍，將陰鬱壓抑的氣息蠻橫地揉進人心裡去。

任非連傘都沒撐，停了車就往河堤狂奔。因為是暴雨天，又在河堤下，本來就沒什麼人，因此現場沒拉警戒線。他們隊裡的幾個同事已經在那裡，顯然比剛入職的新人沉穩鎮定得多，除了一個三十六、七歲，身材高大精悍的男人，其他人都穿著雨衣。沒跑幾步就被淋成落湯雞的任非，踉蹌地站在男人面前，緊縮的嗓音微微發顫，「譚隊……」

十五分鐘前在電話裡咆哮的男人已經完全冷靜下來，他沒說話，眉眼深沉，只看著地上，對任非抬抬下巴。那是個裝垃圾的大型黑色塑膠袋，五、六個袋子套在一起，裡面都裝著幾乎快被剁碎的屍塊。從某些特徵明顯的組織上可以看出的確是人類屍體，但是屍塊已被水浸泡過久、開始腐爛，塑膠袋也有破損，即使駭人的血色早被河水沖淡，露出的慘白看上去卻越發驚悚。

任非喉嚨發乾，眉心幾乎擰成一團，目光與蹲在屍袋旁邊的胡雪莉對上。他張嘴欲言，大隊長譚輝卻已面無表情地先一步開口：「我們接獲報案趕到時，現場已經被破壞成這樣。」

「……誰報的案？」

同隊裡又矮又瘦的石昊文，啞著嗓子指指大約三公尺外跟老刑警喬巍一起站著、雙手環抱肩膀正瑟瑟發抖的女人，「就是那個女人，她說自己原本打算跳河尋死，卻發現這個黑色塑膠袋，打開來看見裡面是屍塊才報警。」石昊文語氣裡帶著明顯的懷疑。任非這才仔細打量起那個女人。女人纖細高䠷，披著比身材大了不止一號的譚輝的雨衣，遮在雨衣帽子下的劉海到現在還滴著水。

任非緊緊盯著那女子，那女子也用惶然怯弱的目光回看他。半晌，他幾步走過去，溼透的衣服將他的身形包裹得更加瘦削凌厲，當他在女子面前站定時，那副氣勢簡直像一枝被拉了滿弓、蓄勢待發的利箭。

「妳為什麼要自殺？」

「……不想活了。」女人猶豫地囁嚅著。

「一個不想活了的人，還會對河邊的垃圾袋感興趣？這種鬼天氣，妳從河堤上走下來，打算到河裡去自殺，路過這裡的時候忽然對這個黑色袋子充滿了好奇，於是冒著雨、壓著輕生的打算，打開袋子一探究竟——」任非冷笑著勾起嘴角，「妳說這種話，自己相信嗎？」

雙方的距離太近，女人目光閃爍，嘴唇輕輕顫動著，似是已經嚇傻，說不出話來了。

喬巍站在女孩身後半步的位置，隱隱擋住了她的退路。顯然在場者對女人的說詞都有懷疑，決心輕生的人本該是萬念俱灰，別說河堤上一個大型黑色垃圾袋，就算是一疊紙鈔也未必會多看一眼。

「譚隊。」一男一女兩個聲音同時響起。任非住了嘴，跟其他人一樣看向跟他一起叫人的胡雪莉。

這時，始終蹲在屍袋旁的胡雪莉收了工具、摘了手套站起身。她是隊裡的法醫，從事這一行六年了，個性不苟言笑，「與前兩起案件一樣，這具屍體是被利器肢解，肢解切口看見的痕跡並不完整，可以初步判定凶手為女性、青少年或力量較小者。從部分指關節可以初步判斷死者同樣是女性，年齡不超過三十歲。能找到的手指皮膚表皮情況已有一定程度的脫落，初步可以斷定屍塊浸水的時間至少已經有四天。除此之外，目前無法對其他資訊做出判定，至於是不是與前兩具遭分屍的死者有同樣的特徵，必須等我回去做了驗屍，才能得到進一步結論。」

譚輝點了點頭，讓人協助胡雪莉把泡白、發脹的屍塊連同分不出是哪裡的碎肉，做了簡單封存後再帶回車上，然後走到報警的女子跟前。他連續幾天幾乎沒怎麼休息，粗嗄的聲音聽上去如同在砂紙上磨礪過一般，「小姐，麻煩妳也跟我們走一趟，回局裡做個筆錄。」

始終沉默的女人聞言一頓，之後搖搖頭，聲音抖得如篩糠一樣，顫巍巍卻很堅決地回應：「……我不去。」

「妳放心，我們不會——」譚輝深吸一口氣，他本來就不是有耐心的人，這時努力盡量輕聲細語地說話，只是話剛起了頭，就聽見旁邊的任非像著了魔似反覆嘀咕著什麼。

他不禁停住，側耳細聽，才聽出來任非說的是「不對」。那聲音驚疑之中充滿壓抑的恐懼，如鋼針般挑在譚輝的神經上，「……什麼不對？」

「狐狸姊說……屍體，至少被水泡了四天。」

譚輝的聲音緊了一下，「你有什麼發現？」

「沒有。」任非整個人看似處於一種愣怔的、彷彿被抽空了的狀態，他使勁嚥了口口水，脫口而出的話在一陣急過一陣的雨聲中顯得飄忽而不真實，「但在你打電話給我之前，我總覺得又有人死了，是剛死的……但是死的人跟這個被分屍的死者沒有關係，他是剛被殺的！」

譚輝的臉色一下子變了，「……你說什麼？」

「譚隊！」所有人循聲看過去，紛亂的腳步聲伴隨著胡雪莉去而復返。河堤旁昏黃的路燈下，她眉頭緊鎖，滿臉古怪，手裡無意識地死命抓著尚未掛斷的手機，往日鎮定淡漠的聲音充滿異樣的滯澀，「……前兩起分屍的DNA檢測結果出來了，可以確定兩名死者確實是日前失蹤的東大學生陳芸和外地就業人員顧春華，但包裹顧春華肢體的屍袋外面，那滴血跡不是凶手的。」

她頓了頓，在眾人驚疑不定的目光注視下，似乎竭力遏制住急促的喘息，雙頰因此僵硬了起來，下一秒，她終於垮下肩膀，「DNA比對結果證明，那滴血……是第一個被害人陳芸的。」

✦

案子完全陷入了僵局。

風雨呼嘯的後半夜，東林警察局昌榕分局刑偵大隊辦公室裡，亮如白晝。

胡雪莉一回來就進了法醫室，從富陽橋下帶回的自殺未遂女子不符合拘留條件，因此做完筆錄也放行了。會議室裡的投影機沒開，石昊文站在移動式白板前，把剛列印出來的照片一一貼在上面。

石昊文深吸口氣，指著白板最上面那個青春洋溢的女孩照片，開始做案情梳理，「目前可以確定，我們發現的第一名被分屍死者就是這個陳芸，女性，十九歲，家住外地，東林大學藝術學院廣播電視編導系大二學生。這個月五號，派出所接到她的失蹤報案。十八號那天剛下完雨，一位居民在社區遛狗時，發現從樹叢裡滲出到地面的血跡，隨即發現裝了屍塊的屍袋，當即報案。當時也是因為下雨的關係，棄屍現場已遭到破壞，導致無法從屍袋上採集有效指紋，現場也沒有發現任何具有其他勘驗價值的證物。」他說著，用手指點了點陳芸生前照片下方貼著、另一張大型黑色垃圾袋裝分屍塊照片，「透過DNA比對，目前已經可以確定第一個被分屍的死者，就是失蹤了十三天的陳芸。

「同樣的，透過DNA比對也可以確定，第二名遭到分屍的死者就是第二張照片上的顧春華，女性，五十歲，附近農村來城裡就業的工地廚師。十一號接到她的失蹤報案，二十號那天迎賓路上在維修地下管道，管道工人打開一個八〇年代遺留下來的老井孔蓋時，發現了被藏匿其中的屍袋。但是屍袋上沒有指紋，只有一滴已乾涸的血跡，從檢驗報告來看，該血跡來自第一名死者陳芸。由於老井附近每天都有人經過，棄屍現場同樣遭到嚴重破壞，因此也無法得到其他有價值的證據。

「從目前了解和掌握的情況看來，兩名死者之間沒有任何關聯，社交關係都比較單純，皆無不良嗜好，也未與人結怨，但驗屍結果卻存在很多相似的疑點：陳芸和顧春華的屍體內，都被檢測出高劑量麻醉成分，屍體都是被利器肢解。雖然法醫嘗試過把屍塊拼接在一起，但因為凶手砍得太碎，因此只能拼湊出這部分。」石昊文又指向被拼出的殘缺屍體的照片，「另外，從屍塊重量來看，我們目前找到的這些並不是完整屍體，推測凶手已棄置一部分難以完全滅跡的肢體；而另一部分，很可能已經……被銷毀了。最重要也最奇異的是，在陳芸和顧春華的屍塊裡，同樣在ＸＸ染色體中檢測出了少量ＸＹ染色體。」

男性的染色體是ＸＹ，女性的染色體是ＸＸ。那同時擁有ＸＸ和ＸＹ兩種染色體意味著什麼？

這就說明……死者身上同時具有男性和女性的特徵。順著這種邏輯往下思考，說死者是變性人也不夠準確，更準確地說，兩名死者都是雌雄同體的陰陽人。然而事實偏偏不是如此，這兩名死者經家人證實的確是女性無疑。那為什麼她們的染色體會有嵌合體的特徵？

其實移動式白板上的那些資料，在場眾人早已熟記到閉著眼睛不看也能回想起每一個細節，但唯獨這一點，眾人想破了腦袋也百思不得其解。

石昊文說到這裡也沉默下來，所有人幾乎不約而同地被帶到這個疑問裡反覆思索。任非手裡捏著筆，看著筆記本上那些只有他自己才能懂的圈圈畫畫，忽然抬頭打破沉默，「你們說，有沒有可能是死者懷孕了，而且懷的還都是男孩？」

任非的語氣中含有認定某種猜想後無法克制的興奮，卻讓坐在旁邊的喬巍笑了起來，他倒是沒有惡意，只不過語氣裡的調侃任誰都聽得出來，「腦補得有點過頭了吧，小任。那個年紀輕輕的陳芸也就算了，顧春華都五十歲了，這個年紀懷孕的機率有多低，你知道嗎？何況顧春華的丈夫也已經死了四年。懷孕？虧你想得出來，聽上去就跟你那很玄的第六感一樣不可靠。」

要是在平時，以任非這種初生牛犢的脾氣馬上就會嗆回去，但是此刻他張了張嘴，完全被喬巍說的這句話吸引了。他隱隱覺得這句話裡彷彿有什麼關鍵的東西，但還沒等他抓住，那一點模糊的想法已經在腦海裡煙消雲散。

「老喬。」譚輝錯把任非的沉默當成被刺傷，他瞪了喬巍一眼，把菸頭狠狠撚滅在菸灰缸裡，卻也沒有接著任非的猜測說下去，「今天發現屍袋的地點是富陽橋北岸，東林河上游是城裡的水庫，全市飲用水都從那裡供應，不可能出現這麼一個可疑袋子一直漂在河上卻沒人發現。因此可以推測實際棄屍地點很可能是在東林河下游北支流河段某處。但按照雪莉的初步判斷，屍塊已經被水浸泡四天以上，而北支流河道相對較短，絕對不可能讓那個屍袋漂了至少四天才上岸。那麼很有可能……屍袋原本就被浸在水裡，而它被今天這場暴雨沖上岸，只是個意外。」

譚輝說著，起身拿過紅色簽字筆，在桌上鋪開的地圖上圈了幾筆，再對任非說：「任非，你和石頭天亮去這一帶找人了解一下情況，看看有沒有什麼池塘、水潭之類的，是從東林河北支流引水過去或是與之相通。」

他從地圖上抬起頭來看看任非，深邃鋒利的眉眼一瞬間看起來有種說不出的嚴厲，「小子，我跟你說，別再亂來了啊！再火爆衝動的性子做了這行也要收斂一些。膽大心細是好事，但像上次那樣無組織無紀律的混帳事情，你要是敢再做一次，看我回來怎麼修理你！」

被點名的任非想起上個月鬧的那件事，臉上一紅，老老實實點了點頭，「知道了。」

石昊文倒是跟任非關係還不錯，雖然他也對這個初出茅廬的小子很頭痛，偏偏又覺得這種直來直往的脾氣很有趣。他等了一會，咳嗽了一聲，就把話題岔開，「隊長，那我繼續了啊。」

譚輝「嗯」了一聲，石昊文接著說：「然後就是本月十七號失蹤的謝慧慧，女性，二十六歲，本地人，東林音樂廣播電臺歌曲推薦單元《『慧』陪你聽》節目主持人。我們三個小時前發現的第三個分屍袋，現場的情況大家都知道了，剛才譚隊已經分析過棄屍地點，現在需要等胡姊那邊的驗屍結果出來，才能知道失蹤者與死者的身分是不是能對得上。」

「不用等了。」虛掩的門被人推開，石昊文話音未落，胡雪莉便拿著驗屍化驗單走了進來。她把單子遞給譚輝，目光落在白板最上面第三張照片那個明豔女子的臉上，「結果已經出來了，可以確定死者就是失蹤的謝慧慧。屍塊中殘留大量麻醉劑，被肢解的痕跡與前兩名死者相同，除此之外……死者身上同樣有XX和XY兩種染色體。

「所以，」她邊說邊走到移動式白板前，微微仰著頭看三名年齡、長相截然不同的死者生前照，和照片下方已經看不出任何差別、怵目驚心又令人作嘔的屍塊，深吸口氣說：「基本上可以斷定，這三起分屍案，是同一人所為。」

✦

東林市一個月來有三起殺人分屍案，凶手殺人、分屍、棄屍手段極其殘忍，而且在藏匿分屍的地點完全沒有留下任何有價值的線索。

由於擔心引起恐慌，市局不敢聲張，譚輝頂著難以想像的壓力帶領隊友們連日奔波，案情依然沒有絲毫進展。

不僅沒有進展，這件被他們瞞著、壓著的連環殺人案，最後竟然還是見了報。

當石昊文一手提著一群人的豆漿、油條，一手抓著捏皺了的幾份報紙衝到會議室時，裡面幾個人都以各種稀奇古怪的姿勢趴在桌上、靠著椅子，各自昏迷著。他那天生帶著啞音的大嗓門「啊」的一喊，讓任非嚇得差點從椅子上掉下來，「媽的見鬼了，兄弟們，你們快來看看這個！」

趴在桌上的譚輝一下子跳起來，他已經幾天沒睡過一個完整的覺，根本沒時間打理自己，現在下巴上全是青色鬍碴，滿臉疲憊，但是那雙布滿血絲的眼睛卻在一瞬間爆發出咄咄逼人的凶悍，「又怎麼了？」

石昊文把幾份報紙拍在桌上，因為回程時跑得太急，一時間喘得上氣不接下氣，「案子，被……被爆出去見報了！」

這下所有人都清醒了。離石昊文最近的幾個人迅速把報紙一分，幾份報紙大同小異，都不用細讀，只掃了一眼，在場的幾個人臉色全變。

「真是見鬼了。」喬巍下意識地摸了摸留著小平頭的大腦袋，「這件事我們掩蓋得夠緊了啊，消息是怎麼走漏的？還寫得有板有眼的，什麼『推測目前至少已有三人遇害』，連昨晚我們剛發現的事都知道。」

「我看了一下，其他報紙都是轉載《東林晨報》，晨報的發稿記者叫季思琪。」不愛說話，一直沒什麼存在感的馬岩，把剛才向同事們要來的報紙放回桌上，起身從袋子裡拿了杯豆漿、插上吸管。

跟馬岩一起在下半夜趕來分局的李曉野一直看他不順眼，這時盯著他慢條斯理地喝了口豆漿後，體型壯碩的胖子眼睛一瞇，開口嗆他：「都這個時候了，你還有心情吃喝？」

馬岩看了李曉野一眼，「你沒心情吃喝，那你找點更有價值的線索出來。」

「你們兩個差不多夠了，從畢業一起分過來到現在拌嘴拌了四年半，任非這個小鮮肉都來了，你們兩個老臘肉還沒吵夠。」石昊文隨口勸了一句。

譚輝把《東林晨報》抽過去看著那個撰稿的署名。李曉野跑到譚輝旁邊跟他一起端詳上面的「季思琪」三個字，偏偏那張賤嘴一刻也不停歇，「嘿，我們兩個大學還吵了四年呢，算一算七年之癢都過去了，這輩子大概也就這麼過了。」

馬岩狠狠瞪他，把喝完的豆漿隨手投進牆角的垃圾桶，罵了一句：「你滾。」

他沒趕上昨天半夜富陽橋下發現屍袋的第二現場，盯著那個名字看了半天，也沒看出個所以然。倒是譚輝等他們兩人都停了，才慢慢從報紙中抬頭，「你們覺不覺得，『季思琪』這個名字很眼熟？」

「是昨天在橋下發現屍袋的那個女人。」始終沒說話的任非此刻臉色非常難看，「昨天做筆錄的時候，她就說了她是晨報的見習記者，我明明警告過她不能亂寫的……我去找她！」任非說著猛地從椅子上站起來，氣勢洶洶地一推門，差點把門板撞在外面站著的老人臉上。

任非不知道他們分局長已經在外面站了多久，只知道要不是老人反應迅速，躲得夠快，被他推開的門板也許就要撞塌老人家的鼻梁骨，頓時一陣心虛，「楊局……來了怎麼也不出聲？」

「出了聲之後，還能看見你像小毛頭似的往外跑嗎？」楊盛韜瞪了任非一眼，恨鐵不成鋼的數落中卻沒有責備。老人家是昌榕分局的分局長，已到快退休的年紀，依然面色紅潤、聲如洪鐘，「你們這些小輩應該比我明白，現在都是網路資訊時代了，一家消息百家轉——尤其是負面的！你們以為，我為什麼在這裡？我在手機新聞通知裡都看見這個消息了，頭條！你現在去找她有什麼用？消息已經傳出去了，你去堵這一個，難道就能堵住悠悠眾口了？堵不如疏。輝，你找人以分局的名義寫個公告，把案情簡單地跟大眾說一下，省得到時候以訛傳訛，說得越來越歪。」

「這就安排。」譚輝點頭，但又有點猶豫，「可是市局那邊……」

事情到了這個地步就是鬧大了，消息一上網，別說小小的東林市，恐怕全國人民都或多或少知道發生了這件事。對內，上級要問責，對外，群眾會猜測，上上下下不知道有多少麻煩事等著處理，可是現在他們隊裡頂著的壓力已經非常大，楊盛韜不願意他們再在這些事情上分心，所以他搖搖手，示意譚輝不必擔心，「市局那邊我會去解釋，你們不必擔心這個。當務之急，先把案子給我破了。」

楊盛韜說著，忽然又想起什麼，「對了，再找人去仔細調查一下發稿的這個女記者，雖然她不符合拘留條件，但我總覺得她有點問題。一個要自殺的女人，忽然對河邊一個不起眼的黑色塑膠袋感興趣，發現分屍之後還有條不紊地報了警，經歷這麼一個晚上後，回去竟然還有心思寫稿發稿……這樣的心理素質也太過強大了。」

所有人都想快點破這個案子，但是已知的線索幾乎為零，再著急也得耐著性子尋訪查問，力求不漏掉任何一個有用的資訊。

外面的雨還是沒停，幾個人草草吃了早餐後，便分頭行動。

考慮到三名死者都是先由家屬報案失蹤，因此譚輝安排老喬打一輪電話，問問市裡其他分局最近有沒有接到其他失蹤報案，又讓隊裡一名負責各項文書的女孩寫公告，另外再派了人去查「自殺未遂」的季思琪。他自己則帶著馬岩和李曉野查找三名死者的身分線索和當中可能存在的關聯，而任非和石昊文則是按照譚輝指示，前往他在地圖上圈出來的那一帶了解情況，查找跟東林河北支流相通的池塘、水潭。

東林河北支流沿岸是老城區，地形環境比較複雜，任非和石昊文在車上對這一帶地區先做了功課，把衛星地圖上能找到的所有池塘、水潭、人工湖位置詳細對照，圈畫在地圖上，接著按這些地址逐一前往，隨後再去住宅區探訪街巷之間穿梭而過的水渠。到最後別說是從支流引流的水潭，他們連已廢棄、絕不可能與之相通的水井都沒放過。

然而他們一無所獲。因為塑膠袋裡裝的只有一部分人類肢體，重量較輕，假設凶手在未做任何措施的情況下棄袋，分屍袋就一定會浮起，可是附近居民卻沒人見過可疑的黑色塑膠袋。這兩天的暴雨導致城市淹水，也沒有任何一個人工湖或水潭之類的湖水溢出，向北支流回流。

其實他們幾個在說出這種可能性時，就已經推測到暴雨引發回流的這種假設，不過理論上雖然成立，卻並不容易實現。

原本就不多的線索再次斷得乾乾淨淨，任非跟著石昊文回到車上，機械化地脫掉雨衣，閉著眼睛靠在副駕駛座上不說話。

這是他入行以來遇過最棘手的一件案子，完全處於被動的警方幾乎成了凶手的職業收屍人，高度緊繃卻又毫無頭緒的處境，讓任非想起十二年前轟動全城卻至今未破的懸案。

那時候也是像現在這樣，極度血腥殘忍的連環殺人案致使流言四起、人人自危，警方出動了全部警力全城通緝，然而在全城戒嚴中，血案還是接二連三地不斷發生，當初犯案的凶手究竟是誰，至今仍是個謎。

石昊文打電話跟譚輝報告了他們這邊的情況，掛電話後就看見任非目光呆滯地倚在車窗上出神，「喂，想什麼呢？」

任非想事情的時候常常這樣瞪著眼睛，此時他回過神來眨眨眼，眼睛的痠脹不適，竟引發灼熱的眼淚湧上，模糊了視線。他倉促地用手背揉了揉，對於石昊文的詢問顯然不想多談，「沒什麼，忽然想起十二年前的一個案子。」

他本來對石昊文的詢問不欲多談，誰知道話音剛落，旁邊的石昊文竟然追問了一句：「你說的是十二年前的『六·一八』重大連環殺人案吧？」

霎時間，任非的心一下子揪緊了，「你怎麼記得這麼清楚？」

「那時我還在學校，這個案子最熱門的時候，被不同老師接連拿出來當成典型案例講解，而且又是懸案，想不記住都難。再說，被害人一家三口在市區先後被割喉放血，那時引起了多大的轟動，怎麼可能忘得掉。」石昊文一邊說一邊發動開車，說完忽然想起什麼，不經意地隨口好奇問任非：「倒是你，十二年前案子爆發的時候，你才十二歲吧？也會注意這個？」

「是啊……」任非坐直了身子，繫上安全帶，看著車子前方的雨幕略略出神。半晌，他微微低頭，額前細碎的劉海落下，遮住了他晦暗不清的眼神，也掩住了嘴角若有似無、比哭還難看的古怪笑意，「多轟動呢，想不注意……也難吧？」

回去的路上，任非和石昊文的手機同時收到了他們隊的群組訊息，是馬岩發的，主要是整理了各方人馬蒐集到的資訊。

馬岩最先說的是目前唯一的可疑人物晨報記者季思琪的資訊，「據了解，季思琪的家庭和成長環境很單純，沒有可疑之處。經查訪得知，她比較內向，患有輕度社交恐懼症，跟公司同事們的關係也比較緊張，但昨天上班的時候沒有任何人發現她有輕生意圖。她已經結婚了，昨天半夜來局裡接她回去的就是她老公，兩個人婚姻關係穩定。據她老公所說，昨天兩個人也沒有發生過任何摩擦，所以他也想不通，怎麼她忽然有了輕生的念頭。」

這則訊息之後，緊跟的就是跟案子緊密相連的一些資訊，「東林市幾個警察分局目前沒有接到其他失蹤報案。因為幾名被害人體內都檢測出大量麻醉劑殘留，所以譚隊他們把查訪範圍擴大到市內各大醫院，但是近三個月來也沒有任何一名被害人的就醫紀錄。後來他們陸續去了第一名被害人陳芸的學校、第二名被害人顧春華工作的工地、第三名被害人謝慧慧所在的廣播電臺了解情況，才發現了一個可疑點：謝慧慧的電臺同事說她有個男朋友，兩人確定關係後不久，她就搬去男朋友家住了，而她男朋友家所在的豐源東第社區，正是當初發現第一名被害人陳芸分屍袋的那個社區。不僅如此，這個社區隸屬於豐源集團，而第二名被害人顧春華，就是在豐源集團下另一家正在興建的建案工地打工。」

馬岩發完，胡雪莉接著補了一句：「驗屍結果顯示陳芸死亡時間早於顧春華，但②號分屍袋上檢測出①號死者的DNA，所以可以推定，兩名被害人雖是先後被分開殺害，但屍體應該是同時遭到肢解。」

暫且拋開季思琪的事情不談，在已知的情況下，三名被害人之間雖然仍舊全無直接關聯，但是似乎又被豐源集團這家地產公司，以及第二個分屍袋上的那滴血，隱隱地牽連在一起。

那麼，她們三人之間，到底有什麼不為人知的祕密交集？

任非一邊思索著一邊念訊息給開車的石昊文聽，沉吟片刻之後，他還是猶豫著發了一句話出去：「其他系統有沒有接到死亡報案？」

「沒有，問失蹤的時候，我也連帶著一起問了死亡事件。」喬巍回得很快，任非卻盯著那兩行字，心裡越發不安。

他始終對昨晚驚醒自己的那個夢耿耿於懷，儘管無法解釋，但是多年來的經驗告訴他，昨晚那個死人的夢，不可能是無中生有。

自從十二年前那件事以後，這麼多年來，雖然出現在他身上這種無法解釋的死亡第六感玄之又玄，且時有時無，卻從來沒有出過錯。總結來說，並非所有凶殺案在被害人死亡的瞬間都能被他感應到，可是一旦他有了這種感覺，那就表示一定有人死於非命。

他在入職後偷偷查過一段時間內凶殺案的發生率，得出的一個結論是：如果以百分比來估計，他能感應到有人被謀殺的機率大概為百分之十五。

照理說這個機率也不算低，畢竟第六感這種東西始終更像是玄學範疇，但假設一百起凶殺案中能憑藉這種玄奧技能偵破十五起，效率也實在非比尋常。可是比起飽滿的理想目標，瘦削的現實並不是這樣的。

真正的現實是，他雖然能感應到有人被殺害，卻沒有辦法知道被害人身分、案發現場地點，甚至大致範圍等等有用的資訊。一切都要等到他們獲報辦案，才能分明。

綜上所述，其實任非的「死亡第六感」就是個雞肋，沒有任何實質效用，多半只會讓他深陷在夢魘與明知有人死亡卻無法尋找的懊惱及恐懼中，備受煎熬。

最開始時，他嘗試過有了預感後就去警察局報案，但是幾次之後，當時十六歲的他反而被當作犯罪嫌疑人遭到逮捕。他的父親救他出來並帶他回家後，把他按壓在書房的桌子上教訓了一頓，差點抽斷了一條皮帶。從那以後，任非再也沒有對誰詳細說過「死亡第六感」的事情，也沒再去警察局報過案。

從那時起他就已經明白，這種雞肋般的能力彷彿是對他小時候臨陣脫逃、見死不救的懲罰。它救不了任何人，只會讓他自己沉淪其中，日積月累之後，也許將會把他帶入另一個萬劫不復的深淵。

所以此時此刻，哪怕他心裡明白，也不能張嘴直說。雖然他入行之後偶爾會跟隊裡的人說起「感覺到有人死亡的第六感」，但都是在插科打諢中透露出來的一點類似於玩笑的說法，是平常大家眼裡年輕人玩鬧的東西，沒人會真的相信。否則，昨天在富陽橋下，當他一時失控脫口而出有人死了的那句話，也不會讓老喬在後來的會議上吐槽他了。

可是昨晚死的那個人究竟在哪裡？為什麼到現在一點消息都沒有？任非又看著手機螢幕發呆。前面因為有車輛肇事，這段路變得有點塞，等了一會群組沒再響，身材明明是黃豆芽偏偏塞了個大胃王胃口的石昊文，在等紅綠燈的空隙摸摸自己的肚子，「我說，前面就到大學城了，不然我們找個地方先吃飯？光靠早上那兩根油條一杯豆漿撐到現在，我真是……」

任非這才又回過神來，抬頭看了眼現在的位置，距離警察學院很近，那是他的母校，西門有家小麵館，店內環境髒亂差勁，但味道卻好得難以形容。

麵館距離這裡不遠，往左轉直走再轉兩個彎就到了，任非有意緩緩緊繃的神經，於是朝左邊的路努努嘴，「走左邊，帶你嘗嘗我們警院的必吃美食。」

雨下了一天一夜，雖然還沒到用餐時間，任非和石昊文停好車進了麵館，居然還等了十幾分鐘。好不容易坐下，麵都還沒上，就聽見鄰桌學生們諱莫如深的陣陣私語，任非和石昊文對視一眼，頓時覺得這警院西門的招牌麵有點難以下嚥。

學生們個個拿著手機，議論早上本地各大媒體爭相轉載的頭版頭條：連環分屍案。

大概是麵湯太辣，坐在最左邊中等身材、掛著兩個熊貓眼的男生擤了把鼻涕說：「都已經死了三個人，也不知道案情到現在有沒有什麼進展。」

另一個男生推推黑框眼鏡，手指在手機上滑動著，「昌榕分局的網站發公告了，說『目前的確已確認有三人死亡』，但誰知道真假呢？不是有句話說，『任何事在官方否認之前都不能相信』嗎？」

「如果有機會能看到卷宗就好了……這樣畢業論文的題目就有著落了。」另外一個留著俐落短髮的女孩喝了口麵湯，「不過最近晚上我還是不要亂跑了，死的都是女的，滿嚇人的。」

「你們看論壇了沒？有知情人士爆料，說第一個分屍袋是十八號那天被發現的，那都過去快半個月了，警方竟然一點進展都沒有，也不知道到底怎麼回事……」

學生們說的話雖然不怎麼難聽，但在當事人耳裡還是刺耳得要命，任非和石昊文這頓飯吃得已經完全索然無味。任非嘆了口氣，一邊機械化地往嘴裡塞麵條，一邊拿出手機，翻著相簿裡已經看過無數次翻拍下來的案發現場，以及肢解屍塊的照片。

被肢解的顧春華，遺體被發現時已經高度腐爛，畫面血肉模糊令人不忍直視，然而任非卻一邊吃著麵一邊仔細地看著照片，吃得面不改色，看得毫不含糊。

又一次看完了照片，他再打開手機裡內建的備忘錄，上面羅列著一些零散的資訊和整理後依舊毫無頭緒的數字：

一、①與②失蹤相隔六天，②與③六天。

二、①與②分屍被發現相隔兩天，②與③四天。

三、①從失蹤到被發現死亡共十三天，②九天，③八天，①與②時間差為四天，②與③為兩天。

四、推測①與②是一起遭到肢解。

五、①在豐源東第社區被發現，②在迎賓路老井下被發現，③在富陽橋下。

六、①被棄屍在③的社區，②的屍袋上檢測出①的血跡，①和③都與廣播主持專業有關。

七、透過染色體、驗屍，推測凶手為女人、青少年或力量較小者。

八、豐源集團。

……

任非又從頭到尾整理了幾遍，直到麵碗見了底，他才把手機遞給石昊文，語調有點飄忽，帶著一種顯而易見的遲疑，「石頭，你說這些資訊跟案情會有關嗎？我是說，我上面記錄的那些數字。」

石昊文嚼著麵條掃了一眼，迅速嚥下滿嘴的麵才說：「譚隊和老喬分析過這些，從目前所掌握的時間間隔來看，都是隨機的，沒什麼特別的關聯。」

任非聽完有點沮喪，他入行已經有一段時間了，也跟著跑了不少大一點的案子，但實際案件跟課堂上書本裡的案例無法一概而論，而他能做的只是把學到的知識往實際案件裡生搬硬套，大多數時候沒什麼用處。

他有時會覺得自己不適合從事這一行，但是十二年前的那件事、許多年來的執念，始終如魔咒般束縛著他，令他無法後退、別無選擇，只能卯足了勁往前衝。

「你們說這個案子的突破口到底在哪裡呢？」鄰桌討論案情的短髮女孩發出疑問，又忽然語氣一轉，充滿崇拜好奇兼夾雜唏噓地感嘆：「要是梁教授還在就好了，以他的本事，一定能幫助警方很快破案的……」

梁教授？任非和石昊文對視一眼，哪個梁教授？

旁邊熊貓眼的男生追問：「哪個梁教授？」

「還有哪個？」戴眼鏡的男孩又扶了扶他的黑色鏡框，「出事之前，當過我們學校研究所犯罪心理學系客座教授的那個啊。」

「不止如此啊！」說起了偶像，女生忽然來了興趣，任非這時才抬頭不露聲色地細細觀察那名女生，只見她看著熊貓眼男生的眼裡閃動著灼灼亮光，「梁教授當時在東林是多麼轟動的人物啊！才三年，你就已經不記得他了？」

熊貓眼男生撇撇嘴，「風雲人物又如何，還不是要在監獄裡過一輩子。他也全靠那一身鬼才的本領保命，否則當初做了那麼傷天害理的事，怎麼可能只被判了無期徒刑？」

「你相信嗎？」女生神情略黯，放下筷子，抽了張餐巾紙擦擦嘴，「我曾經上過他的課，我始終不相信……他那樣的人，怎麼會犯下那種齷齪的罪行。」

「妳這是個人崇拜心理作祟吧？庭審現場的影片後來都爆出來了，他當庭親口認的罪，妳還不信？」

聽到這裡，任非和石昊文的麵已經吃完了。任非收回目光，擦了擦嘴，拍拍石昊文，「走吧。」

石昊文若有所思地跟著任非站起來，推門往外走的時候，終於忍不住問了一句：「剛才學生們說的那個『梁教授』，是我們市監獄裡關的那位吧？梁炎東？」

「應該是吧……」任非隨口應和著，「要同時滿足學生們說的那些條件，除了他，也沒第二個人了。」

「唉，難怪大家都說天才和瘋子只在一念之間。他怎麼能做下那種喪心病狂的案子？多可惜啊，好好的前程就這麼毀了。我以前聽楊局提過，說他跟梁炎東有過來往，當時他還感嘆那樣的鬼才在梁炎東之後，就再也沒見過了。」

隨著石頭的念叨，任非想起三年前站在警院多媒體大教室裡上公開課的那個男人——他在講臺上散發著強大、自信的氣場，指點江山，談笑風生，說看法、講案例、談經驗妙語連珠，引來座無虛席的臺下時不時爆發出的陣陣掌聲。那是任非第一次見到活生生的梁炎東，也是最後一次。

三年前，他是犯罪心理學系的客座教授，亦是連續四年沒有敗訴紀錄的專職無罪辯護律師，便是警方偶爾也要請他幫忙的犯罪心理學專家。然而三年後，這個曾經在事業巔峰的男人……只是東林市監獄一名被判了無期徒刑的囚犯。

他褪掉一身光環，背負罪名和罵名，將在監獄裡度過漫漫餘生。

這就是梁炎東。任非曾經最崇拜的梁炎東。

2 刑法

車往回開的時候，任非斜靠在車窗上，始終克制不住地去想，如果梁炎東還在，如果這個連環分屍案有他一起參與的話，會怎麼樣？他會從哪裡著手？又會把什麼當作突破點？

想來想去，任非嘆了口氣。他不是天才，無法模擬心目中大神的思維方式。

倒是後來石昊文的電話響了，他在藍牙耳機上按了接聽，一向嘴賤的李曉野的聲音傳出來，「石哥，你們在哪裡？」

「快到隊裡了。你們已經全都回去了？等等啊，我們馬上到。」

「不是……我們也沒回去。我就是要告訴你不用回隊裡了，直接往德武縣的環山公路開，到半山腰上就能看見我們。」

石昊文心裡咯噔一下，這一分神，車子就壓著地上的一個大坑洞筆直開過去，哐噹一下，差點把任非晃得頭撞車門框。但這時已經沒人有心情理會這個，任非一把抓住頭頂的安全扶手，聲音幾乎跟石昊文的提問重疊在一起，「又怎麼了？」

石昊文開了擴音，李曉野的粗嗓門頓時響徹整個車廂，「還不就是因為一直下雨嘛，山路變得非常滑，有輛貨車撞斷了護欄，側翻摔進山坡底下，司機已當場死亡，交通局那邊打電話來通知我們。」

德武縣那邊隸屬昌榕分局轄區，但任非和石昊文對視一眼，一時間都有點搞不清楚交通局打這通電話是什麼意思，「他們懷疑這是刑事案件？……謀殺？」

「不是，已經初步鑑定完成，是交通事故。」

「那他們打電話給我們幹什麼？」

「就是……交警在處理事故現場的時候，在現場的不遠處……又發現了一個裝了分屍的黑色塑膠袋……」

李曉野說這句話時幾乎快崩潰，他講電話的同時抬頭往上看了看，因為這起事故已經暫時封住出事路段，半山腰上那條窄窄的道路此時擠滿警察和救援車輛，市警局的老大任道遠正以一種氣勢洶洶的陣仗甩開試圖上前為他撐傘的科員，腳步一深一淺地往他們這邊走過來。

「任局都來了……我覺得凶手有意挑戰警察的權威，他把我們耍著玩！」他的腔調聽起來簡直比哭還難聽，「可是他媽的，悲哀的是我們到現在的確還拿他沒辦法。」

「不會沒辦法的。」電話的這一頭，任非坐在車裡無意識地將指關節攥得劈啪作響。開著擴音的電話隱約傳來警笛蜂鳴，李曉野在那裡邊說邊罵，車裡的石昊文氣得踩著剎車、一拳砸向方向盤，後面差點追撞上來的車主怒罵聲透窗而入。

現在我們拿凶手沒辦法，也許是因為被凶手帶進了慣性思考的奇怪迴圈或是其他什麼……總之我們沒辦法不代表別人沒辦法……還有誰？還有誰是身處案件之外，卻有能力尋找到凶手破綻的人？

任非反覆思索，他的嘴唇顫動著，無意識地自言自語。石昊文過了半天才聽見他在嘟嘟囔囔，側耳仔細分辨了大半天，才聽清楚他像著魔似念叨的是「還有誰」。

「什麼還有誰？」石昊文掛了電話，不太放心地推了他一把，「你是怎麼回事？冷靜冷靜，我說你，不要凶手還沒抓到，自己就先瘋了啊。」

石昊文這一推讓任非從自己的思緒中回過神來。他抬頭用古怪的目光定定地盯著石昊文，眼裡灼灼地燃燒著某種莫名其妙的光。石昊文一開始還不明所以地與他對視，半晌之後，卻被看得起了雞皮疙瘩。

就在這時，任非霍地披上雨衣，打開車門跳下車，再大步地走到駕駛座那側，一把拉開車門，「石頭，委屈你，你先下車，車先借我！」

石昊文簡直被他弄得莫名其妙，雖說不知道他打什麼主意，但任非違規亂紀是有前科的。因此石昊文馬上死命抓住方向盤，脖子微微向後縮著，一臉戒備地看著這個最容易胡作非為的小子，「你想幹什麼？我跟你說，任非，譚隊警告過你不許再亂來了啊。我不是信口胡說，你信不信你再亂來一次，就算你再怎麼拚命求情、找人幫忙，譚隊也照樣會把你踢出局！」

譚隊積威甚重，因此原本一臉急迫的年輕男人在石昊文提起譚輝時，臉上有一瞬間極其微小的僵硬，但隨即張嘴露出一排小白牙笑起來，「我怎麼可能亂來啊石哥！我只是忽然想到，昨晚出門太急，我忘記有沒有關好家裡水龍頭了。你也知道我那個向別人承租的小破屋，樓下就等著我家漏水了幫他們家粉刷牆壁呢，我一個月薪水就這麼一點點，怎麼能花這種冤枉錢啊，我必須回家看看！」

「你要回家看看，可是我要去棄屍現場啊！你叫我下車幹什麼？」

「你叫輛車。」

「為什麼不是你這個辦私事的去叫車啊？」石昊文簡直不能理解任非的腦迴路，只覺得任非是因為剛才李曉野的電話受到刺激，他想安慰幾句，沒想到戒備一鬆，還來不及說什麼就被任非這小子一把拉出了駕駛座……

石昊文差點一屁股跌坐在水坑裡，眼睜睜看著任非就這樣以迅雷不及掩耳之勢跳上車，當著他的面把隊裡的廂型車飛也似地開走了，因為油門踩得太死，車躥出去時，水花還濺了石昊文一身。

被扔在大街上的男人愣愣地看著廂型車消失的方向，隔了好半晌，才如同忽然被擰上發條的鐘擺一樣，甩手罵了一句：「這個臭小子！」

也只有石昊文這種老實人，才會相信任非所謂忘記關水龍頭的胡扯。他之所以非得要開走隊裡的車，原因相當簡單——這是警車，打開警示燈，他就能暢行無阻，正是趕時間的利器。

現在已經快下午四點了，他要在市監獄探監接見時間結束前趕到，那樣還有可能趕在今天跟梁炎東見上一面。

半個小時之前，因為學生們的談論，他又想起那個當初被自己仰望著崇拜的男人。「梁炎東」這名字就像是一個魔咒，迅速在他腦子裡生根發芽，以至於半個小時之後，他對這個名字的主人已懷抱巨大的希望，希望這個當年被神化的犯罪心理學專家能寶刀不老，為這起連環殺人分屍案指點迷津。

路上，任非打了通電話給他在警院時的室友兼同學，那個同學現在是東林監獄獄警，名叫關洋。他原本是請關洋幫他把梁炎東帶到接見室，可是得到的消息喜憂參半。憂的是梁炎東所在的十五監區，這個月的家屬探視時間昨天才剛過，喜的是關洋管的就是十五監區，而今天正好是關洋值班。

關洋是個循規蹈矩的好獄警，但他受過任非的幫助，所以還是願意冒著違紀的風險幫任非這個忙。更好在梁炎東入獄三年表現良好，已經屬於寬管囚犯的行列，入獄至今也沒有什麼人來探過監，所以關洋跟長官申請探視的時候，監獄長官考慮到梁炎東的特殊性，終究還是同意了。

任非下車時，下了一天一夜的雨好歹是停了，他跟著關洋穿過家屬探監的通道，走進這個高壓電鐵絲網下戒備森嚴的灰色地帶，一時間只覺得監獄高不可攀的黑灰色牆體跟灰暗天色彷彿融為一體。不知道是不是心理作用，任非覺得裡面就連空氣都是拘束和壓抑的。

關洋一路帶著他到了接見大樓。東林市監獄的接見大樓有上下兩層，分為普管和寬管，兩者的區別是一樓囚犯與家屬之間隔著一層玻璃，而二樓沒有。

今天市監獄家屬的接見時間馬上就要結束了，已經沒有什麼人的接見室裡，掛著鐵絲網的窗戶敞開著，雨後夾雜了泥土芬芳的清風，灌捲進這個空蕩蕩的室內。

任非被這種環境影響，心情有點沉重。跟著關洋爬樓梯上了二樓，距離還很遠時，他就認出了坐在靠牆角落裡的那個男人。

那就是梁炎東。

即使過了三年監獄生活，他的狀態看上去已經與印象裡那個意氣風發的年輕教授大相逕庭，但任非還是一眼就認出了他。

梁炎東坐在固定於地面的椅子上，手肘撐著桌子，雙手很隨意地交疊著。任非印象中，男人修剪得很有型的頭髮如今已經剪得十分薄短，他的下巴上泛著青色的鬍碴，身上的灰色囚服襯得整個人看起來都有點無可避免的蒼白、頹廢。

因為光線的關係，任非看不清他的眉眼，但從那輕抿著的薄唇中，透露出了對任何事都不關心的漠然。

任非腳下不停，隨著彼此距離的拉近，梁炎東似乎也感受到了任非的目光，他轉了頭，隱在陰影中的那雙眼睛看過來。那是雙深邃、細長而斂著光的眸子，隨著彼此越來越近，正不動聲色地和任非對視，身為員警的任非被這個囚犯如此注視著，竟有點局促起來。

平生第一次與自己學生時代最崇拜的偶像這樣近距離面對面，卻是在這種環境、這種身分下……這瞬間任非簡直無法形容自己複雜的心情，崇拜、惋惜、激動中隱約帶了點高高在上。然而傳說中的男人即使跌落神壇，也還是格外高傲，任非有點尷尬地在桌子前站定，不知道為什麼，似乎根本沒考慮過要坐下，「……梁、梁教授。」

任非想了一下，還是用了以前對梁炎東的稱謂，可是梁炎東黝黑的眸子沉靜地看著他，對他的招呼置若罔聞。

一向大剌剌的任非被這樣的目光盯得更加不自在，垂在身體兩側的手不自覺地搓揉了一下。他是個員警，竟然被一個囚犯無視，這讓他感覺很尷尬。

「那個……我是昌榕分局的刑警，我叫任非，以前上學的時候聽過您的課。」他下意識地對這個根本沒有人身自由的囚犯，率先做了自我介紹。可是這個男人卻不再看他一眼，只是索然無味地微微垂下眼，倦怠地動了動眼皮，墨黑的睫毛輕輕落下，沒說話，也沒動。

就是這麼一個表情，讓任非覺得更加拘謹。而當他意識到這一點的時候，連他自己都在心裡暗罵自己，市監獄怎麼說也算是他們警察的地盤，他在自己的地盤上被一個囚犯看得發怵——即使對方是他崇拜的大神，但自己這個怯懦的樣子，他還是感到不爽。

他明明非常想要吸引梁炎東的關注，卻顯而易見地被忽視了。在梁炎東面前，他甚至感覺自己不像個員警，只是課堂上那個聽他傳道授業的學生。可恨的是他根本無法改變自己的想法，單純地只把梁炎東當成一個囚犯來看待。

他看向關洋，用眼神示意關洋打個圓場，沒想到得到的回答卻是：「其實有件事，你打電話給我的時候我就想告訴你，但是你的電話掛得太快了，我來不及說……你親自來了也無濟於事，自從梁炎東進了監獄開始服刑那天起，他就再也沒對任何人說過一句話。我們找過幾個醫生，但查不出問題。神經科醫生說，多半是當初入獄的時候精神受到刺激，得了失語症。」

窗外屋簷積水落下的聲音淅淅瀝瀝，心裡七上八下的任非聞言一怔，不由得張大嘴巴，嘴角卻微微抽搐，隔了好幾秒，才滿臉愕然地用乾巴巴的聲音反問老同學：「你開什麼玩笑？」

可是關洋絲毫沒有開玩笑的樣子，以至於當任非緊緊盯著梁炎東，眼神都快在梁炎東身上戳出個洞來，「他說的是真的？」

梁炎東的目光從窗戶外轉回來，沉黑的眸子淡淡地掃了任非一眼。

他果然還是不言不語，任非的心涼了半截。

這本該是一根救命稻草，誰知道好不容易抓住這根草，下面卻綁著石頭。

怎麼辦？

任非舔了舔乾燥的嘴唇，插著腰煩躁地在原地踱了幾步。他事先沒有預料過會是這個情況，只能拚命說服自己冷靜下來，把滿腦子的計謀都挖出來想辦法。十幾秒之後，他腦子裡靈光一閃，「梁教授，就算您不能說話，但總能寫字吧？」

梁炎東沒料到面前這個年輕人忍了半天會忽然說這句話，但任非根本不顧他的反應，話一出口立刻轉身在關洋身上搜紙筆。

關洋任他把隨身的筆記本和簽字筆拿出來，看著他用那種小學生交作業給老師一樣的動作遞給梁炎東。

「您寫，您有什麼寫下來行不行？」

也許是三年的牢獄生活太無聊，梁炎東冷眼看著任非這一連串動作，竟也漸漸覺得有意思。他終於把紙筆接過來，坐在椅子上又一次微微仰頭看向任非，第一次動心思認真打量起這個年輕的刑警。

新進刑警，找自己的目的一定跟案子有關——想必是個嚴峻、棘手、毫無進展的案子。

從見面到現在，搓手、眨眼、跺腳、抿嘴唇，每一個動作都透露出此人潛意識裡的焦慮不安，所以才會這麼沒自信——大概沒有長官委派，而是擅作主張。

梁炎東交疊的十指鬆開，一手輕輕轉著那枝簽字筆，一手輕輕敲敲桌子，示意任非坐下來。

他忽然有點好奇，驅使這個年輕刑警找到這裡來的案子，到底是什麼？

任非坐下以後，梁炎東微微挑眉，他撐在桌上的手，做了個非常隨意的「請」的手勢，於是任非就把自己來這裡的原因：連日來爆發的這幾起殺人分屍案，原原本本地跟梁炎東說了一遍。

「情況就是這樣。」最後，他從手機裡找出翻拍的照片，把它推到梁炎東面前，「從左往右滑，都是跟這個案子有關的照片和相關化驗報告，您看看。」

任非敘述案情時，梁炎東始終轉動簽字筆的手終於停下來，轉而用四根手指的指腹來來回回輕輕敲擊著桌面，一手慢慢地滑過每一張照片，直到翻完大半之後，才開始在一些畫面或者文字鑑定上稍作停留。任非滿心期待地看著梁炎東的每一個動作，期盼他能幫他們找到突破點。

可是任非不知道的是，梁炎東起先根本不打算深究照片裡有些什麼東西、會透露出哪些資訊，因為他深知以自己現在的身分處境，已經不適合跟這些案子有交集。他之所以會一直坐在這裡，只是無聊地想聽個新鮮事，並不在乎這個「新鮮事」能否被偵破，那跟他一點關係也沒有。

只是讓梁炎東自己都沒想到的是，照片翻到一半，他漸漸開始有點無法控制自己……那些他曾經無比熟悉、充滿血腥暴力、詭譎又猙獰的現場照片，彷彿是一針興奮劑，不疾不徐地扎進他的身體裡，讓體內那些被迫沉寂了三年的某種基因，一下子霍然甦醒。他不受控制地興奮起來，到後來翻看照片的速度已明顯下降，腦子裡也開始不自覺地快速整合資訊。

而在整合資訊的過程中，除了那些已知的疑點外，梁炎東注意到了一個不太會引起別人注意的問題：拋開剛被發現的第四名死者不提，目前已經做過驗屍和身分調查的三名被害人中，除了第三名死者電臺主持人謝慧慧，其餘兩個人都是單身。陳芸還沒到適婚年紀，而顧春華在四年前死了丈夫。

梁炎東閉上了眼睛。

重新睜眼之時，他輕輕敲打桌面的手指猛地停頓，伴隨著手指動作一起停住的，還有他本能飛快轉動的思緒。

這不是自己該做的事，梁炎東想。儘管他已經克制不住心中本能的悸動和流淌在血液裡那與生俱來的亢奮。

梁炎東看照片的時候，任非也注視著他，當他的動作停下來，前幾分鐘還在腹誹他不仔細看照片的任非，這一秒幾乎是立刻認定一定是有了什麼結論，於是不由自主伸長了脖子，試圖離梁教授這根救命稻草近一點，以充滿期待的語氣問：「梁教授，您有什麼發現？」

梁炎東搖搖頭，放下簽字筆，靠在了椅背上。

這樣的表現讓任非真的很沒把握。梁炎東是個成了精的老狐狸，他的一舉一動，任非這種初生之犢根本猜不透。但是自己也不能表現得太菜，猶豫了一下，任警官決定堆起格外虛假的笑容，賤兮兮地開始使詐，「您別騙我了，我都看出來了，您絕對有發現。」隨後他心思一轉，又開始對梁炎東這隻老狐狸拋誘餌做交涉，「這樣好了，您幫我把您看出來的線索寫下來，要是這個案子真的按您說的破了案，我就幫您申請減刑，怎麼樣？」

經驗不足、凡事欠缺考慮的任警官，在說出這句話的時候，自認向對方拋出了一個絕妙的大餅。他認為幾乎沒有犯人能抵擋得住減刑的誘惑，即使那個人是梁炎東。但是梁炎東聽他說完後，微微愣了一下，隨即便笑了。

他笑出了聲，那笑聲裡裝著一半的輕慢和一半的遺憾。接著，他拿起筆，翻開任非給他的筆記本，終於寫下第一行字。

任非拉長脖子看，梁炎東的筆鋒剛勁有力，運筆龍飛鳳舞，從他的角度看不明白對方寫的是什麼。直到梁炎東把寫好的本子和手機一起推給他，他才看清楚對方寫得力透紙背的一行字：

知道我身上背的是什麼罪嗎？

如同一桶冰水當頭扣下來，任非僵在當場。

樂極生悲，得意忘形——他還沒來得及樂一樂，就把「形」給忘了。讀完這句話，他甚至能從那筆走龍蛇的字上讀出淡淡嘲弄的語氣。

他這樣的反應絲毫不落地全被梁炎東看在眼裡，見任非沒了反應，梁炎東又輕笑一聲，把被任非壓在手掌下面的本子拿過去，又寫了幾個字，算是對剛才的自問自答：刑法第二百三十二條和第二百三十六條。

故意殺人、姦淫幼女，情節惡劣，數罪並罰，處十年以上有期徒刑、無期徒刑或者死刑。

梁炎東身上背的就是這兩條，判的是無期徒刑。無期徒刑減成有期徒刑，最好的結果是犯人至少要在監獄裡服刑滿十五年。

況且他們彼此心裡都清楚，即使梁炎東幫忙破了這個案子，也不可能一下子從無期徒刑減成有期徒刑十五年。

但是，減成有期徒刑總比無期徒刑來得好，就算對未來已經沒有期望，又有誰願意在暗無天日的監牢裡過一輩子呢？

任非這麼想著，也把這句話對梁炎東說了出來。自始至終他都沒有考慮梁炎東找不找得出線索破案，他考慮的只有怎麼樣才能說服這個男人。

但梁炎東的回應只是慢慢地活動了一下腿腳，作勢要站起來。他跟關洋打了個招呼，示意自己要回監牢。

誰都不願意在四四方方的監獄裡過一輩子，但很早以前，他就不想跟員警打交道了。

意料之外的是，任非竟然在梁炎東有動作的同時也一下子站起身，趕在梁炎東站起來之前攔在了他面前。

年輕刑警緊緊地握著雙拳，擋住男人的去路，「除了減刑，你立了功，我們也可以向監獄的長官申請，在合理合法的範圍內，多給你一些優待。」

梁炎東微微抬頭掃了他一眼，似乎對這一切說詞都不為所動。

任非距離他太近，被擋住站不起來的梁炎東，也逐漸失去了耐心，伸手打算推開任非。他完全沒想到，這個動作竟是個導火線，任非居然就這樣被惹火……這小子霍然出手，雙手扣住梁炎東的肩膀，猛地把他按回了椅子上！

「砰」的一聲，毫無防備的梁炎東一屁股坐回椅子，任非把他按回去後，扣著他肩膀的手也沒有鬆開。

這是監獄，身為一個囚犯當然不可能跟員警動手，而任非在梁炎東依舊沉靜如水、不動聲色的臉上，也沒有看到預料中的憤怒，反倒是自己激動的情緒彷彿開了閘，怎麼樣都收不住。

「就算你對這些都不關心，那人命呢？」幾秒沉默對峙後，任非義憤填膺的聲音迴蕩在空曠的接見室裡。想不明白為什麼梁炎東不肯幫忙的任警官，連自己都不清楚為什麼會這樣異常憤怒，彷彿眼前這個梁炎東褻瀆了他多年以來對梁教授的信仰那般，他胸口起伏，話也越說越快，「這個案子已經死了四個人，很可能還要死更多人！也許你的某個發現或者一個判斷就能拯救下一名受害者，這對你也有利無害，為什麼你就是不肯幫忙？你非要見死不救，在這裡把牢底坐穿嗎？」

梁炎東沒想到任非會忽然這樣發難，他嘲諷地輕笑一聲，放棄對峙，又拿過桌上那個筆記本，刷刷地寫下一行字：

你跟一個殺人犯講珍惜生命，不覺得可笑嗎？

梁炎東寫這句話，為的就是讓任非死心回去，可是這小子卻沒有後退半步，反而還做了一件讓梁炎東大為吃驚的事。

任非慢慢俯身湊近，伏在梁炎東耳邊，用連關洋都聽不見的聲音，對這個被判無期徒刑的囚犯說：「可是……我不信。梁教授，我不相信你姦殺幼女，我不相信——當初那起案件會是你做的。」

梁炎東猛地轉頭，因為動作太快，導致他的鼻梁差點碰到任非的臉。這一次他連字都沒寫，那雙炯炯有神的眸子裡黑白分明，隱約透出冷冰冰的金屬光澤。此刻他完全不加掩飾的眼神，清清楚楚地對任非表達：

你憑什麼這麼認為？

「直覺。」任非直起身，低低的聲音既猶豫又倔強，「我就是覺得，你不是那樣的人。」

梁炎東覺得眼前這個刑警有種傻傻的天真，他的手再次動起來，筆記本上多了一行字：

你是個刑警，靠直覺辦案？

任非無言以對，緊張地抿著嘴角，無論梁炎東承認與否，他都決定按照自己的想法繼續說下去：「所以，教授，這也許是你這輩子唯一可以扳回一局的機會，你難道要這樣放棄嗎？」

梁炎東放下筆，靠在椅背上。他閉起眼睛，沒承認也沒否認，剛才劍拔弩張的接見室一下子安靜下來，緊張的氣息卻在無聲中四處蔓延。

細碎、微小的響動在這個瞬間沉寂的空間裡被無限地放大，梁炎東始終閉著眼睛，任非也始終看著他。

沒人知道這個男人裹在灰色囚服下的心裡到底在想什麼，生怕最後依舊只得到拒絕的任非無聲地吞了口口水，又舔了舔嘴唇。與此同時，梁炎東卻忽然慢慢睜開眼睛，意味不明的視線再一次落到任非身上，幾乎是從上到下把他「刮」了一遍。

那樣強烈的目光看得任非異常難受，甚至隱約有種一瞬間所有祕密都毫無遮掩地暴露在男人眼前的錯覺。

最後，梁炎東逼人的目光在任非腰部以下的褲子停住。

那灼人的瞳孔一動也不動地盯在那個讓人尷尬的地方，任非強忍了半天，到最後完全是本能地伸手往自己的胯下擋了擋。可是當他擋住，才發現原來男人看的並非他兩腿之間，而是他右側的褲袋。

任非一下子反應過來，如釋重負地鬆了口氣，轉而去挖褲袋——任非穿的是牛仔褲，右邊口袋裡放了包菸，菸盒的輪廓在緊身褲子包裹下顯得一清二楚。

他把菸盒和打火機都取出來一起遞給男人，梁炎東果然接了，從菸盒裡抽出一根，兩指夾著放在嘴邊，點著了火。輕煙升起的時候，梁炎東微微瞇著眼，深深吸了一口。

他沒別的表示，任非也忘了坐下，就和關洋一起站在那裡看著他抽菸。在這個過程中，任非不停地在盤算梁炎東鬆口的可能性究竟有多大。

由於沒有菸灰缸，梁炎東毫不猶豫地把菸蒂扔在地上，隨後踩滅寥落的菸頭。

他用手指輕輕叩擊著桌面，半晌後，終於停下。

任非知道，這就是公布最終決定的時刻了。他暗自咬緊了牙，緊張程度不亞於大學聯考公布分數查成績的那一刻。

然後，他眼睜睜地看著梁炎東這一次非常堅決地推開自己，站了起來，繞過他，往外走去。

任非的拳頭越握越緊，指甲幾乎摳進肉裡。他等了等，直到梁炎東已經走出三公尺外，逐漸冷下來的心和不甘落空的期望，促使他在男人背後扯著嗓門喊了一聲：「梁炎東！」

男人站住了。

任非踩著凌亂的腳步幾大步追上去，又一次與梁炎東面對面。這次他沒說話，因為他已經不知道還能說什麼，只是牢牢地盯著梁炎東，滿臉欲言又止的憤怒和想罵又罵不出來的鬱悶。

反而是梁炎東慢慢抬起手，把握在手裡的手機遞給任非。

心思完全放在梁炎東身上的任非，幾乎已經忘了自己手機的事，他麻木地伸手接過來，下意識地低頭看了看亮著的螢幕，卻見備忘錄上不知何時已被輸入了簡明扼要的四個字：

卷宗，地圖。

3 第四名死者

梁炎東的四個字，讓任非直到走出監獄開車回去的時候，仍像是買彩券中了五百萬一樣興奮。

他一回到局裡就碰見開完會最後一個走出來的石昊文。石昊文的褲子上都是泥印，一看見任非就火冒三丈，「你個混帳，漏水淹了樓下幾層啊？」

任非心情好得快要飛起來，他腳下不停，對石昊文「問候」他的話沖耳不聞地搖搖手，留給對方一個風騷背影的同時，煞有其事地回答：「水龍頭還真的就是沒關，幸虧我回去得早，搶救及時，算是保住了錢包！」

石昊文在後面猛瞪他，看他越走越遠，抬高了嗓門，「你還上去幹什麼？楊局說了，除了今晚值班、法醫組和派出去辦事的，其他人都回家休息，他說熬太久了會耽誤辦案效率！」

「知道了！」任非此刻已經轉上了另一層樓梯，朝石昊文扯著嗓門喊：「剛才你們開會我不在場，今天發現的分屍是什麼情況還不知道，我上去做點功課！」

做功課是幌子，偷印卷宗才是目的。

這件事只能由他自己來做，不可能堂而皇之地跟譚隊坦白，他跑到監獄去好說歹說地說服梁炎東答應幫忙。要是被譚輝知道，不僅梁炎東看不到卷宗，他大概也會被譚隊活活打死。

這時他們辦公室裡已經沒人，法醫室的燈倒是全亮著。任非猜想兩個值班的同事也在那邊。

這倒方便他作案。他翻了卷宗，守在印表機旁邊看邊印，雖然梁炎東答應幫忙，但也未必一切都能順利解決，因此他要再看一遍，整理一下有沒有漏掉的疑點。

前三起案件已經沒什麼可說的了，唯獨今天在德武縣環山公路半山腰處發現的第四個分屍袋，任非目前還不知道現場情況，所以複印到這裡時，他停下動作，決定湊著旁邊的小檯燈，先把這部分看完。

死者女性，三十歲左右，身分不明，二十五日下午交警在德武縣環山公路半山腰處山坳中，發現裝有其部分肢體的屍袋，推斷死亡時間為二十五日零點至凌晨三點之間，肢體被利器肢解，切口不平整，藉此可推定凶手為女人、青少年或力量較小者。屍塊被裝在黑色垃圾袋中，袋子有破損，其內屍塊仍不完整，無法復原完整屍體。棄屍現場屍袋下方有暈染血液痕跡，推定是死者血液。棄屍現場未遭破壞，但屍袋上無指紋，周圍亦無可疑腳印，相疊在一起的屍袋破損處有同一斷裂痕跡，綜上所述，可認定凶手是站在半山腰的公路上將屍袋用力拋出。根據屍袋墜落地點畫出拋物線情況如下圖，建議調取附近路況監視器畫面，過濾來往可疑車輛。

法醫鑑定下面有一張拋物線的全景地圖，根據屍袋地點，拋物線的那頭在環山公路半山腰的護欄某處標了個紅圈，示意凶手是從那裡完成棄屍。

在這個圖的下方，還有一行字寫著：二十五日發現之屍袋與前三起分屍案情況基本上一致，建議併案處理。

逐字逐句地看完後，任非的眼神落在那句「推斷死亡時間為二十五日零點至凌晨三點之間」。這是與其他案件不一樣的地方。這次凶手殺人之後，幾乎是立刻進行分屍和棄屍行為，聯想之前三起案件的案發時間和被害人死亡時間，任非發現凶手的耐心越來越不足，到了第四個死者，凶手的耐心也許已經快被磨光。

這讓他想起今天凌晨那個預知死亡的噩夢。他記得老喬說過，今天一整天市裡沒有接到任何失蹤或者死亡報案，既然如此，可不可以判斷，下午被發現的這個遭到肢解的死者，就是昨天晚上他預感被謀殺的那個人？

如果是，那麼具體的死亡時間推定就不是在零點至凌晨三點之間那麼寬泛，而可以縮短為零點左右。

從零點分屍到屍袋被發現的下午三點，中間經過了十五個小時，十五個小時沒有接到相關報案，這就證明死者可能是獨居，又或許失蹤這麼長的時間是在她正常作息範圍之內，所以家人朋友都沒有人注意；或是家庭成員之間感情淡薄，人緣不好，否則的話，失蹤十五個小時之內一定會有人打電話給她，而只要一直無法接通電話，別人很容易就會發現事情不對勁。

任非捧著卷宗，背靠著印表機，坐在小圓凳上出神，也幸虧他陷入了自己的思考，不然偷印卷宗的事就會被胡雪莉發現。

胡雪莉本來是上來拿東西的，結果路過辦公室的時候看見裡面的燈亮著，她狐疑地走進來，竟然看到任非一個人呆愣愣地看著卷宗一動也不動，甚至連她推門都沒有察覺。

「啪」的一聲輕響，她打開燈，辦公室裡瞬間亮如白晝。任非一驚，反射性地看過去，正好對上胡雪莉那雙探究的眼睛，「……狐狸姊，人嚇人嚇死人啊！」

胡雪莉環抱著手臂，倚在門框上，身上的白袍顯得格外修長，「你要是沒做壞事，有必要這麼心虛嗎？」

「我今天沒參加到會議，現在就是回來補個功課嘛，能做什麼壞事……」冷冰冰的女王氣場強大，任非縮縮脖子低聲嘀咕了一句，緊接著就問：「驗屍有什麼發現嗎？」

「屍體內同樣有大量麻醉劑殘留。」胡雪莉蹙著細長的柳眉說：「其他的，染色體和DNA比對還在進行，目前得不出明確結論。」

她說完便離開倚著的門框重新站直，掃了一眼任非手裡的卷宗，「我去拿東西了，你看完趕快回去把握時間休息，離開的時候記得關燈。」

「哦……」任非應了一聲，聽她說要去拿東西，就緊接著問了一句：「需要幫忙嗎？」

胡雪莉已經關上了辦公室的門，隔著門隨口答了一句：「不用。」

✦

半夜時，昌榕分局刑偵大隊所有人都接到胡雪莉發在群組裡的訊息。

詳細的驗屍分析結果出來了。資訊跟他們之前分析的都差不多，其中最重要的一點——屍體仍舊擁有XX和XY兩種染色體。

這下子不用討論了，完全可以確定四起殺人分屍案，都是同一人所為。

手段極其殘忍，性質極其惡劣，以至於他們隊裡很多人看見這則訊息時，在床上翻來覆去無法入睡。

第二天一早，喬巍接到順新分局來電，說是昨天夜裡接到了一個失蹤報警。

報警人是就讀國一的男孩子，自稱媽媽從前天早上去店裡之後，到現在一直沒回家，電話也打不通。

男孩在電話裡無助得一直顫聲說話，獲報員警再往下詢問情況，得知失蹤者名叫孫敏，是個單親媽媽，自營業主，在順新區的一條商業街上有一個不大的店面，主要經營少女服飾。

一接到通知，譚輝便領著自己的人開車趕往順新區，在路上他們了解到失蹤人孫敏的基本資訊——孫敏，女，三十四歲，於二十五日早上離家後至今未歸，自營業主，婚姻離異，社會關係複雜，但不曾與人結怨。

當譚輝他們趕到孫敏店面的時候，順新分局的員警已經帶著男孩在那裡了。他們撬開店舖門鎖，把大拉門推了上去。店舖裡沒有可疑痕跡，無論是翻開的女性雜誌還是堆放在櫃檯後面的水果，似乎都保持著主人離開時的樣子。

昨晚胡雪莉忙碌了大半夜，今天早上在辦公室迷迷糊糊地睡著了，同事們不忍心叫醒她，所以跟著譚輝他們來的是一個稍微年輕些的男法醫。他戴著手套在櫃檯下的垃圾桶裡找到了揉成一團的頭髮，從裡面採集了樣本，拿回去檢測DNA。

服飾店裡沒有開燈，在清晨天光中顯得昏暗而陰沉，壓抑了大半天的男孩，終於忍不住害怕地嗚嗚哭了起來。

男孩的哭聲如重錘般敲進在場每名員警心裡，譚輝從晦暗店內抬頭看向連日來終於放晴的天空，咬緊牙關，眼神銳利如刀。

就算不為那個三天的期限，為了避免更多人被害，他也必須要用最快的速度把凶手揪出來、繩之以法！

男孩的哭聲還在繼續，他在抽噎中小聲地問：「我媽……我媽她會死嗎？」

沒人忍心回答男孩，他媽媽很可能已經死了。

任非從櫃檯上抽出一張紙巾，走過去替男孩擦了擦眼淚，隨後揉了揉男孩的頭。他深吸口氣，想要安慰幾句，但是張開嘴什麼也說不出來。

猶自抽噎不止的孩子讓他想起了自己曾經的某些記憶，他看著男孩手中那張快要被眼淚全弄溼的紙巾，多年前那些晦澀而疼痛的記憶，幾乎就要隨著血脈的流動衝破心中防線、湧進腦海。任非無聲地嘆了口氣，閉了閉眼，越發不想待在這裡。他快走幾步，追上先行走出服飾店的法醫，跟譚輝說了一聲：「譚隊，我先送他回隊裡。」

任非把法醫送回分局，就帶著昨天複印好的卷宗，在街邊買了張最新版的全市地圖，偷偷摸摸又去了監獄。

因為昨天臨走前，任非已事先打了招呼，關洋今天準備得很充分，也不知他用了什麼方法，昨天剛被探過監的梁炎東今天還能坐在二樓的接見室裡，依然是昨天那張桌子，那個位置。不同的是，二樓剩餘的五張桌子，已經有三張都圍坐著寬管囚犯和家屬。

梁炎東還是昨天那個樣子，關洋的紙和筆也還是擺在他手邊，任非帶著厚厚的卷宗和一張地圖走到他對面坐下，多少還是顯得有點慣性局促和緊張，「梁教授，卷宗和地圖。」

梁炎東一言不發地接過來，手指在那張複印的封皮上輕輕撫過，表情肅穆，彷彿是在與卷宗之間建立某種神祕聯繫一樣，下一秒，手指輕撚，翻開了卷宗。

與昨天看照片的狀態不一樣，任非注意到梁炎東每一頁都看得非常仔細，偶爾還會在一頁停留較長時間，隨後他會閉上眼睛，四根手指似乎習慣性地輕敲桌子。

當重新睜眼的時候，他拿起筆，在那個筆記本上雜亂無章地飛快寫下文字。

任非很好奇梁炎東寫的究竟是什麼，但他這個相對的位置想要看清楚實在太困難，他也不敢貿然站起來去看，怕會打斷梁炎東的思路，只好就這麼心急如焚地等待著。

梁炎東用了很長一段時間閱讀卷宗，兩個多小時過去，任非已等得抓耳撓腮，開始毫無根據地透過梁炎東的每一個動作、每一點細微的表情，猜測男人內心的想法，直到手機一連震動了好幾次，他才拿起來查看。

都是群組訊息，法醫組那邊ＤＮＡ的比對結果出來了，第四名死者的確是三十四歲的孫敏。

任非看完，把法醫組發出來的結論拿給梁炎東看。顯然他已經把梁炎東當成了可以信賴的自己人，絲毫也不覺得讓這個囚犯看刑警分隊的群組訊息有什麼不妥。

梁炎東從頭到尾看完訊息，手機沒急著還給任非。他還是不言不語，不急不躁地埋頭在只剩幾頁的卷宗裡。

接近中午時，梁炎東看完了卷宗的最後一頁。

任非忍到現在，終於忍不住了，看到他放下卷宗就立刻問：「梁教授，有什麼發現嗎？」

梁炎東沒理他。

男人此時的目光敞亮，那張沒有生氣的面孔彷彿莫名有了神采，緊緊抿著又微微勾起的嘴角顯得有些興奮，而昨天看起來令人感到頹廢的青色鬍碴，此刻竟然給任非一種非常冷硬、堅毅的感覺。彷彿這本複印的卷宗就是梁炎東的戰場，而他因為戰場上的血腥、殘酷和暴力，重新活了過來。

任非心想，如果人出生時的天賦已經被造物主決定，那麼梁炎東這種人，一定就是天生適合從事這一行的人。

梁炎東捏著筆，緊緊盯著筆記本，沉寂片刻後，眼神猛然一變，迅速又落下幾筆，動作飛快地拿過地圖展開來，開始在上面圈出屍袋被發現的大致位置。很快地，他在上面標注出①②和④，唯獨③，因為當初是被河水沖到了富陽橋下，所以至今無法確定棄屍位置。

他皺著眉思考，牢牢盯著地圖，又再度翻開第三起案件的卷宗，大概過了十五分鐘，他眉心擰得更緊，然後拿過一旁任非的手機，打開搜尋軟體，輸入了「東林市汙水處理廠」這幾個字。

梁炎東從搜尋汙水處理廠得出的結果中，逐條點開去看相對應的地址，最後把目光鎖在了距離東林河北支流較近的一家一級汙水處理廠：靜華汙水處理廠。

他彷彿抓住了什麼要點，心臟狂跳，微微瞇著眼睛，把這個廠名複製到新聞搜尋欄位，很快便檢索出關於這個汙水處理廠的一些媒體報導。

相關報導並不多，主要是一條大約一年前的政府消息，和一條距今已有兩年零三個月的相關負面報導。

政府消息的內容是政府推動汙水處理廠改造計畫，將投入專案基金對主要使用「格柵、沉澱池」等物理方法去除汙染物的一級汙水處理廠進行升級改造，這個「靜華」就在政府的改造名單範圍內。而那條負面消息爆出來的是靜華汙水處理廠虛有其表，汙水未經處理就違規排放，排放的地點就是位於東林河下游的北支流！

沒錯了！梁炎東在心裡喊了一聲，另一隻手不自覺地握緊。他又轉到本市地圖上搜尋這個廠名，按照手機地圖的標注地點，隨即在那張任非帶來的紙質地圖相應位置圈了個「③」。

梁炎東回憶著卷宗上的一些資訊：①被棄屍在③的社區……

他一邊回憶著這個結論，一邊拿著筆，若有所思地在地圖上找到①所在的位置，然後慢慢畫了一條筆直的線，連接到了③的位置。隨即如法炮製，將②與④相連。

令人意想不到的是，這樣連接起來後，兩條直線的交叉點竟然與①被棄屍的地方非常相近。

梁炎東立即在手機地圖上搜尋交匯處的資訊，然後面色古怪地看著手機螢幕上顯示的那個社區的名字，片刻之後，才屈指敲了下手機螢幕。下一秒，他放下手機，在紙質地圖上兩條直線的交匯處，畫了個大大的黑色實心圓，在旁邊毫不猶豫地寫上兩個字：

去查。

任非接過筆記本的時候，發現本子前一頁左右兩邊，分別羅列著這些看似相互毫無關聯的凌亂片語，而翻過去後，則是梁炎東寫的一段整合四起案情後得出的判斷：

四起連環分屍案是同一人所為。凶手女性，婦產科醫生，年齡三十到四十歲，身高一六〇到一六五公分，體重六十到七十公斤，中等身材，微胖，體表特徵不明顯，未婚或離異，曾懷男胎，意外流產後不能再生育，有強迫症且患有高度隱性人格障礙。

梁炎東寫得很簡略，但是羅列的資訊實在不少。任非一個字一個字地看完，雖然他畢業於警院，對心理剖繪技術並不陌生，但親眼看著對面的男人翻了卷宗比照了地圖就能斷案時，還是感到震驚不已。

他的目光像是膠著在那些筆走遊龍的字跡上面，那些文字所表達的資訊彷彿有魔力一樣，吸引著他試圖從中找到梁炎東的依據，直到後來梁炎東似乎沒了耐性，隔著桌子伸手把筆記本翻到了前面那一頁。

那些零散的資訊，才是找到案情突破點的關鍵。

四名被害人的驗屍結果有五個共同點，第一，都是女性；第二，都是單身；第三，都是性染色體異常；第四，驗屍都化驗出麻醉成分；第五，均被利器肢解。從凶案施行度來看，凶手故意尋找陰陽人並將其殺死、分屍的可能性幾乎為零。那麼把五個共同點組合在一起，可以得到結論：死者都是未婚，擁有兩種染色體可以證明她們已經懷孕，體內殘存麻藥證明她們死前都待在醫療機構。由此可以推斷，她們是在發現自己懷孕、去做人工流產的過程中，被身為婦產科醫生的凶手注入大量麻藥、殘忍殺害。

性染色體異常正是由於這些被害的女人都懷了男胎，但這不會是巧合，而是凶手故意為之，很可能是在彩色都卜勒超音波檢查的過程中發現了這一點，同時這一點在某種程度上極大地刺激了她，導致她的隱性人格障礙爆發出來，把被害人當成了仇人，從而殺死被害人。從這一連串的心理活動上來看，就能得到結論，她極有可能曾經懷過一個男孩，卻意外流產而喪失了生育能力。

第一名被害人陳芸的死應該屬於臨時起意。在顧春華的分屍袋上找到陳芸的血跡DNA樣本，表明凶手在殺害陳芸後並沒有立即分屍。從女性的心理屬性研判，凶手當時存在著一定程度的恐懼，所以只是把陳芸的屍體藏了起來，但是她無法克服心理障礙，因此出現了第二名被害人顧春華。兩具屍體堆在一起，終於讓凶手有了危機感，她開始動手分屍，在過程中體會到了正常人無法理解的快感，所以到了後來，她的膽子越來越大，作案和儲存屍體時間變得越來越短。

另外，從驗屍報告來看，屍體均是被利器肢解，刃緣鋒利但斷肢切口不完整，推斷爆發力很大但蓄力較小，證明凶手體型較為壯碩但體力一般。從①到④，每個死者的肢體皆肢解得非常零碎，每包分屍都被套了五層黑色垃圾袋，而且上面都沒有指紋，棄屍現場也沒有留下其他有效證據，這證明凶手思維縝密，有一定程度的強迫症，並且具有一定的反偵察專業能力。

謝慧慧的屍袋被沖到東林河主幹道富陽橋下的確是個意外，實際棄屍地點應是靜華汙水處理廠。凶手的本意是想要謝慧慧的屍袋被裡面的淨化過程消耗掉，可惜她並不知道，靜華早有違規前科。前天下起暴雨，始終等著政府專款升級二級汙水處理的靜華，趁著暴雨將沒經過處理的汙水大肆排放到東林河北支流，謝慧慧的屍袋也因此被帶了出來，一路沖到富陽橋的河堤上。

確定了第三個實際棄屍地點，梁炎東就發現，凶手選擇棄屍的地點並非隨機。她在暗示著什麼，兩條直線的交叉點一定是個關鍵。但是已在監獄服刑三年、與世隔絕的梁炎東，現在無法準確判斷交叉地點的地域環境，透過手機地圖查找亦不夠客觀，想要找出準確答案，必須由任非他們親自去查。

這些是梁炎東下結論的依據，但是他絕對不可能揑著筆，把前後因果和原委從頭到尾都在筆記本上寫一遍。他從來就不是那種循規蹈矩的人，在這裡裝了三年「死」，就更加不是了。

所以他只示意了任非別緊抓著後面，要去看前一頁，隨後就收回手，把卷宗往前一推，眼皮一垂，又恢復了昨天那個慵懶散漫、彷彿任何事都事不關己的狀態。

並沒有刑偵天才的小任警官，捧著本子看著那些文字又開始仔細揣摩，他甚至把梁炎東不看的卷宗複印本拿了過去，仔細對照著翻來覆去研究，和梁炎東研究案件如出一轍，兩耳不聞窗外事，最後反倒是梁炎東等得不耐煩。

從中午到下午，其他桌的犯人和家屬已經換了兩、三批，唯獨他這桌，穿了個便衣的刑警獨自背對所有人坐著，簡直像個不忍離去的傷心人。

等他好不容易想明白了，渾然忘我地拍桌喊了一聲「我懂了」之後，抬起頭，才發現梁炎東和關洋不知什麼時候早已離開。

✦

傍晚日落時分，天幕厚重的雲層終於被風吹得漸漸有了散開的跡象，暖黃色的夕陽從雲層裂縫間透出，天光乍洩，半邊天際彷彿都要被這片柔和浸染。

這場暴雨，總算就要迎來雨過天晴的時候。

下班尖峰時段，東林市昌榕分局的警車幾乎都鳴笛呼嘯而出，在紅藍燈光交錯中，宛如天網般撒向全市各處，急促的警笛響成一片，彷彿是這場緝凶戰爭最後的一輪衝鋒。

與此同時，距離豐源東第社區兩條街道的舊社區裡，掛著「愛華婦幼保健站」牌子的私人診所門外，一個披頭散髮的女人，正拿著鑰匙打開診所的陳舊大門，在那令人牙酸的金屬摩擦聲中，慢慢地將門推開。

陣陣刺鼻的消毒水味道撲鼻而來，女人鬆開緊緊握住門把的手，走進這個太陽下山後卻沒有開燈的小診所。

昏暗的室內，一切都影影綽綽，彩色都卜勒超音波檢查設備以及相距不遠的簡易手術臺，看上去如同衰敗的古老刑具，白袍像是無頭幽靈緊緊地貼掛著牆壁，一扇落地窗沒關好，大風從外面灌進來，洗到泛白的老舊藍布簾也隨之被吹拂起，在黑暗中像是一面來自地獄的巨大招靈幡。

女人的五官全都隱在模模糊糊的陰影裡，讓人看不真切。她的身材微微有些發胖，走路的時候，夏季薄料的衣服被夾在了腰間的贅肉裡，隨著左右晃動，反覆被夾住、鬆開，再被夾住。她就這樣一步步走到了落地窗邊。

窗外是一個用木質柵欄圍成的小院子，後院雜草叢生，角落裡堆放了一些飽經風吹日曬的兒童木馬、鞦韆等玩具，從靠左邊的蹺蹺板底座也能看得出來，在變成暗地裡賺黑心錢的小診所之前，它曾經是一所帶給孩子們天真歡笑的幼稚園。

彷彿想起了什麼，她猛地轉身，腳步極快地往回走，平底鞋在地上留下窸窸窣窣的聲音。藉著昏暗的天光，她來到那張診療床邊，一把拉開藍色布簾，神經質地開始在無人診所裡快速四處尋找著什麼。

她打開緊緊關閉的洗手間木質門，五、六平方公尺的狹小空間被收拾得異常乾淨，各種藥劑和未開封的全新醫療器械堆滿了裡面的一面牆。女人走進去，四處翻弄，最終拉開水槽旁邊櫃子最下層抽屜，在那裡面，有著打磨得異常鋒利的切割刀和剔骨刀、一把斧頭，還有一打已經被拆開的黑色塑膠袋。

女人定定地看著抽屜裡的器物，她慢慢抓起那把斧頭，站起身來。她注意到洗手臺上方的那面鏡子。鏡子裡，是一張眼睛下透著烏青、憔悴而又頹唐的臉孔。可是她看得見鏡子裡自己眼底的惡光。那是已經忍耐、壓抑到極限，瘋狂叫囂著想要發洩、想要毀滅的憎惡和仇恨。

在死寂中，她倏地一下把斧頭重重放在水槽裡，鋒利的銳刃敲在老式陶瓷上，發出「哐噹」一聲，在安靜得可怕的診所內顯得格外響亮。可是女人彷彿沒有聽見，她轉頭死死地盯著外面牆上那件白袍，邁著僵硬的步子，把那袍子拿下來，又帶著它回到洗手間的鏡子前。

她死命地盯著鏡子裡的自己，動作緩慢地將白袍套在身上。

越來越弱的光線中，鏡子裡的女人塗著豔紅色口紅的嘴唇不斷地微微顫抖，那如同篩糠似的頻率透露出某種興奮和恐懼，彷彿唇間的每一次顫抖，都是一個惡毒的詞語，詛咒著鏡子裡這個和她長得一模一樣的女人。

良久之後，那如同被血色塗滿的嘴唇終於沉靜下來，可是隨後女人卻重新握住了水槽裡的斧頭，下一秒，「哐噹」一聲！玻璃嘩啦啦的碎裂聲響起，鏡子裡女人的臉頓時分裂成碎片。舉著斧頭的女人對著鏡子裡支離破碎的一張臉，一字一句帶著強烈的恨意說：「……妳去死吧。」

「妳又打算讓誰去死？」空曠診所裡突兀地響起低沉、犀利的男聲，女人大概打死也想不到，本以為空無一人的診所內，她的一句詛咒竟會得到回應。

彷彿是見了鬼，她大叫一聲，驟然循聲回頭，手中鋒利的斧頭下意識朝著聲源方向猛然砍去！

昏暗中黑影閃身的同時抬手，又快又穩一把抓住女人揮過來的手腕，下一瞬，只聽細微的開關聲音響起，霎時間，老舊的診所裡亮起刺目的光線。

沒有鬼。此刻抓著女人手腕正用力把斧頭從她手裡奪下來的，正是任非。在他身後，則是數名雙手持槍、嚴陣以待的便衣員警。

女人的目光越過任非，直直盯著對準她的黑洞洞槍口，霎時如瘋了一般嘶吼掙扎，她的爆發力很大，任非這個年輕力壯的男人，有那麼一瞬間甚至差點控制不住她。

從女人手中搶奪下來的斧頭落在地上，差點砍到她的腳，任非把人往後一推，譚輝趁機從外面鑽進來，一手拉住女人試圖去抓撓任非臉部的手，又二話不說地跟任非一起將女人的雙臂扭到身後，用手銬牢牢銬住。

女人被按住，掙扎不得，她霍然抬頭，在亮得嚇人的慘白燈光下，眸子激動而絕望地閃著如魚死網破一般的精光，「你們是什麼人？你們要幹什麼？」

她的聲音太大太尖銳，以至於尾音都帶著破碎的顫抖。她的表情是幾乎不屬於女性的凶殘，激起了譚輝的狠勁，他從懷裡拿出證件，舉到女人面前一晃。譚輝掃了一眼被拉開抽屜裡的兩把刀具和地上的斧頭，面容冷峻，瞠目欲裂，「有什麼話，跟我們到局裡說吧！」

✦

警車載著連環殺人分屍案的犯罪嫌疑人，從老舊的公寓之間穿行而過，上車之前女人還在不停地嘶吼質問著：「你們憑什麼抓我？」

遠處圍觀看熱鬧的人群被甩在後面，任非坐在第三輛車裡，在他前面，譚輝親自押著他們從「愛華婦幼保健站」帶出來的女人坐在第二輛車。透過夜幕看不清車內的情況，但是在小診所的洗手間裡，女人慌亂之中發狠砍殺的一幕，讓任非直到現在仍心有餘悸。

嫌犯，女，黑心診所醫生，年齡三十五歲左右，身高一六三公分左右，體重六十五公斤左右，中等身材，微胖，爆發力強，診所位於豐源東第社區附近。

梁炎東對於犯人的剖繪在這個女人身上一一得到印證，所以……這就是凶手了嗎？那個在手術臺上連續殺了四名孕婦、揮刀分屍的「死亡醫生」？

任非下意識低頭看了看手機，前一天梁炎東在上面輸入的「卷宗，地圖」四個字還在那裡，他沒有刪除。他清楚記得跟梁炎東接觸的每一個細節，那些細節此時此刻再度回想起來，卻讓他覺得膽戰心驚。

一個在監獄裡被困了三年的人，竟然只靠著卷宗和地圖，就將整起案件的脈絡完整梳理出來。這也使得當任非離開監獄，站在分局會議室移動式白板前，對同事們做偵查報告時，同樣邏輯清楚、條理分明。

報告的內容包括凶手身分、作案動機、第三名死者實際被棄屍地點、死者遇害原因及死者的性染色體異常之謎。他回憶著梁炎東在本子上寫字的順序，把所有看似零散、無用的資訊完整串連起來，盡量用嚴謹的措詞，將梁炎東的推斷說給在場所有人聽。當大家的注意力終於被他完全吸引時，他連最初站在臺前的緊張感都已消失無蹤。

那是一個所有人——包括他自己在內——從未見過的自己，與以往已經深入人心的激動魯莽、無法無天的他大相逕庭。現在回憶起當時的樣子，他彷彿在自己身上看見了梁炎東的影子。

就是這樣一個被折斷了雙翼、禁錮在四方囚籠裡長達三年之久的男人，僅僅透過兩次交談，就能影響他乃至整個案情至此！

簡直不可思議……任非無聲地倒抽了口氣。他手裡的手機螢幕黑了下去，街燈閃爍著向後飛快倒退，在忽明忽暗的警車裡，石昊文在開車的間隙不由得看了任非一眼，覺得這小子今天安靜得有點反常。

「喂，任非，我問你。」他開口試圖打破沉默的同時，連帶著把忍了半天的疑問都一股腦兒倒了出來，「剛才開會，你那些判斷都是怎麼得出來的？從昨天起，除了睡覺，我差不多都跟你綁在一起了吧？我記得今天早上你從孫敏店裡離開的時候，還是一臉壓抑鬱悶，怎麼晚上回來忽然就百發百中、大偵探上身了？」

任非乾乾地張張嘴，話到一半又硬生生吞了回去。他不是能藏住話的人，但現在還不能把梁炎東說出來。

任非有點頭痛，一切都發生得太快，他還來不及想好要如何跟大家解釋。好在車裡放著的無線電對講機忽然響了，譚輝彷彿醞釀著狂風暴雨又拚命按捺著隱忍不發的聲音傳來：「見鬼了，這女的說她懷孕了！」

她竟然懷孕了？

梁炎東寫過，凶手一定有過意外流產的經歷，並且因此喪失了生育能力，所以才會專門挑懷了男孩的孕婦下手。但如果凶手是個孕婦的話……那所有推斷就都不成立了。

到底是怎麼回事？是他們抓錯人了，還是梁炎東的推理從一開始就錯了？

4 愛欲殺戮

到後來，任非根本就沒聽見無線電對講機裡同事們說了什麼，他在自己如擂鼓般的心跳聲中，僵硬地抓著手機，撥通了喬巍的電話。

在鎖定這間診所出勤的時候，他們大隊的人馬兵分三路。這邊譚輝帶著人來查診所，那邊老喬帶著胡雪莉和幾個刑警去迎賓路上的那口老井查證據，剩下的一組是李曉野和馬岩去查靜華汙水處理廠。

證據就是任非根據梁炎東寫的「老井→指紋」而得出的。那是一口八〇年代遺留下來的水泥人孔蓋老井，因為材質的關係，水泥人孔蓋與地面之間不會像球墨鑄鐵人孔蓋那樣嚴絲合縫，通常會存在一定程度的縫隙。但是那種縫隙較小，戴著手套很難將手指伸進其中、撥開人孔蓋，凶手為了快速棄屍，很可能摘掉手套，徒手搬起人孔蓋。

而那個年代的習慣，是在製作人孔蓋的水泥凝固前，在其下放上光滑的紙，避免與地面黏住，所以即使年代久遠，依舊會在一些人孔蓋下方找到紙張附著物，同時，由於手指在夏天會分泌較多油脂，加上用力時會出汗，假設凶手手指恰巧按在上面，那麼指紋應該是較為清晰的，而且被破壞的可能性很小。

這是個容易被忽略的細節，但是當任非拿著第二個棄屍現場的照片做為證明時，所有人都認同了這個推測。

喬巍的電話接得很快，鈴聲都沒響，那邊已經傳來了他嚴肅又興奮的聲音：「任非？我正要打電話給你們！你說得沒錯，我們果然在人孔蓋下採集到幾枚指紋，現在就準備回隊裡進行資料庫比對了。你們那邊怎麼樣？凶手抓到了嗎？對比一下指紋馬上就能有證據，由不得她不認罪！」

任非張張嘴，向來伶牙俐齒的他，一時啞口無言。

他的沉默讓喬巍一下子意識到出了問題，「你們……那邊出了什麼問題？」

任非沒有解釋，回答老喬的是一陣節奏感十足的斷線聲音。

掛了喬巍的電話，任非立即又打給李曉野，這時他已經越發不鎮定了，電話再次接通時，他聽見自己的聲音像一根馬上就要崩斷的弦，「你那邊情況怎麼樣了？汙水處理廠到底有沒有問題？」

李曉野那時已經開著車往回走了，接了電話感到莫名其妙，「我已經跟譚隊彙報過了，你怎麼還不知道？」

「我知道你個頭！」任非已經完全無法控制自己，車裡開著空調，他急得滿頭大汗在那邊咆哮：「我問什麼你就說什麼可不可以！」

「你這小子吃炸藥了？」

「好好好，別吵別吵。」兩個人在電話裡像開了擴音器似的，可憐開著車的石昊文還得分出精神來勸架。他一邊看著前方一邊伸出手，試圖拿過任非的電話掛斷，但視線難以顧及，下手也不準，一把下去正好摸在任非腦門上，抓了滿手心的汗，讓他噁心得低聲罵了句，掃了眼任非，手往他衣袖上一抹，接著不由分說地把手機搶過去掛了，「李曉野確實是打過電話了，剛才譚隊在無線電對講機裡都說了情況，你在打電話剛好沒聽見。」

任非緊緊抿著嘴唇，緊張的眼睛看向他。

「說是靜華汙水處理廠確實有違規作業，未經處理的汙水直到現在還在往東林河北支流中排放，被李曉野和馬岩逮個正著。」石昊文也擰著眉毛，側臉帶了幾分安撫的意味，「別這麼緊張，到目前為止除了嫌疑人，你說的其他幾點都對得上，就算人不對，對案件偵破也是不小的貢獻了。」

石昊文以為這個剛入職的小子急著想立功。可是只有任非自己知道，他是著急不知道究竟問題出在哪裡。他怕案子到了期限破不了，讓市局和其他分局看笑話，他怕自己丟臉，也怕曾經崇拜到不行的梁炎東在經過三年牢獄之災後從神壇跌落。目標診所沒問題，指紋、嫌疑人外貌、第三被害人實際棄屍地點，從梁炎東那裡得來的推論都一一得到印證，可是唯獨抓回來的嫌疑人有問題。

任非用力靠上副駕駛座椅背，重重呼出一口氣。

他強迫自己冷靜下來，然而直到回到分局，整顆心還是怦怦狂跳，尤其是當胡雪莉拿著化驗單回來告知結果的時候。

「嫌疑人與從人孔蓋下方採集到的幾枚指紋對不上，我們的指紋庫也沒找到能對上的指紋。」女子還是那副冷冰冰的樣子，燈光下精緻的臉孔顯得越發白皙，「另外，你們抓回來的女人的確懷了孕，已經十六週。而且從影像來看，也不是男孩，是個女嬰。

「你也別沮喪，至少關於四名死者的特徵，我對你的推論是持贊同意見的。」她看了一眼靠在桌上沉默不語、低頭不知道在想些什麼的任非，一向不怎麼喜歡這個毛躁小子的女子，這時倒是挺了他一句，「性染色體異常的原因是死者懷上了男孩，這不會有錯，第四名死者的家庭情況可以側面印證這一點。孫敏的驗屍報告你們也都看到了，依舊是XX和XY兩種染色體，兇手連續四次命中陰陽人的可能性微乎其微，更何況她還有一個兒子，而陰陽人是絕對不可能生育的，這是常識。」

「既然別的都對得上，那女人黑燈瞎火地出現在診所，就算不是兇手也很有問題。」大馬金刀坐在椅子上，始終沒說話的譚輝深吸口氣，環顧眾人，撚滅了手裡還剩半截的菸，站了起來，「總之，先審了再說。」

譚輝說著，看了眼旁邊站也不是坐也不是的任非，帶著三分戲謔七分鼓勵地朝他勾勾嘴角，「別杵在那裡了，走吧，跟我一起去。」

✦

任非進了審訊室，跟著譚輝在桌子後面坐下，對面就是從診所帶回來的那個女人，據她供稱，名叫秦佳馨。

不久之前還歇斯底里的女人，此刻已經完全安靜下來，她被銬著的雙手互握得緊緊的，由於最開始的激動掙扎，手腕上還留著手銬勒出來的紅印，微胖的臉上滿是汗漬油汙，微微紅腫的眼睛在看到譚輝時，目光明顯顫抖了一下。

任非看得出來她很害怕譚輝，這並不稀奇，因為他們隊長身上的流氓氣很重，基本上脫了警服後，說他是一個耍刀弄槍的黑社會老大也毫無違和感。

任非翻開本子，記下譚輝例行公事詢問的基本資訊。

秦佳馨，女，三十四歲，本地人，已婚，無業，丈夫是一家專做網頁遊戲的網際網路公司老闆，婚前擔任該公司的出納，沒有任何從醫經歷。

任非微微皺起眉頭，譚輝「哼」了一聲，蹺起二郎腿，聲音很嚴厲，「妳沒有從醫經歷，晚上卻跑去診所？診所大門上的鑰匙是妳的吧？那間診所要是跟妳沒關係，妳怎麼會有鑰匙？怎麼能夠穿著白袍在別人的廁所裡照鏡子？」

「我去那個地方是有原因的，但是那間診所確實跟我沒關係。」秦佳馨不敢迎上譚輝和任非的目光，微微顫抖的嗓音輕而易舉地洩露了她並沒有自信證明自己所言。

「妳應該知道，我們為什麼抓妳。」譚輝頓了頓，沒等女人回答，如鷹般銳利的眸子牢牢盯著女人每一個細微的反應，「為了四條人命，而妳現在是嫌疑最大的那個人。」

「我沒有！」女人猛地抬頭，剛才已經喊啞的聲音，此刻聽上去尤為淒厲，「我根本不知道你在說什麼，別含血噴人！」

「妳可以不知道我在說什麼，只需要知道妳出現的那間診所是個凶案現場就足夠。如果想要擺脫嫌疑、離開這裡，妳就必須告訴我們，妳知道的事情。」

「凶案現場？」秦佳馨像是一下子石化般頓住，她不可思議地皺著一張臉，眼底漸漸浮現出一些顯而易見的後怕，片刻之後，彷若又忽然掙脫束縛，猛然活了過來一樣，雙目圓瞪，「我知道了！你們——你們抓錯人了！我不是她，我不是她！你們要找的是張帆對不對？她才是那間診所的主人！她殺人了？她殺誰了？……不是我！我沒殺人……我今天過去就是——」

彷彿忽然想到了什麼，女人語無倫次的話又戛然而止。譚輝從椅子上彈起來，幾步走到女人跟前，咄咄緊逼，「妳過去就是什麼？」

「我……我……」秦佳馨咬住嘴唇，被譚輝逼得不由自主地用力靠向座椅後面，試圖將自己與眼前男人的距離拉得更遠一些，在她失焦的瞳孔中，似乎隱藏著拚命壓抑的難堪和痛苦。

秦佳馨是個孕婦，譚輝終究不敢真的把人嚇出問題，繃著臉後退了兩步，朝單向透視玻璃看了一眼，低聲吩咐守在玻璃窗後的人：「去查她說的那個『張帆』。」說完又轉向秦佳馨，「妳的難言之隱，比被懷疑是四起連環殺人分屍案的嫌疑人更嚴重？」

秦佳馨動了動手腕，下意識地想要抬手捂住臉，然而固定在桌子上的手銬阻止了她的動作。她看著手銬，微微有些出神，譚輝注意到後，拿起鑰匙替她解開了雙手上的手銬。

女人愣了愣，片刻之後，她終於顫抖地抬手擋住了臉，嘶啞的聲音隱隱有些嗚咽，「我過去，的確是想要找張帆那個不要臉的女人拚命……」

譚輝拖來椅子坐在她跟前，聲音微帶沙啞，「張帆是什麼人？」

「她就是那間診所的主人……是我老公的前女友。」

大概是職業敏銳性，譚輝和任非幾乎同時警覺起來。女人話音剛落，譚輝立即追問：「你們現在是什麼關係？」

「什麼關係？呵……」女人笑起來，儘管那笑聲比哭還難聽，「我也不知道……也許在我老公眼裡，我只是她的替身，自始至終都是。」

任非的筆一頓，彷彿有什麼思路電光石火地閃過他的腦袋，然後就聽見女人說：「說來應該滿好笑的。我以前是我老公那個遊戲公司的出納，剛進公司那時候比現在瘦，也比現在年輕好看，偏偏那時我老公從沒注意過我，倒是後來跟部門同事一起吃得越來越胖，變成現在這個樣子之後，高高在上的大老闆竟然莫名其妙地跟我熱絡起來。

「後來我們結了婚，公司人人都說我飛上高枝。我像做夢似的，一下子從小員工變成了老闆娘。」秦佳馨說著自嘲地冷笑一聲，「後來我才知道，哪有那麼好的事情？他娶我，只是因為我胖起來後，很像另一個女人罷了。那個女人就是張帆。

「再後來，我偷偷找了私人偵探去調查，才知道在我之前，我老公跟這個叫張帆的女人已經到了論及婚嫁的地步。我老公條件好，張帆當時在市內第一醫院是婦產科最年輕的主任醫師，也配得上他。原本雙方家裡都不反對他們的婚事，所以也沒人在意未婚懷孕這件事——反正有了孩子就生下來，原本就兩情相悅，結婚也是順理成章。只可惜啊，人算不如天算。」

秦佳馨說到這裡，忽然笑起來，笑聲沙啞刺耳，莫名讓人有種毛骨悚然之感，「你們知道嗎？張帆後來流產了！意外！是被她的未婚夫不小心絆倒跌下樓的！據說那是個已經成型的男嬰！而且她因此再也不能懷孕了！可是我老公他家是一脈單傳啊！娶個不能生蛋的母雞回去，不是斷了自己的血脈嗎？所以我婆婆當時說什麼也不肯讓那女人進門，一樁好好的婚事，就這麼吹了！」

任非猛地從椅子上站起來，椅腳在地面劃出一聲刺耳的響聲。他緊緊握著拳頭，定定看著這個神情恍惚、充滿仇恨與得意的怨婦。

秦佳馨嘴裡這個「張帆」的特徵，與梁炎東說的完全符合！如果秦佳馨是張帆的替身，那麼從外形上看，張帆的外貌也一定符合梁炎東剖繪的特點！

「譚隊！」任非才剛開口，卻被譚輝抬手攔住。男人一語不發，旁邊的女人對任非的反應恍若未覺，完全陷入了自己的思緒中，無法自拔。

「據說後來張帆的精神就不太正常了。有一次剖腹產手術還差點掐死產婦剛出生的孩子，因此被吊銷了從醫資格，也被第一醫院辭退了。再後來，她就頂下了一家倒閉的私人幼稚園，開了那間『愛華婦幼保健站』。當時我以為這只是她走投無路的謀生手段，但是直到前幾天，我才得知這個保健站，根本就是我老公在三年前買給她的！他甚至有她那間診所的鑰匙！」

秦佳馨說著放下手，失去遮掩、布滿血絲的雙眸淒厲得嚇人，「三年前我們已經結婚了！我老公憑什麼拿著我們的婚後財產去資助那個女人？何況昨天晚上我還收到了一封匿名簡訊！那是今年情人節的時候，我老公跟她在一起的自拍！當時他說他要出差，原來是去跟那個女人廝混！」

女人的胸膛劇烈地起伏，她急促喘息半晌之後，雙手在臉上搓了搓，深深吸了口氣，試圖讓自己從快要無法控制的嫉妒和仇恨中平靜下來，「所以我今天去找她，就是想讓她離我老公遠一點。」她說到這裡，忽然笑了起來，「是啊，我是動了殺她的心思——有她沒我，有我沒她。我做夠了她的替身，能做個了斷，不是滿好的嗎？」

「妳想殺她？」譚輝站起身來，似乎覺得這戲劇化的一切都很可笑，卻又偏偏笑不出來，「妳應該感謝我們今晚把妳當成嫌疑人抓回來！否則的話，妳還有沒有命能坐在這裡，都很難說呢！」

事到如今，一切皆已明朗。

秦佳馨不是凶手，而是凶手的第五個目標。以現階段掌握的情況來看，她很可能是凶手最後一個要殺的人。

只可惜，被嫉妒蒙蔽雙眼的女人，落入將死之局卻不自知。

✦

譚輝和任非從審訊室出去時，石昊文已經整理出有關這個「張帆」的資料。

「譚隊，」石昊文迎上去，把資料遞給面色沉重的男人，「做了過濾之後，可以肯定秦佳馨口中說的那個張帆確有其人。從照片來看，長相也的確與她相似，其他資訊跟秦佳馨的供述也完全對得上。」

「但是……」石昊文欲言又止，譚輝眼神掃過去，他緊緊皺著眉頭艱難地開口，「我按照資料上張帆現在的住址調閱了附近的監視器畫面，從案發至今，都沒見過她的出入紀錄，她應該是從殺人之後就再也沒回去過。」

譚輝用最快的速度翻完資料，如刀鋒般銳利的眸子慢慢瞇起，「張帆昨天故意發簡訊刺激秦佳馨，應該就是打算今天對她下手。那麼張帆不可能畏罪潛逃到別處。」譚輝緊繃的聲音微微一頓，「假設我們去得晚一點，秦佳馨就會死，以此推斷，我們衝進診所把人帶走時，張帆一定就在附近、躲在暗處，全程觀看了我們的一切行動。而現在，張帆很可能已經潛逃。」

任非手裡還抓著從審訊室帶出來的本子和筆，桌子就在他旁邊，他卻緊張到忘記放下。譚輝話音未落，他就立即追問：「需要封鎖全市各個車站和高速公路出入口，過濾來往人車嗎？」

「要，但是不止。」譚輝把手裡的資料重重拍在桌上，一聲沉悶的響動讓在場所有人的目光都聚集在他身上，男人堪稱凌厲的目光從同事們身上一一掃過，倏然拔高了嗓門，「所有人都動起來，通知相關系統配合，就算掘地三尺，也要把這個張帆給挖出來！」

那天晚上，東林城風聲鶴唳，警車晃著刺眼的紅藍光，鳴著尖銳的笛音呼嘯穿行在大街小巷，所有出城口都設了路障，員警甚至在半夜敲響了被查到跟張帆有關係的所有住民的大門，然而，卻沒能找到這個女人。

她就像是人間蒸發了。

讓員警吃驚的是，他們在搜捕中發現失蹤的不止張帆，同時失蹤的還有秦佳馨的老公，也就是張帆的前男友，蘇衡。

也因此，本來供詞已足夠擺脫嫌疑的秦佳馨還無法離開警局，因為譚輝他們懷疑蘇衡跟張帆殺人案有關，而身為凶手的第五個目標，在一切塵埃落定前，他們有責任保護她的人身安全。

當秦佳馨得知這個消息時，好不容易恢復平靜的她，一下子像瘋了一般跳起來，「這不可能！我老公絕對不會殺人！一切都是那個女人做的，跟我老公有什麼關係？」

「我們沒說妳老公殺人，冷靜一點。」奉命留在局裡的任非跟胡雪莉一起擋住這個女人，兩人幾乎是半強迫地按著她重新坐回椅子上，「但是現在還沒找到凶手，妳又是她的目標，這樣貿然跑出去，萬一真的出了點什麼事，哪怕不是要命的問題，也沒有必要驚嚇到胎兒吧？」

女人別無他法，「可是我老公真的不可能跟這個案子有關係，別說殺人，我們家連從市場買一條活魚回來都是我殺的，他看都不敢看……」

任非跟胡雪莉對視一眼，不以為然地挑挑眉。有多少殺人犯也是連雞都不敢殺，手上卻沾了好幾條人命。在這種情感衝動殺人、心理障礙殺人的凶手眼裡，他們的目標與其說是一條生命，不如說是一種符號——一種能夠給他們刺激的符號，使他們在這樣的行為中獲得心靈上的滿足、安慰、發洩或解脫。做刑警這一行，哪怕是剛入職沒多久的任非，對這種事情也已經見怪不怪。

搜捕行動一直持續到第二天清晨，始終沒有傳回讓人振奮的消息，而讓所有人都沒想到的是，失蹤的蘇衡竟然自己找上了昌榕分局！

任非永遠無法忘記那個男人走進警局的那一幕。

他看上去已經筋疲力盡，修長的雙腿無力地支撐著這具搖晃的身體，艱難、猶豫地一步步走進來。他身上帶著清早晨露的溼氣，頭髮被不知是汗還是水浸溼了，軟趴趴地貼在頭皮上，看上去像是十幾天都沒洗頭一樣黏膩不堪；而當他抬眼看過來時，即使那兩片厚厚的鏡片也掩蓋不了眼睛下的烏青，毫無血色的嘴唇劇烈顫抖著，憔悴得像是一個已病入膏肓、無藥可救的人。

任非看著他走進來，如果不是身邊的女人一聲驚呼，撲過去死命摟住他，把頭埋進他瘦弱的胸膛裡，任非幾乎無法把他跟在秦佳馨手機裡看到的那個男人連結在一起。

蘇衡無力的雙臂輕輕環抱女人抖動的肩膀，安撫著啜泣的妻子，眼睛卻從進門便始終盯在任非身上。被盯住的年輕刑警甚至連一瞬猶豫都沒有，大步地逕自走過去。然後，任非就聽見他無力的頹喪聲音說：「我是蘇衡……我知道張帆在哪裡。」

這幾個字無異於炸彈，幾乎是在任非耳朵裡轟然炸開，他激動得聲音甚至都有點變調，「人在哪裡？」

男人輕輕放開他的妻子。那一瞬間，女人的哭聲止住了，整個大廳頃刻間陷入如死亡般的沉寂。

「我可以帶你們去找她，但條件是，必須讓我跟她再單獨說一次話。」

這種事情，照理說任非決定不了。他可以跟蘇衡繼續交涉，也可以打電話請示隊長，但急於抓到真凶的迫切，卻讓他甚至想都沒想便直接點頭答應。

任非將孕婦交由胡雪莉照顧，拉著男人就往外走。隊裡已經沒車，他把蘇衡帶上自己的本田CRV，發動了車子才想起要打電話給譚輝，「隊長，我們在團結路和秀水西街交匯口會合，張帆在金匯購物中心的天臺上！」

儘管電話那邊譚輝的語氣依舊鏗鏘，但馬不停蹄這麼多天下來，亦透出難掩的疲憊，「你怎麼得到消息的？」

「蘇衡自己跑來局裡。他說能找到張帆，我現在正帶著他趕過去。」

哪怕是打電話，任非的一根神經仍舊警惕提防著。蘇衡的嫌疑還未完全排除，他擔心身邊這個魂不守舍的男人，萬一真的做出點什麼出格的事，不但沒抓到凶手，自己反而要賠上小命。

然而直到任非掛斷電話，開車上秀水西街，穿巷子走近路就要到金匯購物中心時，蘇衡仍自始至終都沒說一句話，整個身體像是完全靜止似的，維持著最初上車的姿勢，眼睛直愣愣地瞪著前方。

任非猶豫再三，最終還是按捺不住地開了口：「你們……是怎麼認識的？」

這似乎是沒頭沒尾的一個問句。任非在這一刻沒把自己當成員警，只是感染到男人身上始終縈繞著的絕望因而有所觸動的一個普通人。

「大部分事情，佳馨都跟你們說過了吧。」男人木然的臉上沒什麼表情，渙散的眼神卻慢慢聚起一抹晦暗的光暈，「但是她不知道，我和張帆，已經認識二十年了。」

任非輕輕倒抽口氣，轉過頭，難以置信地看了男人一眼。

男人並未注意到任非的目光，似乎他所有的專注都投入到那些回憶上，「我們是高中同學，大學同校。情侶關係是在大二那年確定的，現在說起來，那也是十六年前的事了。上學的時候忙著學業，畢業後又各自忙著事業，我們相處了十年，直到六年前，兩人的事業都穩定下來，才開始討論結婚的事情。帆帆就是在那個時候懷孕的。因為這個孩子的到來，我們加快了籌劃婚禮的腳步。我們的事情雙方家裡早就知道了，所以結婚是順理成章，沒有什麼阻礙的事。婚期定在了那一年的八月三十號，是我和帆帆高中時代第一次見面的那一天。

「臨近婚期時，帆帆已經懷孕六個半月了。那天下午她打電話給我，說終究沒按捺住，自己看了一下彩色都卜勒超音波，肚子裡是個男孩——我高興極了。」哪怕此時此地，蘇衡說起當初的事，嘴角依舊不可抑制地浮起淺淺笑意，「那天晚上有個關於開發新遊戲的應酬，我約了一家投資商，因為高興，所以喝多了。那晚我在車上沒找到家裡的鑰匙，就在樓下按門鈴，讓帆帆幫我開門……」男人說著，彷彿難以接受般狠狠倒抽了口氣，痛苦地抬手抱住頭，「我該死啊！我喝得沒了腳後跟，看見帆帆的時候不小心踉蹌了一下，帆帆下意識要來扶我，混亂中卻被我推了一把！我……我看著她要跌倒了，一時心急想要拉住她，誰知道竟然又一腳絆倒她！」

男人痛苦得握著拳頭，一下下發狠狂捶自己的腦袋，如同要把這些年的悔恨和愧疚發洩出來。他聲聲嗚咽，那種動靜讓任非聽得心裡都發酸，「她的指尖從我的手裡滑出去，我就這麼眼睜睜地看著她從樓梯上滾了下去！帆帆當時就昏迷了，當我抱起她的時候，地上和手上都是血，都是血……」

蘇衡哽咽到聲音已經完全變了調，拚命想要壓抑卻怎麼也控制不住放聲慟哭，哭聲很快就溢滿了小小的車廂。

「我知道後來張帆流產，並且失去了生育能力，你也另娶了秦佳馨。但是你為什麼婚後又出軌？既然忘不了張帆，何苦把秦佳馨娶回家？」

「我也沒有辦法。我媽當時以死相逼，要我們分開，後來鬧到絕食，半夜送醫院，我真的沒辦法了，只能跟帆帆分開。說到底是我對不起佳馨，這麼多年來，我的確把她當成了帆帆的替身。」蘇衡苦笑一聲，「也怪我軟弱無能，如果當初不妥協，可能就不會發生後續這麼多悲劇。但是，我並沒有出軌。」

蘇衡深深地吸了幾口氣，慢慢放下手臂，看見金匯購物中心的大樓已近在咫尺，停在樓下的警車連成一排，知道有些事在今天終於要走向終點。他吸吸鼻子，「我知道聽上去很荒謬，但我的確沒有。我替帆帆頂下那間店，是因為她被吊銷執照離開醫院後，精神狀態非常差，也沒有經濟來源。她落到今天這個地步，是我一手造成的，我不能不管。事實上開黑心診所也是我出的主意，因為我知道有那麼一些人，因為各種各樣的原因，懷孕墮胎不敢讓人知道，所以一家醫療技術有保障卻沒有登記在冊的診所，很能滿足社會上某些人的需求。我的確對她舊情難忘，也的確跟她依然有聯繫，但是我們沒有做過對不起佳馨的事。她和佳馨，誰是過去，誰是現在和未來，我分得清楚。」

「分得清楚你還騙你老婆去出差，在情人節跟舊情人鬼混？」

「那次是有原因的。」蘇衡看著越來越近的其他警車，不由緊張地握緊拳頭，「這幾年，她的狀態越來越不好。二月十四日，是我們當初確定情侶關係的日子……前一晚她聯繫我說想見見我，如果我不去的話，她就要找個沒人能找到的地方，直播自殺給我看……我不能眼睜睜地看著她死，可是那時佳馨已經發現了我跟她的過去，看我看得很緊，我只能撒謊說出差，然後才有了那張照片。」

目前這個距離，任非已經能看見譚輝那張嚴肅到不行的臉孔，不知道為什麼，他莫名其妙地有點心虛。他降下車速，語速也因為緊張而變得更快，「昨晚到今早去我們局裡之前，你在哪裡？」

「昨晚我接到帆帆的電話，現在想想應該就是你們帶走佳馨之後吧。她打給我，說了很多莫名其妙的話，邏輯很混亂，她從小到大極度緊張害怕的時候就會這樣。她跟我道歉，說她嫉妒佳馨，想殺了佳馨，想殺了所有懷了男孩卻不知道珍惜的女人。她說那些胎兒都是一條條的小生命，那些女人卻不要這種福氣，所以她們都該死。她說她也快死了……」蘇衡的語速極快，任非此時已把車停在譚輝面前。

蘇衡瞪大了眼睛盯著眼前的警車，急促起伏的胸膛洩露了男人無法自制的情緒，「我知道她一定出了事，所以就出門找她。我走遍了所有她可能去的地方都沒有找到人，金匯是最後一個目的地。」

蘇衡抬頭看看頭頂上方「金滙購物中心」幾個偌大的字，顫抖地深深呼吸，「本來我想自己過來的，誰知半路得知佳馨被你們扣住了，只好先去找你們……」

任非待在駕駛座上，沒開車門鎖。

譚輝皺著眉上前敲窗戶，任非頂著隊長壓迫感十足的氣場拖延著時間，也抬頭看向越來越亮的天光中，商場上方那顯得蒼白又耀眼的幾個漆金大字。片刻後，他問了這場交談的最後一個問題：「那麼……你怎麼能肯定，張帆一定會在這裡，而不是畏罪潛逃去其他更安全的地方？」

副駕駛座上，蘇衡慘然一笑，抬頭看向商場的天臺，「這世上，沒有人比我……更了解她了。她一定會在那裡，因為就是在這個天臺上，她把她的第一次……給了我。」

✦

那天早上，昌榕分局的刑警們確實在金滙購物中心頂樓的天臺上，找到了張帆。

那真的是一個非常神似秦佳馨的女人。只是較之於秦佳馨的瘋狂，這個女人身上似乎縈繞著更多疲憊和陰鷙的氣息。

不過在場的刑警都未能真正踏到天臺上。

走道跟天臺之間是一道雙開的閘門，門的上半部是半個人高的兩面玻璃窗，外面掛著鐵絲防護網。幾乎所有在走道裡做好緝凶準備的刑警，都能透過窗戶看到那個在天臺防護水泥牆上坐著的女人。而那邊的女人，也透過玻璃，麻木地遙望著他們。

門沒鎖，站在最前面的譚輝跟兄弟們打了個手勢，就作勢要衝進去，誰料原本被隔開在最後面的蘇衡，猛地推開刑警衝了過來，一把拉住譚輝的手，用身體死命擋在門前，「砰」一聲朝譚輝他們下跪！

「你們別進去！」男人抬頭看著譚輝時，臉上滿是祈求，瀕臨崩潰的號啕聲震得清晨安靜的走道發出陣陣空洞回音，「你們不能進去！她會跳下去的！我了解她，你們一進去，她真的會跳樓！讓我去跟她說說話，我去勸勸她，我——」他說著一頓，倏然轉向任非，「你答應我的，我帶你們來找她，你們要給我和她單獨相處的機會！讓我進去，你不能出爾反爾！」

任非和譚輝試圖拉起男人，卻都被蘇衡大力甩開。閘門外一個手握四條人命的殺人凶手漠然而坐，閘門內身高一八幾的大男人哭號著委身跪地，一眾員警蓄勢待發被擋著，一時說不出場面究竟是古怪壓抑，還是一觸即發。警方這邊沒人說話，幾乎所有人的目光都因蘇衡而聚焦到任非身上。半晌後，任非硬著頭皮上前兩步，走到蘇衡前面，隔開了他與譚輝。

任非背對著分局的所有同事，竭盡全力揪起已經癱軟在地的男人，並伸手開了門。若是仔細聆聽，很容易就能聽得出來，年輕刑警的聲音中透著些微不穩，不知是源自當面違抗隊長的心虛，還是對眼前這個男人先前所說那個故事的動容。總之，所有人都聽見他說：「你去吧。」然後他就把門關上了。

刑警們面面相覷，譚輝的臉色陰沉得宛如黑面閻羅，他咬牙切齒地掐著腰，隔空狠狠點了點任非的腦門，說了句「你這小子」，數落的話剛開了頭，最終卻沒說下去。

隔著一道門，他們看著男人走向那個他愛了許多年的女人，看著男人的哭訴和女人歇斯底里的爆發，看著方才好像一灘爛泥的男人衝上去，死命抱住作勢要跳下天臺的女人，看著他們相擁而泣，看著他們相視而笑……

沒有人知道天臺上那個背負多年情債的男人和背負四條人命的女人，究竟說了些什麼，等了四十多分鐘，終於等到男人陪著女人，一步步朝他們走來。

譚輝的刑警生涯中通緝過形形色色的罪犯，但是這樣的通緝現場，卻是平生第一次。

其實那是很有意思的一幕，這扇門的兩側似乎是兩個世界，刑警與凶手彼此之間彷彿近在咫尺，又似乎遙不可及。

世界似乎都在那一瞬靜止。直到譚輝手摸向後腰的那一刻——門的另一側，蘇衡不由自主地抓著女人試圖後退，然而張帆定定地站在原地沒動。

譚輝掏的並不是槍，是一副手銬。下一秒，他嘩啦一下拉開閘門，粗嗄的聲音對眼前的女人做例行問話：「張帆？」

女人直愣愣地看著他，沒有回答。

譚輝其實也沒打算等她回應，只是做個形式，「妳涉嫌四起蓄意殺人分屍案，現在依法逮捕妳，有異議嗎？」

出乎意料地，本以為從始至終都不會說話的女人，卻在譚輝話音剛落時，轉頭看向身旁的蘇衡。她的聲音很清悅，聽上去輕飄飄的，絲毫未顯露出任何悔恨或緊張，「起始亦是終。我們以後，不要再見了。」

起始亦是終。當初，她在這裡把自己的第一次獻給這個男人，以為這是開啟另一段人生的起點。現在，她背負著四條人命，在這裡跟蘇衡訣別，獨自走向生命的終結。

蘇衡下意識地想要抓住她的手，她卻在同一時間向譚輝抬起了雙手。

「咔噠」一聲，譚輝落下手銬，輕微的聲響讓在場刑警們鬆了口氣。這一聲代表著連日來鬧得人心惶惶的連環殺人分屍案，終告偵破。

天光破曉，城市迎來上班尖峰時段，街道嘈雜的聲音隱約傳上天臺，昌榕分局刑警分隊在場所有人都忍不住面對萬里晴空深深呼吸。就在此刻，短暫的沉默中，任非的手機鈴聲響起。

那是個很特別的鈴聲，如果可以，他恨不得一輩子不接這個號碼。可是不接不行。他從十二年前開始就有非常嚴重的強迫症，只要是他身邊的人，喜歡的、討厭的、關心的、煩人的，任何人打來的電話他都不敢拒接。就算漏接也要第一時間回電，手機二十四小時開機，出門必定隨身攜帶行動電源，因為他擔心對方萬一真的出了什麼事情，自己卻無法第一時間趕到現場。

同事們已經押著張帆往樓下走，任非落後了幾步，厭煩地擰著眉毛，按了接聽。

電話裡是一個中年人的聲音，溫醇渾厚，不怒自威，「這次事情做得不錯，改天幫你慶功。」

從中氣十足的聲音確定對方仍舊精神矍鑠得令人生厭，任非譏笑著一言不發地掛斷電話。不圖立功，他只求沒有處分就好。

5 隱痛

張帆的案子很快便結案，讓所有知道幕後底細的人感到驚訝的是，張帆的供詞幾乎與當初任非的推斷完全一致。

市局傳話準備開表揚大會，評定昌榕分局績優團隊和績優人員。績優團隊必然是刑偵大隊，至於績優人員，儘管對方話裡話外並未透露半點訊息，不過大家都心知肚明，非得是任非這個不按常理出牌的臭小子不可。

一聲聲恭喜祝賀讓任非聽得頭皮都發麻。其實他原本也不怎麼在乎績優與否，何況這個表揚，他受之有愧。在他的邏輯裡，有功的是梁炎東，囚犯立功理所當然地可以申請減刑，這個頭銜他說什麼也不能領受，所以在聽到風聲的第二天，他就拿著減刑申請書，敲響了楊局辦公室的門。

大案之後難得的清閒時光，楊盛韜正在辦公室裡撥弄自己養的那一大盆鬱鬱蔥蔥的文竹，玻璃杯裡的雲霧青芽綠得通透，空氣中也浸染了淡淡茶香。

分局長辦公室什麼都好，就是沒開空調。任非也說不上自己到底是被這屋子悶得出汗，還是心虛盜汗，總之他捏著申請書在楊老辦公桌前站了半天，話還沒說出來，豆大的汗珠倒是從脖頸滴滴滑進了襯衫裡。

他這個樣子實在太反常，印象中，上次出現這種心裡沒數身體少魂的樣子，還是剛進隊不久的時候。那次跟著譚輝他們一起出勤，遭遇持槍歹徒，他一時激憤衝上前徒手奪槍，結果導致槍枝走火，差點誤傷一旁的群眾。如果不是有人暗中保他，當時還是實習身分的任非，恐怕這輩子再也沒機會跟「刑警」這個稱號沾上邊。

楊盛韜放下手裡幫文竹澆水的噴水壺，恨鐵不成鋼地嘆了口氣，在椅子上坐下，看向任非的同時屈指敲敲桌子，「說吧，又怎麼了？」

「我是……來跟楊局坦白一件事。」任非是做足了心理準備才來的，但沒想到真的到了楊老跟前，準備好的說詞到嘴邊竟蹦不出來了。他只能自認沒用，老老實實地把手裡的申請書放在楊盛韜的桌上，「不然，您先看看？」

拋開讓他頭痛的時候不談，楊盛韜其實還滿喜歡這個生龍活虎的渾小子。他把端端正正放到他眼前的文件拿起來，「也算有長進，知道犯了錯應該主動坦白寫報告了？」

然而，話才說到一半，他就說不下去了。任非眼看著這位老局長的目光掃到文件上時猛地一頓，緊接著嘴角抽搐，話鋒一轉，「減刑申請？還是梁炎東的！你跟他是怎麼扯上關係的？」

任非開口想說就是為了破張帆的案子，要是我沒跟他扯上關係，也許楊局您現在就因為市局限期破案的軍令狀被退休了。

要是在平時，他絕對會說出這種話，但是現在心裡想的和嘴上說的無法同步，實際說出口的就只有乾巴巴的一句：「裡面都有寫，不然您先看看再說？」

任非在減刑申請書中將找上監獄裡那個無期徒刑罪犯梁炎東協助破案等等過程，樁樁件件交代得清楚明白，楊盛韜看完時，恨不得把那疊紙甩在任非臉上。

「你這小子……真是給我爭光！」老先生氣得把文件扔回桌上，「哐噹」一聲拍桌站起，「這邊熱熱鬧鬧地準備把你評為績優，你倒是厲害，自己先在懷裡藏了個炸彈！現在拿出來是想要炸死誰？你說！」

「楊局，別生氣。」任非眼看楊盛韜拄在桌上的手臂有點抖，連忙上前兩步，伸出手想扶卻又不敢，就這麼虛虛地舉在半空，動作尷尬怪異到不行，「當時市局只給三天期限，我不就是……想了一個或許能破案的辦法嗎？」

「你這是什麼態度？」楊盛韜一把揮開他的手，「違反紀律！你還有理了？就算你認為梁炎東對偵破案件會有助力，為什麼不提前報告？為什麼擅自行動？」

任非低著頭挨罵，小聲嘀咕：「我要是提前跟你們說，你們還會讓我去嗎？」

「你說什麼？」

「沒有。」在外天不怕地不怕的初生牛犢，這時在局長面前只能硬著頭皮賠笑，「我就說我不要被評為績優了，反正實際立功的人也不是我，我頂多就是有個傳話跑腿的作用。真正有功的人是梁炎東，所以楊局看能不能……批一下這個減刑流程？」

「我怎麼批？我拿著一紙文書到監獄和檢察院去跟他們說，這個案子是梁炎東幫忙破的，梁炎東立了功，你們就幫他減減刑？」楊盛韜拿起先前被他摔在桌上的申請書對任非比劃了一下，「他是怎麼立功的？我們是怎麼為他提供管道讓他立功的？事前申請在哪裡？相關文件又在哪裡？」

向來嘴上不吃虧的任非被問得啞口無言。他確實沒考慮那麼多。事實上，在敲門進來前，他對這件事抱著比較樂觀的態度，因為就算出發點違規，但結果畢竟是好的。梁炎東幫忙破了案，這是事實，法外還有人情在，道理一擺出來，他覺得還是能講得通。

可是他終究沒想過，減刑流程要從監獄一路走到東林市高等法院，關關都是講法不講情的地方。他讓楊盛韜兩手空空光憑一張嘴去幫重刑犯申請減刑，這種事不止是為難老局長那麼簡單而已，還是拉著他一起違法亂紀。

任非汗顏地不敢抬頭看楊盛韜，老先生看他那樣就知道他心裡在想什麼，「你以為只是拉上我一起違紀嗎？整個刑偵隊雖然偵破案件，卻是背地裡依靠重刑犯指揮，你一個剛入職的警員這麼膽大妄為，是不是受別人指使，有沒有上級授意？」

任非一聽猛地抬起頭，「楊局，這跟譚隊沒關係！他到現在還不知道這件事！這是我一個人的主意，有什麼責任我自己擔。」

「就算我信你，難道別人就會相信你說的話？譚輝那個脾氣，這些年明裡暗裡得罪了多少人？有多少人在等著看他出錯？否則他立了這麼多功，為什麼到現在還只是一個大隊長？這些事，我不坦白告訴你，你是不是這輩子也看不明白！」楊盛韜從桌子後面繞出來，圍著辦公室踱步，一邊想辦法收拾這個突然冒出來的爛攤子，一邊怒不可遏地朝任非吹鬍子瞪眼睛，「毛毛躁躁、為所欲為、屢教不改！你自己擔？你難道就不能想一想，你不是孤軍奮戰，你們是一個團隊！是綁在同一條繩子上的蚱蜢！這種事情，你說是你一個人的問題，實際上有誰能不必跟著你一起吃虧！」

「……我錯了。」任非臉上一陣紅一陣白，剛才是不敢抬頭，這時是真的沒臉抬頭，「楊局，您別著急，這件事是我鬧出來的，我會想辦法解決，處分或是其他什麼，我都會認，不會讓其他人遭受牽連。」

楊盛韜腳步頓住，轉身朝任非看去。這小子到隊裡半年多以來，這還是他頭一次聽見任非這樣正經八百地道歉。其實他知道，任非雖然經常衝動妄為，但本質並非那種有劣根性的孩子，他也相信任非之所以這麼做，只是希望隊裡能在市局的限期內盡快破案。

僅此而已。雖然他行事冒進，但是沒有想要貪功。

半晌，老局長嘆了口氣，搖了搖手，「你先回去吧，這件事對誰都別說，其他的交給我處理。」

任非小心翼翼地抬起頭，欲言又止地問：「……楊局打算怎麼解決？」

楊盛韜知道他最關心的是什麼，幾步走過去把那份減刑申請書拿起來，拍進任非懷裡，「若是僅止我一人，我不怕被誰牽連，但我得對其他人負責。你覺得我膽小怕事也好，自私官僚也行，總之很抱歉，我無法對其他人說，這個案子是你違規找梁炎東破案的。至於表揚大會，我會請上頭取消，丟不起這個臉。」

「可是……」任非直勾勾地看著楊盛韜，「這對梁炎東不公平。他只是——」

「夠了！」楊盛韜很少會這麼打斷人說話，但如果不制止，老先生覺得自己的血壓馬上就要超標，「你要是覺得良心不安，非要把這件事鬧大，我也攔不了你。但減刑的事找我沒用，我辦不到。要是你非要鬧，就去找那個真正說得上話的人吧。」

任非一怔。他沒想到，從他入職那天起就知道他的底細，卻從來三緘其口的老局長，這時竟然會把那個人直接搬到檯面上來。

任非灰頭土臉地從局長辦公室出來，手裡的那份減刑申請書怎麼拿進去又怎麼帶出來。他抹了抹額頭上細密的汗漬，往回走的一路上都在思考老先生最後說的那句話，糾結著要不要打電話給那個「真正說得上話」的人。

巧的是，他正猶豫不決時，手機偏偏響起了那個讓人聽了就討厭的鈴聲。

任非這次接得比往常快，電話那邊的人說了個位於一家購物中心頂樓的餐廳地址，理由是：「非非，你快兩個月沒回家了吧？晚上出來吃個飯，我們父子倆聚一聚，順便幫你慶功。」

沒錯，父子。

任非是一個不大不小的官二代，市警局的「大老闆」任道遠就是他親爸，而他則是那個不靠關係、在親爸一萬個反對下，打死也要進刑偵隊的不肖子。

打從任非進警隊的第一天開始，任道遠就私下囑託過楊盛韜多加照顧，但是市警局局長家的小公子，除了之前奪槍差點傷及平民之外，在分局混到現在，還真的沒倚靠過他老爸什麼協助。

任非對任道遠，心裡始終有個打不開的死結，所以看不上、更不願意請求照拂。這麼多年來，上次差點被撤銷警籍是第一次請他幫忙，今天為了履行對梁炎東的承諾，任非決心豁出去了，準備去求第二次。

這些年來父子兩人的飯局第一次沒費什麼工夫，簡簡單單就約好。但是任非怎麼也沒想到，晚上這頓飯不是父子之間的家長裡短，而是爸爸想方設法幫他安排的相親！

一張靠窗的桌子，一個長相酷似某網紅的女子坐在他爸爸斜對面，女子坐的那一側靠外面保留的位置，不用想也知道是給他的。

任非在餐桌幾步遠之外，切切實實地愣了一下。當了多少年的警察局局長，任道遠的職業敏銳性對周圍情況的洞察力不是吹噓的，在任非轉瞬之間就從愣怔中緩過神來，二話不說轉身要走之際，便被任道遠逮個正著，「非非，在這裡。」

任道遠好脾氣地對兒子招招手，示意他過來。

知道任局底細的人都清楚，在局裡說一不二的大老虎，對兒子卻是毫無半點「積威」可言。他把任非這個獨生子當眼珠子疼愛，然而「眼珠子」並不領情，總是想方設法和他抬槓。

至於任非跟他「鬧」了十幾年的原因，他自己也很清楚。也因此，他覺得是自己虧欠兒子，所以這些年來都任由任非跟他作對，能忍則忍。忍不了時，父子兩人偶爾也會吵得不可開交，吵完任非便摔門離開，他則會聽著任非下樓的動靜，一邊罵「小兔崽子」，一邊囑咐任非「開車小心點」。

聽見任道遠的喊聲，任非剛轉了半個腳跟便停住，暗自摸了摸那個裝著一疊文件的單肩包，嘆了口氣，最終還是說服自己，走到女子身邊坐下。

落座時，任非目光不經意跟女子的眼神碰在一起，年輕的刑警如觸電般收回視線，眼角一不小心又瞥到女子雪白的大腿，頓時渾身不自在起來。

現在都什麼年代了，老人家帶著女孩子來和自己兒子相親是什麼情況？

他還不能說走就走！都是這個減刑申請害的！

任非心裡咆哮著，表面上垂著眼，目不斜視地放下肩包，進退之間，目標也很明確——他是為了梁炎東才坐在這裡，至於相親什麼的，想都別想。

打定主意後，他悠悠地拿過茶壺，倒滿自己面前的茶杯，至於對面的爸爸在介紹身旁女子時都說了什麼，他根本一個字也沒聽進去。

等任道遠說完，任非已經慢條斯理地喝光一杯茶。他放下茶杯，吸了口氣，終於轉頭重新看向一旁羞答答低著頭的女子。任非的聲音雖然透露著些許掩飾不住的不耐煩，但勝在娓娓動聽，「小姐，我想我們大概不太適合。我這個人個性不好，脾氣暴烈，還很毛躁，再說我現在也沒有定下來的打算。而且我啊，只是一個小員警，平時工作也很忙，我覺得妳條件這麼好，應該要找一個更好的人來照顧妳，妳覺得呢？」

他這幾句話說得謙和有禮，貶自己捧對方，兼之還隱晦地說明了今天這個相親完全是長輩的安排，他毫不知情，所以就算女子覺得被打臉了，也跟他沒關係。

前前後後，幾乎滴水不漏，若是讓任非隊裡的同事們聽見這些話，絕對會認為這臭小子吃錯了藥。

女子垂著眼，雙手握著杯子不說話。落地窗外面夕陽的顏色灑進茶杯裡，在水面鋪上一層淡淡的暖色，映得女孩的雙頰更加緋紅。

服務生在一旁陸續上菜，骨瓷杯擺放在檜木桌面磕碰出的輕微聲響，反而讓飯桌上沉默的一對年輕人更顯尷尬。任道遠皺眉清清喉嚨，拿著公筷夾了一塊醬汁濃郁的紅燒排骨到女子碗裡，話卻是對自己兒子說的，「男人先齊家而後平天下，終身大事定了心才能定。工作再忙，跟有女朋友也不衝突。」

「那在齊家之前還得修身呢。」任非從鼻子裡「哼」了一聲，嘴角勾起那種擺明要對抗老爸的神態，也往自己嘴裡塞了一塊排骨，聳聳肩含糊著說：「我身都沒修好，怎麼齊家？」

任道遠聞言一揚眉，「你身上哪裡壞了，說出來我幫你修！」他嘴上訓斥著，手下卻是很誠實地又往任非碗裡夾了一筷子排骨——他兒子愛吃。

任非任由任道遠夾菜，倒也不阻攔，只是碗裡香氣誘人的排骨濃油赤醬，他卻偏偏把筷子放下，不肯再動。他咂咂嘴，剛才對女子的謙和早就在跟老爸的一來二去中灰飛煙滅，明知他爸爸看不上這副吊兒郎當的樣子，偏偏痞氣全開地靠到椅背上，蹺起二郎腿抖動著，故意堵對面那隻市局沒人敢惹的老虎，「我性功能不全，你也能幫忙修得好？」

「你說什麼混帳話！」

任道遠一聲咆哮，旁邊的女子也不知是被任道遠的嗓門嚇到，還是被任非的話駭到，剛夾起排骨的筷子一鬆，桌邊的盤子也跟著掉下去，一溜鮮豔的油亮醬汁瞬間印在她的白色包臀連身裙上。

女子「哎呀」一聲，連忙拿著旁邊的溼毛巾往身上擦，可是為時已晚，好好的一朵白蓮花似的小裙子，頓時髒汙不堪。

「現在怎麼辦，我要怎麼回去呀？」女子手足無措，尷尬萬分，又是著急又是狼狽，求助地看向任非的時候，眼眶竟已微微泛紅。

任非略略皺眉，目光從女子濺滿湯汁的胸前一直掃到那盈盈一握的小蠻腰上。

女子被他看得不自在，情不自禁把手放在腿上擋了擋，任非才直截了當地問：「妳穿多大尺碼？」

「啊？」他問得太突兀，女孩有點沒反應過來，愣了一下才下意識地回答：「……M。」

接著任非就站起來，從肩包裡翻出錢包，離席之際，沒管他老爸，自顧自地對女子留下兩個字：「等著。」

女子驚疑不定地看著任非離開又不敢多問，大概十幾分鐘後，任非提著一個很精緻的黑色手提袋回來，在女子呆怔的表情中，把袋子遞到她面前，「拿去換上吧。」

裡面也是一件白色連身裙。

女子感激地道了謝，拿著手提袋擋在身前，飛快地去了洗手間。餐桌上終於只剩下父子兩人，任道遠抽空點了根菸，品味著他兒子的一連串反應，覺得今天這場相親仍有機會，「怎麼樣，這個不錯吧？」

任非輕飄飄地瞟了爸爸一眼，不痛不癢地冷哼，「你喜歡你自己娶，反正我不要。」

「少跟我瞎扯淡！」這些年，任道遠面對任非，修養都快修練到了第十層，嘴上嚴厲，態度卻並未認真，「要是沒有那個心，你會幫她買那件衣服，我看那種包裝，一件至少要花掉你半個月薪水吧？」

「她好歹是個女孩，被你騙來相親，還得穿著髒兮兮的衣服回去，有這種道理嗎？」任非翻了個白眼，「要是看不過去，那你把買衣服的錢還給我，反正我也是替你善後。」

「越說越不像話！」任道遠呵斥一句，這時服務生過來清理剛才被打碎的盤子，任非站起來讓位，順勢抽出肩包裡的文件。

看見那一疊白紙，任老闆的眼皮跳了一下，「我就知道，你這個小兔崽子今天這麼痛快答應出來跟我吃飯，絕對有事。」

任非漫不經心地挺了挺脖子，把文件遞到爸爸面前，「那你約我出來吃飯，不也是『有事』嗎？」

任道遠拿過文件，看著上面「梁炎東」三個字，震驚之下連跟兒子拌嘴的事都忘了，「梁炎東？哪個梁炎東？」

「還有哪個？就是前幾年經常協助你們破案的那個梁教授啊。」任非奇怪地看了老爸一眼，「他才淡出大眾視野多久，你們怎麼就都不記得這個人了？」

任道遠把手中還剩半截的菸重重戳在菸灰缸裡，一對透著沉凝的剛正劍眉狠狠擰成「川」字。梁炎東……三年前在自己最器重他的時候，做出傷天害理的姦殺幼女案、被判無期徒刑的梁炎東。

任道遠沒再往下看，把它反扣在餐桌角落，神色漸漸嚴肅起來，「你自己說吧，怎麼回事？」

任非也不猶豫，同一件事，下午跟楊盛韜說的時候他的嘴都張不開，現在對面坐的是自己老爸，便沒有了絲毫障礙，「你不是說這頓飯要幫我慶功？我就是要跟你說一聲，這個功不用慶，因為立功的人不是我。」

「不是你？」任道遠神色微變，眉毛登時一豎，「任非，你把話說清楚。」

於是任非就一五一十地將事情始末再度說了一遍。

講到最後，他煩躁地抬手搓亂了自己的短髮，「反正差不多就是這麼一回事。你手邊那個是我幫梁炎東寫的減刑申請書，你看看能不能幫我辦了這件事？就當是我求你這一次。我都答應他了，不能言而無信。」

「你不能言而無信？」市局的大老闆聽完，怒不可遏地拍了桌子，震得碗碟都發出巨大的聲響，「好啊，我回去就把你這份減刑申請變成你的離職申請！不在其位不謀其政，從今以後，你再也別想隨便亂來！」

任非一聽，眼睛也頓時一瞪，針尖對麥芒，父子兩人的表情簡直如出一轍，「憑什麼？我是堂堂正正考進去的，你憑什麼說開除就開除？」

「憑你無組織無紀律，不知天高地厚，還自以為做得都對！」

「那是誰逼我去找梁炎東？還不是你嗎？要不是你給楊局定下三天破案的軍令狀，我怎麼可能貿然地跑去監獄？」

「軍令狀那是你的上級跟上級之間的事，一個剛進隊的菜鳥，只需要服從命令，誰給你擅自行動的權利了？」

「少說得這麼冠冕堂皇。你敢說幾天前說的三天期限，不是蓄意打擊報復楊局嗎？當初我考刑警你死活都不肯，百般阻撓，就是因為楊局後來收留了我，你心裡不是始終有根刺嗎？」

「你說什麼話！」任道遠這下是真動了氣，盛怒之下嗓門大得讓周圍客人都循聲看過來，好不容易換了衣服打扮好自己的女子剛走到近前，就又被嚇了一跳，手裡裝著舊衣服的袋子差點沒掉到地上。

這種事情不方便當著外人的面談，即使吵得再不可開交，這時也必須偃旗息鼓。任非重重吐口氣，知道這件事在老爸這裡也行不通，於是再也不想浪費時間跟對方互相對看生厭。他起身越過女子之際，就被任道遠一聲斷喝停住了腳步，「你給我站住！」

堂堂東林市的警察局大局長，這時被兒子氣得火冒三丈，根本顧不上體面，「她就站在你面前，你連招呼都不打一個轉身就要走，讀了這麼多年書，連一點最基本的禮貌都沒有了嗎？」

「有關係嗎？」任非隔著幾步遠的距離沒轉身，回過頭看著爸爸，滿臉的譏誚和冷意，「禮儀禮儀，我無禮你無儀，我們兩個不正好是父子湊一對？」

任道遠臉色一變，「你……」

「爸，」任非搶先打斷任道遠要說的話，比起剛才，他現在已經非常平靜，語氣毫無波瀾，「你還記不記得，明天是我媽的忌日？還在今天幫我安排相親……你心胸可真是寬大。」

最後幾個字，任非說得一字一頓。擲地有聲的每一個字，都彷彿一把重錘，將一根根釘子重重刺進任道遠心裡。

任非說完，轉頭對旁邊不知該做何反應的女孩抱歉一笑，抬腳毫不留戀地離開了餐廳。

在他身後，任道遠眼看著消失在餐廳外的兒子身影，彷彿渾身力氣瞬間被抽空，一屁股頹然跌坐回椅子上，原本到了嘴邊要訓斥的話，此時此刻，卻是再也說不出來。

任非的母親已經去世了十二年。忌日掃墓應在農曆，但任非更習慣用陽曆來計算日子。他清清楚楚地記得，按照陽曆來算，今年掃墓的日子比十二年前媽媽鄧陶然死的那天，提早了兩個星期。

那時候已經進入三伏天了，印象裡，那是任非這麼多年來經歷過最難熬的一個伏天。

彷彿半夜蒙著被偷偷落下的眼淚都化成了縈繞周身的水氣，黏膩膩地糊著他，被白天的太陽一炙烤，又潮溼悶熱得讓他痛不欲生。

從那以後，任非就對夏天有種說不出的厭惡和畏懼。別人眼裡陽光明媚、欣欣向榮的季節，對他來說卻總蒙著一層厚重的陰影，充斥著黑暗和死亡的記憶。

因為要去掃墓，昨天下班前他就跟譚輝打了招呼請假一天。但是一大早，他還是開車往辦公室的方向前去，不過目的地不是他們局裡，而是隔了一條街的一家小花店，上面掛著的木質復古小招牌上寫著兩個字：路口。

花店不大，勝在裝潢風格清雅別致，最重要的是，這家店開得很早。

因為擔心自己控制不住情緒，在媽媽墳前跟任道遠吵起來，讓她死也不得安寧。任非這幾年去掃墓時總是不遺餘力地避開老爸，只要他出發得早，通常七點半左右就能到公墓。

這個時間出門，想找家花店買一束母親生前最愛的百合花孝敬她，實屬不易。因此當他大四快畢業時發現這家花店後，一到祭掃的日期，總是一早就到這裡來買花，哪怕不是祭祀的日子，偶爾想老媽了，也會來買花過去看看。

算一算，這個習慣也保持了將近一年。一年的時間，足夠任非從當初買了花就走的過客，變成一個跟老闆談天說地的熟客。

花店老闆名叫楊璐，是一個溫柔、和善、漂亮的年輕女人。她有一張清秀的臉龐，皮膚白得近乎透明，纖細脆弱的脖頸下，齊腰長髮格外柔順。有時她會簡單紮一條髮帶，映襯著素色的連身裙，秋水般的眸子裡，瀲灩著說不清的情愫，嘴角總是習慣性地輕輕抿起，素淡的表情似乎永遠都透露著某種道不明的溫存。

這樣的女人彷彿有種奇妙的魔力，讓人光是看著她，內心就會跟著一起安然平和。

任非有時會覺得，這樣宜家宜室的女人，才當得起「女神」這種字眼。

然而，她那樣美好，卻是一個已離過婚的女人。

也許是真的親身經歷過刻骨銘心，反而看淡了悲歡離合，她身上才會散發出在二十九歲女人身上極少見到、真正的恬淡素雅，一顰一笑淨是與世無爭的安然。

彷彿她沉靜如水地生活在自己的世界裡，任何人的自由來去，都無法攪亂她內心的頻率。

任非很喜歡待在她花店裡的感覺，特別是在即將去祭掃的這種時候。他或坐或站地在那裡一聲不發，等待楊璐幫他挑選最嬌豔的百合包成一束，看著女人不疾不徐的動作，嗅著滿屋沁人心脾的花香，那個瞬間，彷彿被埋怨仇恨和懊惱懺悔填滿的心，也能跟著得到片刻安寧。

可是，今天那份安寧卻被人攪亂了。

一個四十多歲的男人堵在花店門口，腳邊是一盆葉子已掉得差不多的大盆栽，吵嚷的聲音在清早安靜的街道尤為刺耳，「妳賣了有病的植株給我，憑什麼不能退貨？這盆花要是沒有毛病，怎麼可能回家不到半個月就開始發黃掉葉子，才多久時間就變成這樣了！妳不讓我退貨，我不就白花那麼多錢了？」

「梔子花嬌貴，在北方更不好養，水肥掌握不好，很容易產生黃化病，這些當初都跟你說過了。」眼前的彪形大漢把柔弱的女人襯得更顯單薄，楊璐微微皺著眉頭，柔聲細語用很有分寸的語氣解釋：「而且原先這兩株梔子放在店裡也沒打算要賣，是你好說歹說非要買，我才割愛。當初這花是滿株花蕾交到你手上的，患病的梔子不可能有那樣的狀態，還有，這麼大一株梔子花，我賣給你的價格遠低於市場價……」

「妳少跟我狡辯這些沒用的！這盆花現在這種要死不活的樣子，既然是從這裡買的，妳就得給我負責，不退錢就再給我換一盆好的！」

「之前都換過一株了……」

女人沉靜的眼神安撫不了一個存心找碴的男人，也許是知道不會有人來為這個獨自經營店面的女人撐腰，男人變本加厲吼叫：「換的這盆還不是一樣有病！誰知道妳是不是看我不懂，故意賣不好的給我？不然妳的男人為什麼不要妳了？哪個男人能看得上這麼多心機的女人！」

「你！」楊璐語塞，任非在這時恰巧把車開到了店門口，從他這個角度能看見她蹙緊的眉心、緊抿的唇線和委屈又憤怒的表情。

片刻之後，楊璐輕輕垂眼，嘴角勾起面對無奈和委屈時慣有的包容妥協，平淡如水的聲音透著淺淺的疲憊，似乎連一絲抵禦侵略的能力都沒有，「算了，我退錢，你走吧。」

任非看著劇情急轉直下，心裡的激憤驟然爆發。他暗罵了一聲，緊接著動作俐落地從車上跳下來，大步走到店門前，一把抓住準備回身去拿錢的楊璐，「妳錢很多啊？他叫妳退妳就退？」

手腕一下子被人抓住，本能回頭的同時聽見來人理直氣壯的數落，楊璐微微一怔，就看見身邊男人冷笑一聲，二話不說從懷裡拿出自己的警察證，「這位大叔，你的錢，老闆是退不了了。你要是覺得自己的消費者權益受到了侵害，歡迎到隔壁警察局報案。」任非無所謂地挑眉聳肩，滿嘴戲謔，「東林警察局昌榕分局，竭誠為你服務。」

本來已經坐著等退錢的男人，眼看煮熟的鴨子飛了，目瞪口呆地看著突然攪和進來的員警，瞬間石化。

這盆花本來拿走時的確沒問題，但他就是養不活，上次過來耍無賴，鬧了一通換了一盆後，沒過多久又是這副死樣子，他知道自己的確是沒轍了，就想過來重施故技。畢竟當初買這盆花了八百多塊，就這麼死了，讓他覺得錢好像丟進水裡，很心疼。

尤其花店的老闆又是一個不多言不多語的女子，平時就是一副逆來順受好欺負的樣子，他才有了耍蠻橫占便宜的心。

沒想到，偏偏中途闖出一個警察攪局。

但他終究沒膽對抗手裡有證又滿臉寫著絕非善類的年輕小夥子，只好喉嚨裡嘀咕著罵了一句，抱起地上那盆被糟踐了的梔子花，灰頭土臉地走了。

任非不再理他，轉頭就聽見楊璐輕輕吐了口氣，輕柔又不好意思地一笑，「謝謝你啊。」

任非的視線落在她身上，看著那張晨光中靜謐素淨的臉，直到手中傳來細微的掙扎，才意識到剛才一時情急抓住楊璐的手腕，竟然過這麼久都忘記放開。

他不知要如何化解尷尬，反倒是女人落落大方地把他引進店裡，波瀾不驚地問：「還是要百合嗎？」

她記性很好，任非下意識地點頭。於是楊璐便自顧自走向角落裡新進、尚來不及照料的花桶，從中挑選出還帶著清晨露水芬芳的百合，回頭溫和地對他笑笑，「今天不收費，算是感謝你。」

「呃……不用……」任非恍惚中忽然對上女人如秋水似的眸子，慌忙地避開眼神，飄忽看向窗臺，往日伶牙俐齒的男人，現在舌頭簡直像是打了一個結，「只是碰巧……應該的。」

女人抱著挑好的花枝過來包裝，走到任非身邊的時候，順著他的目光看向窗臺邊一大一小兩盆生石花，裡面清一色都是綠福來玉，被照料得健康茁壯。

「對了，那個小盆的福來玉，你也拿走吧。」她俐落地選了一張很素雅漂亮的包裝紙，熟練地把百合包成花束。

「……啊？」任非的腦子已經完全運轉不過來，他實在不覺得自己打發走那個中年男人算是多大的功，需要受這麼大的祿。

「那個不是上次你來的時候說想要的嗎？」楊璐也有些意外地抬頭看了他一眼，「清明那時，你問我窗臺上的多肉賣不賣，我說賣了你也養不活，等分株的時候，我再幫你移出來這幾株。」

她記性好得讓任非吃驚，任非這才想起來，當初也只是那麼隨口一說，壓根就沒考慮她會真的兌現，所以當時也就敷衍著大剌剌地說了聲「好」。

「你已經忘了啊？怪不得花期都過了，也沒看你過來拿。」看出任非的心思，楊璐也不介意，把花束遞給他，眉眼間彎起的弧度映襯著那張粉色的嘴唇，不知怎麼回事，竟讓任非聯想起大學時在某本小說上看見的一句「適合接吻」。

任非越發覺得眼睛看哪裡都不對勁了。他暗暗狂發牢騷，想著也許是昨天那場如鬧劇似的「相親」留下的後遺症，否則為什麼會忽然對潛意識裡的「女神」有了這樣的邪念。

任非覺得自己有點莫名其妙，他一手抱著花束，一手接過楊璐遞過來、裝著福來玉的袋子，竟連錢都忘了給，慌忙道了謝，逃也似地出了店門。只是走到車門邊，一手捧著花一手提著盆的車主卻結結實實愣了一下——他的車門玻璃上貼著一張罰單。

剛才那個男的耍無賴，他情急之下把車停在路邊就跑了，沒想到就這麼短短一會兒，就被貼了罰單。

任非下意識轉頭四處尋找那個見縫插針貼單的混蛋，想著要是找到人了，就假公濟私一下，說自己在執行公務。

然而人沒找到，倒是本來打算送送他的楊璐從店裡走出來，看見違停罰單，尷尬地抱歉：「……實在不好意思，給你添麻煩了……那個，我來繳罰款吧。」

「啊？啊！沒事沒事。」任非一下子反應過來，三兩下把那張罰單從車窗撕下來，將百合花束和多肉盆栽一股腦兒輕輕放在副駕駛座上，抓抓頭，有點不太自在，「我自己路邊停車活該被貼單！哈哈哈，跟妳沒什麼關係，不用這樣。」

女人忍不住「噗哧」一聲笑出來，「那這樣吧，下次你再過來的時候，我請你吃飯，也算是還個人情，這樣可以嗎？」

鬼使神差地，任非看著眼前纖細單薄的女人柔和的眉眼，張了張嘴，乾巴巴地回答了一句：「……好啊。」

✦

任非前往公墓的一路上，任非的心情都有點飄飄然。也不是說有多高興，甚至還有點後悔，覺得就這樣答應女生一頓飯，實在有點不可靠。

這是一個離過婚的女人，年紀比我大，會不會比較敏感？會不會覺得我今天是見縫插針？會不會覺得我是想占她便宜？

任非被這些「會不會」灌了滿腦子，以至於在順著公墓臺階拾級而上看望老媽的路上，差點被自己絆倒。

他提了一袋祭掃的東西，把花束放在一邊，從口袋裡拿出白色毛巾蘸了水，仔仔細細地把母親墓碑前前後後擦拭乾淨。黑色墓碑上，早逝的鄧陶然那張年輕溫婉的臉，乾乾淨淨地對著任非笑意盈盈。

那和煦溫暖的樣子，看起來竟跟楊璐有三分神似。但是看著墓碑上這張遺照，誰也想不到，鄧陶然十二年前被人當街割喉的那一幕，有多麼殘酷血腥。

任非凝視著照片，嘆了口氣，又去擦拭旁邊另一個墓碑。

那個墓地裡埋著兩個人，是父女。男人的名字跟任非母親只差一個字，叫鄧陶動。那是任非的舅舅和表妹，跟他母親死於同一日，相同地點，被同一個凶手殺死。

混亂的鬧區，融洽的一家人正在逛街，凶手突然騎著機車衝向他們，當時去替表妹買甜筒的任非就隔著一條街，眼睜睜地看著戴頭盔的凶手用手中那把明晃晃的尖刀，一瞬間準確無誤地抹斷了媽媽的脖子。鮮血從她的喉管噴濺而出，鄧陶然死不瞑目地重重倒在地上。

當街殺人，尖叫四起，場面一時混亂得無法控制，任非的舅舅愣了一下，下意識去抓凶手，被嚇傻了的表妹本能地跟著爸爸，誰都沒想到，驅車而逃的凶手竟然囂張地折返，又捅死了這對父女，隨即揚長而去。

任非當時瞪大眼睛，小臉死命貼緊肯德基大門玻璃，卻不敢出去。他看著凶手消失在視線之外，直到媽媽、舅舅和表妹出殯的那天，都不敢再去看一眼。

這是當初震驚全國的「六·一八重大殺人案」，凶手前前後後一共殺了八個人。任非的家人，既不是開始，也不是結束。沒人知道凶手的殺人動機，當時全城追凶，時任東林警察刑偵副局長的任道遠在喪妻之痛中，親自坐鎮指揮參與破案，然而始終毫無結果。

這是一個懸案。懸宕了十二年，凶手至今逍遙法外。

一朝之間痛失一對兒女，任非的外公當時就病倒了。外公病逝後沒多久，任非那終日思念丈夫女兒、精神恍惚的舅媽，也住進了精神病院。曾經幸福到讓多少人羨慕的家庭，就這樣毀於一旦。

這就是任非父子之間的那個心結。十二年後，任非依舊無法原諒他爸爸。

他覺得是爸爸的無能導致凶手逃脫，讓外公抱憾至死。即使任道遠無數次解釋當時破案的困難和時空條件的限制，任非依舊不能原諒他。

所以任非執意要讀警校、考刑警就只有這個目的——他要破這個案子。哪怕是十二年後更加困難重重，他也要給媽媽，給舅舅和表妹，給還活著的舅媽，給十二年前懦弱躲藏的自己，一個交代。

可是他從警也有半年多了，明裡暗裡查過不少當年的卷宗，至今依舊沒有半點頭緒。

任非沮喪地嘆了口氣，盤腿坐在兩座墓碑前，看著眼前三個至親的黑白照片，略略垂下眼，擺好供品，點上三炷香，站起來行禮，依次插在媽媽、舅舅和表妹面前的香爐裡。

「你們再給我一點時間。當年那個凶手，我遲早會找出來，幫你們報仇。」

✦

從公墓出來，任非改道去了監獄。昨晚回來後，那份沒人肯收的減刑申請書就一直被他放在車子裡。任非從後照鏡中時不時地掃幾眼放在後排座椅上的文件，恍惚地覺得，這份跟他一起去見了爸爸又祭拜了媽媽的減刑申請書，才是自己這輩子的依靠。

即便如此，他也沒臉見那個自己曾經拍胸脯保證一定能減刑的男人。

不知如何啟齒才能自圓其說，思來想去，當到達監獄接見室時，這個員警已經懷抱了一種對重刑犯誠心請罪的態度。

然而，梁炎東卻沒有見他。

關洋去了又回，行色匆匆，走到任非面前時，遞了一張字條給老同學，「這是梁教授給你的，他要你別再來了。」

任非皺眉展開紙條，只見上面力透紙背的四個字：知悉，請回。

這四個字，幾乎是在明明白白地告訴任非：我當初答應幫忙的時候，就已經知道會是這樣的結果。事情到此結束，你也不必再來。

梁炎東不是為了減刑才出手，那麼，促使他這麼做的原因又是什麼？

任非身為一個警察，前前後後竟都被一個囚犯看得通透。做一件事，起因為何，結果如何，連自己都無法弄清，梁炎東卻從頭至尾掌握得不差分毫。

他第一次深切感覺到這個男人的危險性。任非捏著手裡有如千斤重的紙條，一時之間說不出話。

「任非，你自己出去吧，監獄裡今天出了點事，我得先走，待會就不送你了。」關洋語調焦急，尚未從震驚中回過神來的任非狐疑地瞄了他一眼，隨口問了一句：「怎麼了？」

關洋緊皺著眉，平時別在裝備上的警用ＰＤＡ今天被他握在手裡，「在你來之前，十五監區死了一個人。」

「十五監區？」任非聞言一震，「那不就是梁炎東所在的那個監區？」

眼看著關洋點頭，一股不好的預感夾雜絲絲涼意從腳底躥起，任非幾乎在關洋點頭的一瞬間立刻追問：「怎麼死的？他殺？」

「哪有可能，這是監獄啊，要殺人就殺人？」關洋意外地看著他，隨即又想了想，兀自解釋：「自己跳進做工的染池裡溺死的。反正判的也是無期徒刑，活著和死了也沒差別，可能是想不開了吧。」

「……自殺？」任非摩挲了一下手裡薄薄的紙條，眉宇間透出掩藏不住的猶疑，「可是我總覺得有哪裡不對勁。」

「任非，你這是職業病了啊。」關洋反倒有點擔心地掃了任非一眼，但他們老大在警用ＰＤＡ裡叫大家集合，不能再耽擱下去，便搖搖手急忙跑往監區。

任非一個人心事重重地出了接見室，遠處，只見幾個管教人員帶著抬擔架的急救人員一路從監區出來，而擔架上從頭到腳蓋著白布的人，一條手臂垂落在外，無論是袖子上的囚服還是裸露在外的皮膚，皆被染料浸得血紅。

這就是關洋剛才說的，他們監區剛死的那個犯人。

任非微微瞇眼，腳步倏然加快，從家屬探視的通道一路跑出去。他說不上哪裡不對，也不太確定自己究竟要幹什麼，只是直覺上非常肯定，應該趕在死者被推進殯葬車之前，去看一看那個人的死狀。

✦

獄警第一時間嚴密封鎖了消息，所以除了現場目擊者，十五監區的大多數犯人並不知道他們這區剛剛有一個獄友自殺了。高牆之內，一切仍在按部就班地正常運轉。

這個時間，監區獄友都在工廠裡，梁炎東走到監舍最裡面，把紙筆放進屬於自己的置物櫃，也沒有什麼偷懶的心思，緊接著就轉身往外走。

監舍走廊安靜得落針可聞，甚至連梁炎東腳上那雙黑布鞋也能在地上帶出極其微弱的沙沙聲。

片刻後，梁炎東稍稍展眉，從鼻子裡長長呼了口氣，似乎放棄了什麼似的，兀自搖了搖頭。

而突如其來的變故就發生在這一瞬間——本該除了梁炎東之外再無一人的監舍走廊裡，一個黑影突然從斜側方躥出，眨眼間就到了梁炎東背後，手持一條極細的繩子，以迅雷不及掩耳之勢，猛地從後方勒住了梁炎東的脖子！

梁炎東動作極快地試圖掙脫，然而毫無準備的反抗應對蓄謀已久的謀殺，即便再快的速度，一切仍顯得太遲。

繩子卡進皮膚帶來如刀鋒般銳利、森寒的威脅，對方下了重手，勒住後立即不遺餘力地收緊。梁炎東的呼吸幾乎立刻被繩索阻斷，他本能地抬手抓向脖子，試圖拉開凶器，下一秒卻感覺細韌的繩子被來人從他脖子後面交叉，再死命地拉向兩邊！

男人只覺得渾身力氣都在那個眨眼間被迅速抽走，拚死掙扎中，他用所剩無幾的清醒，抬腳用力踹向旁邊監舍的大鐵門！

他不知道這個動作是否奏效，但身體已逐漸失去對外界的感知，絳紅的臉色透出可怖的青紫，耳邊只剩下繩索纖維被拉到極致時發出的幾不可聞細微聲音。

那便是這個世界向他發出的最後聲音，屬於死亡的聲音。

6 特殊存在

監獄後門，殯葬車已在外面等候。管教人員和醫生們抬著死者從監獄出來，沒人說話，場面顯得凝重緊張。

醫生們從管教口人員中得知，死者被判了無期徒刑，如無減刑條件，就要老死於此。注定是活生生地走進去，到死的那一刻，才能被抬出來。與其行屍走肉地活著，選擇這樣死去，倒也不失為一種解脫。

只是，蒙在死者身上的白布逐漸被浸透衣物的紅色染料染出斑駁的血色，就算生無可戀，選擇溺死在染池的化學製劑裡，這樣的方式也實在太慘烈了些。

任非努力追趕繞到後門時，看見的就是這樣一幅畫面。管教人員跟著殯葬人員一起把死者運上殯葬車，出自於對生命的敬畏，每個人臉上莊重的神色，讓場面具有一種別樣的肅穆。

「等一下！」眼看著殯葬車的後門就要關上，任非一聲斷喝，在場所有人隨之看過來，管教人員下意識地警戒。任非一邊跑一邊從口袋拿出證件，「刑警！」

他跑得太急，衝過去的同時一把將自己的警察證拍到一名四十多歲的管教人員手裡，「你們要把屍體帶去哪裡？殯儀館？」

管教人員低頭仔細查看了他的證件，「昌榕分局刑偵科……」男人猶疑地嘀咕著，抬頭皺著眉上下打量任非一眼，不答反問：「你有什麼事？」

有了上次私自行動的教訓，任非這次終於知道收斂點，明白剛才自己的語氣太衝，惹得對方不高興了。他也喘了口氣，帶點歉意地賠著笑，因為找不到說得通的藉口，乾脆實話實說：「我今天過來探視朋友，剛才出來時看見你們抬著蒙白布的擔架往外跑，我擔心了出什麼事情。你看，職責所在，總不好視而不見。」

管教人員狐疑地緊鎖雙眉，擰出很深的溝壑，毛孔粗大的鼻子在陽光下冒著油膩的汗珠。他似乎很嚴肅地思考著什麼，之後像想通了似地點點頭，把手裡的警察證件還給任非，並且回答：「人是自殺的，正要送去驗屍，證實這件事。」

任非眼底一亮，「我可以跟過去一起看看結果嗎？」

管教人員猶豫了一下，環顧四周，目光從一個個人頭上一一點過，「是可以，但車上應該沒有你的位置了。」

「啊，不用擔心這個！我自己開車來的。」

任非就這樣一路驅車跟在殯葬車、救護車和一輛監獄公務車後面，沒人告訴他驗屍的地點，他也沒問，路上只抽空打了一通電話給關洋，才知道前面的救護車是東林二院的。

關洋說他們監獄跟二院是長期合作關係，監獄裡偶有犯人尋釁打架受傷或是病重的情況，不管是做驗傷鑑定還是住院治療，都是帶去二院。二院門診大樓後面有一棟單獨的二層小樓，掛著「法醫門診」的牌子，專做司法鑑定。

專做驗傷鑑定的地方，驗屍到底可不可靠？任非內心發著牢騷。跟屍體打交道的法醫，他只相信狐狸姊，但這是別人的地盤，他插不上手。任非坐在角落，看著兩個跟他年紀相仿的戴口罩男法醫圍著屍體忙碌，從烈日高照到夕陽漸落，終於聽到了初步驗屍分析結果，「死者身體表面無明顯外傷，口腔與鼻孔有蕈狀泡沫，氣管、支氣管有泡沫並附著化學漂染製劑沉澱，肺臟呈水性肺氣腫，解剖後切面有泡沫和溺液流出，以上特點都和遭棄屍入水後的屍體現象有別，所以基本上排除死者是死後遭人棄屍入水的可能性，從而可以斷定，這個人的確是溺水死亡。」

雖然可以判斷死者是溺水而亡，但是溺水並不等於自殺。

任非從椅子上站起來，目光越過旁邊的兩名法醫，看向解剖臺上那具屍體。

死者身上的化學染料在驗屍之前已被清理乾淨，但是染料的浸入性和腐蝕性太強，即使皮膚表面液體都被擦拭過了，還是有一部分紅色染料腐蝕了體表，以至於死者從頭到腳的皮膚都呈現出淡淡的桃紅色，乍看之下，如同被蒸熟了一般，可怖得讓人作嘔。

從得知這個人死了的那一刻開始，始終困擾著任非的詭異和不安之感，並未因法醫給出的結論減弱半分。

他的死亡第六感通常在發生謀殺事件時才會有作用，沒有道理會因一起自殺事件一個勁地鳴警鐘。那麼，是這個人的死亡另有隱情，還是他從未出過差錯的第六感忽然有了問題？

任非思來想去，在兩種可能之間猶疑不定。他不敢完全相信直覺，也不想徹底加以否定。

他舔舔乾燥的嘴唇，思考片刻，對上法醫的眼神，「會不會有人先在他身體裡注射了什麼藥物，致使他自己跳入染池？能不能檢查一下血液和肌肉中有無藥物殘留？」

被他詢問的法醫以揶揄的目光笑著看了他一眼，「相關的體液樣本已經採集完畢，送去化驗科了，分析結果最快也要明天上午才能出來。不過，據說監獄有管教人員和囚犯全程目擊死者走上高臺到溺水自殺的整個過程。按照他們的描述，死者全程行動自如，被藥物控制的可能性不大。」

任非環抱雙臂，微微偏頭，挑著眉梢睨了對方一眼。

像這種模稜兩可的話，絕不會從胡雪莉嘴裡說出來。不過他也不方便回嗆，點了點頭，拿了東西準備離開，臨走時，死皮賴臉地跟剛才看他證件的那名管教人員說：「曹哥，明天化驗結果出來，麻煩你跟我說一聲啊。」

市警察局局長家的小公子，性格裡有個不好不壞的特點——大剌剌的自然熟。

再三囑託曹哥明天打電話給他的時候，任非的手機響了幾聲，打開一看，是剛才託石昊文幫他調查的事情有了結果。

現在他已經得知，這個獄管名叫曹萬年。

「錢祿，男性，三十八歲，四年前因強姦和故意殺人罪，被判處死刑緩期執行，一年後因表現良好被減成無期徒刑，後來一直在東林監獄服刑。為人孤僻，沒有直系親屬。」

這則訊息下面，是石昊文用手機從螢幕上拍的一張照片。本來就年代久遠，再用手機翻拍資料庫裡儲存的報紙掃描文件，讓畫面模糊得像是打了馬賽克。

即便如此，剛才在法醫門診裡看過全身泛紅的死者，已隱約反胃的任非，此刻差點翻江倒海地吐了出來。

圖片上是一個赤裸的女人，仰面朝天地大睜著眼睛，雙手被木楔釘死在地，從大大張開的兩腿之間，紅的黃的腸子都被挖出來，流了滿地。

那個場面嚇得任非差點摔了手機。

他心裡使勁狂罵，閉了閉眼睛，穩定了一下情緒，才又深吸口氣繼續往下看。圖片下還有石昊文發來的話：「當初之所以判緩死，就是因為這起案件對社會的影響極其惡劣。錢祿活生生從被害者下體將內臟挖出，死者是在極度痛苦中逐漸喪失生命的。根據當時的報導，從女人下身流出來的血，染紅了身下好大一片土地。」

「媽的！」任非看完，猛地閉上眼睛，緊緊握著手機。

任非不知道這名死者竟然有這樣一段犯罪經歷，如果早點得知的話，或許壓根就不會在這裡枯坐大半天浪費時間。

有那麼一瞬間他甚至想，那種人渣就這樣痛痛快快地死了……這種死法，太便宜他了。

✦

梁炎東是在醫務室醒過來的。

恢復意識時，他並沒有立刻睜開眼睛，直到嗅著消毒水的味道，確定自己在醫務室內，才慢慢有了動作。

他嘗試著轉頭——脖頸沒有問題，但脖子上被繩索勒傷的地方隨即傳來鈍痛和針刺般的麻癢。微微倒抽了口氣後，他本能地抬手要摸摸脖子上的傷痕，一動之下才發覺自己的一隻手被手銬鎖在鐵床欄杆一角。

他試圖坐起來，手銬與欄杆觸碰，發出清脆的聲響，引得正在整理醫療用品的醫生疾步走過來查看。男人泛著血絲的眸子迎上，獄醫韓寧寧腳步微頓，隨即笑起來，「你別這麼看著我呀，很嚇人。」

梁炎東沉默著把目光從她身上挪開，深邃的眸光微微收斂，習慣性地掃了眼所處的環境。

十五監區的醫務室跟他兩年前最後一次來時相比沒什麼變化，靠窗的那邊放著獄醫的看診臺，看診臺左面靠牆是兩個放資料的大櫃子，櫃子上掛著四塊寫著各種規章制度的宣傳板，櫃子對面就是梁炎東此刻坐著的病床，兩張床並排放著。看診臺的正對面，靠門的那面牆上掛著一個備忘用的白板，上面的告示板上有一個貼著值班醫生的名卡，一個寫著醫務室工作制度。

不同的是，印象中兩年前從資料櫃上方到門角之間曾拉了一條晾衣繩，如今晾衣繩沒了，一些需要及時清洗的醫用物品零零落落地掛在醫務室各個有稜角的地方。

韓寧寧是這所監獄裡少數幾個與梁炎東有較多交集的人。當初梁炎東被診斷為失語症，很長一段時間，就是韓寧寧在幫他做心理諮商和復健治療。雖然沒有效果，但接觸得久了，偶爾這個男人眼神想要表達的意思，她看得懂。

黑溜溜的眼珠隨著梁炎東的目光在自己的工作區轉了一圈，韓寧寧努努嘴，抬手在資料櫃和門框之間比劃了一下，「你在找之前搭在這裡的那條晾衣繩嗎？」

梁炎東沉默著點點頭。

「可能是前幾天掛的東西太重，用來固定繩子的那個釘子掉了，到現在一直沒時間請工程組那邊過來重新打洞。」韓寧寧知道他有話說不出，一邊解釋一邊轉身去隔壁的儲物室拿了優碘、藥膏和醫用藥棉回來，然後全部放在他床頭的小櫃子上，「你脖子上的勒傷滿嚴重的，最近天氣熱，回去以後記得按時消毒上藥。」

梁炎東深深地看她一眼，略微勾了勾嘴角，扯出一個略顯僵硬的弧度。

他太久沒有值得高興的事，已經快要忘了該怎麼笑。但即便如此，他看見韓寧寧的眼神還是亮了起來，可一瞬之後，又迅速地晦暗下去。她微微偏著頭，探究地打量著他，單純的眉眼逐漸浮現出糾結和不理解，「梁炎東，好好的，為什麼要自殺呢？」

女孩發問的語氣自然，而梁炎東卻在聽見這句話之後赫然抬頭，銳利的目光在轉瞬之間牢牢釘進女孩清水般的眸子裡！

男人眼底的震驚讓韓寧寧迅速把剛才說的話回想了一遍，確定沒有說錯什麼後，狐疑地眨眼睛，臉上有點不明所以的震驚，「你不會把昏迷前的事情都忘了吧？」

當然不可能忘。他從監舍出來，在走廊裡被人從後面勒住脖子，情急之下踹向監舍的鐵門……他甚至能夠想像，瀕死時踹門的動靜一定非常大，以至於昏迷之際引來了獄警，才得以撿回一條命。

從醒來到現在，梁炎東一直認為自己之所以在這裡，是因為獄警及時趕到，從背後對他下毒手的那個人已經伏法。

他怎麼會被人認為是自殺？當時對方那麼明目張膽地對他下手，就算獄警後來沒抓到人，也應該從監視器畫面中確認了對方的身分才對。畢竟那是監舍內的走廊，根本不會有監視盲點！

男人的眼睛習慣性地慢慢瞇起，那張表情寡淡的臉上，除了輪廓深邃的眸子透出暗沉的幽光外，漠然平和得如同一尊石頭雕像。他的手指在腿上輕輕敲打，這是他陷入思考時的習慣動作。

韓寧寧沒等到他的回答，反射性地往門口方向看了一眼，時間到了，她今天有事急著下班，何況犯人已醒，她也有責任立即通知負責的管教人員過來，「總之別再有輕生的念頭了！就算身上背了無期徒刑，人要活著才有希望啊。你好好表現，萬一再過幾年就能減刑了呢？死了可就什麼都沒啦！」

梁炎東停下手上的動作，緩緩睜開眼睛，微微頷首，在鐐銬叮噹作響中換了一個讓自己更舒服些的坐姿，然後朝看診臺上面擺放著的筆筒抬了抬下頜，又看了韓寧寧一眼。

韓寧寧幾乎一秒就懂，「你要紙筆？」

梁炎東很輕地點了下頭。

「我要下班了，你們班的王管在外面等著呢，我去叫他進來接你回去。」女子如他所願，把筆和一個帶著夾子的本子放在他能自由活動的那隻手裡，一本正經地囑咐：「你要是想跟他說話，紙筆都可以拿去用，但是有個條件，不許帶走！」

韓小姐急急忙忙離開，醫務室的大門開了又關，出去一個美女，卻換了個穿監獄警服的彪形大漢進來。

梁炎東不動聲色地看著負責管理他們這班的男人，看得出來，男人雖然氣勢洶洶，但是已經努力克制情緒。

只是觀察著對方這個表情，梁炎東的心就倏地往下一沉。

獄醫說的是事實，一個啼笑皆非但所有人都認為真實的「事實」——他們認定梁炎東要自殺。

王管走到床邊，先是一言不發地拿出鑰匙打開手銬，隨即把梁炎東的兩手銬在一起。直起身的時候，曬得黝黑的管教人員頂著一張猶如鍾馗的臉，甕聲甕氣地冷聲嘲諷：「剛進來的時候是受刺激得了失語症，梁教授，請問你現在拿著一條繩子勒自己，勒到一半又叫人救命這件事，是被害妄想了，還是精神分裂了？」

梁炎東自始至終都沒有對上管教人員的眼神。他在沉默中讓王管把他的兩手銬在一起，等對方說完，才動作有些困難地把韓寧寧留在手邊的本子拿過來，放在腿上寫了幾個字：沒有自殺，有人襲擊我。

「哦，有人襲擊你。」王管冷哼著從口袋裡拿出一團極其柔韌的棉線，看得出是幾段接在一起。他提著這團線到梁炎東眼前晃了一下，「是不是用這個襲擊你？」

梁炎東認出對方手裡的棉線是從水泥編織袋拆下，用來縫底袋的特製粗棉線。回憶當初被勒住脖子的感覺，他知道這的確就是打算置自己於死地的工具。

但是梁炎東沒點頭。

他忽然想起來，三天前，監區曾抽調他們三班和隔壁四班、五班的人修繕監區建築外牆，當時他做的就是拆袋子、倒水泥灰的工作。

當天分工明確，除了他之外，別人不可能有機會透過這個工作摸到那些縫邊的棉線，而他完全有機會趁監管不注意的時候，偷偷藏起拆掉的棉線。

王管的猜測有理有據，梁炎東閉了閉眼睛，幾乎在看見棉繩的同一時間就反應過來，自己在不知因果的情況下，全然被動地走進了對手早有預謀的一個局。

為什麼這麼做？殺人之後偽裝成自殺？

不對，這說不過去。

當時他被勒住時的樣子，只要智商不是為負的人都能看得出掙扎的痕跡。更何況還有監視器。再好的偽裝，在這個高牆之內沒有隱私的地方，如何能憑一條繩子就逃過天網恢恢？

梁炎東一時木然，毫無反應。王管把棉繩又塞回自己的口袋裡，「怎麼，看見物證，這次不狡辯了？」

男人話音剛落，梁炎東忽然抬頭掃了他一眼。他雙目炯炯，眼神極為豁亮，可是眸子裡什麼情緒都未顯露。

王管被看得竟有一瞬間的愣怔，等他反應過來時，梁炎東已重新低下頭，以一個囚犯的姿態，執筆在紙上對王管寫下請求：

王管，方便的話，請帶我去監控室看看。

王管目光隨著他書寫的速度，一個字一個字地看完，末了從他手中拿過本子和筆。梁炎東沒有任何抵抗，看著他把寫字的那張紙撕下來、丟進垃圾桶，然後將本子和筆重重摔在醫務室的看診臺上，「走吧，帶你去看，我也想知道你這個高智商罪犯，又準備耍什麼新花樣。」

由於走得急，梁炎東走出了醫務室，才想起自己忘了拿韓寧寧放在床頭的藥。不過，他很快就沒有多餘的心思惦記那兩瓶藥。

王管帶他去了監控室，應他的要求，重播了當時走廊裡全部的監視錄影畫面。因為設備較為老舊，無聲的影像裡畫面有些模糊，但也足夠看清監視畫面下行人的一舉一動。

監控室裡，梁炎東看著自己穿過空無一人的走廊，走進監舍很快又走出來，然後在沒走出多遠時，忽然腳步一頓，抬手抓向自己的脖子。正在看錄影的梁炎東自己當然知道，此時他已經被繩索纏住了脖子，但是棉繩太細，在不夠清晰的畫面中看不出來。監視畫面裡，他整個人驟然彷彿上了弦一樣，發瘋地用力扭曲掙扎，片刻之後，看似就要虛脫，然而就在下一瞬間，拚命掙扎的身體扭成了一個詭異的姿勢，抬腳轟然踹向身邊監舍的大門！

一切都只是靜默的畫面，梁炎東無法從中得知那一腳到底發出了多大的動靜。他站在螢幕前看著自己失去意識、倒在地上，片刻之後，手持警棍的王管和另兩名管教人員一起衝了進來。

從事發到結束，走廊裡除了梁炎東自己，再沒有其他人的身影。

而那個想要弄死梁炎東的凶手，竟然如同鬼魅一般消失得無影無蹤。如果不是監視器拍下來的畫面有問題，那就真的是梁炎東精神錯亂、被害妄想。

梁炎東當然知道自己的精神狀態，所以被押回監舍的一路上，都在思考監視錄影的問題。

但剛才站在螢幕前從頭看到尾，也就只有那麼一遍和匆匆一瞥，對於此時此刻行動和自由處處受限的犯人而言，實在無可奈何。

那種感覺就像是，明知監視錄影一定被人動了手腳，但是他看不出破綻，沒有證據便無法鎖定懷疑目標，所以只能頂著一個「故弄玄虛，耍花招或意圖搞事」的嫌疑，無從辯解。他隱隱覺得今天的監牢不太對勁，沉寂了三年，終於有大事要發生。

回去時，剛過做工時間，還沒到晚飯時段，十五監區一大隊三班關著的那幾號犯人都在囚室裡。裡面吆喝呼喊的交談聲忽然中斷，大家都盯著梁炎東脖子上那道青紫的勒傷，聽管教人員語氣嚴厲地說：「一五三七，警告你規矩一點，少給老子想餿主意。這次就算了，再發生一次，信不信老子關你一個星期禁閉！」

王管一邊說一邊解開梁炎東的手銬，知道這個人說不出話，於是抬眼逼視著他，那架勢似乎非要眼前這個男人當著全班獄友的面給自己認個錯、服個軟才行。

進了監獄這個渾水缸，的確沒什麼尊嚴可言，沒有深仇大恨，誰也不會想不開跟管教人員逞凶鬥狠。梁炎東沒看王管，視線落在自己被手銬磨出紅印的手腕上，抬手在上面來回搓了一下，隨即抿成一條線的嘴微微勾著，賠了個笑，點點頭。

王管走後，監舍裡一雙雙好奇、探究的眼睛，時不時地落在梁炎東身上，伴隨著他走到緊靠裡側的下鋪，直到他躺上去。

斜對面坐在鋪上的一個精瘦男人起身去廁所，回來時從自己櫃子裡拿了一管藥膏遞給他，「怎麼不跟醫生拿藥回來？我看你就是沒事找事，只落單這麼一下子也要耍花樣。還真下得了手，把自己勒成這樣，真的死了倒好，現在沒死，還不是活受罪。」

這個人姓林，是他們三班的二鋪，所以獄友們都習慣叫他二木。二木雖然說話語氣不怎麼樣，但藥膏卻結結實實地扔到了梁炎東枕邊。

二木說話之後，囚室裡再度恢復先前吵鬧的氛圍。梁炎東拿過藥膏，那張面無表情的臉在獄友看來始終有點麻木不仁。

他在這裡三年，跟誰都沒交情，也沒有人願意招惹他。從入獄那天開始，梁炎東就是東林監獄十五監區裡的特殊存在。監獄這個地方，集合了眾多作姦犯科、罪行累累，為社會所不齒的惡徒，但是除了監區明文規定的管理條例外，犯人們之間暗地裡也有些不成文的規矩。

比如監獄裡約定俗成的是，相比那些群聚蹲在這裡、沒上過什麼學的粗人，那些有學歷有文化的高智商罪犯反而是新鮮物種，大家都會對他們很好奇，希望能從他們嘴裡聽到一些跟這些人完全不同的故事，也希望從他們身上得到一些別人不知道的「知識」，方便以後跟人閒聊的時候可以吹牛。

但梁炎東的情況卻比較特殊。他們監舍裡十個人，除了他之外，九個人中只有一個勉強讀完高中。而梁炎東呢？只說文憑都不夠讓他有面子，他可是大學裡的教授，還是專教研究生的那種，但是這些背景到這裡時卻沒什麼好處。

理由也簡單，一個原因是他以前在外面是跟警方互相合作，做事件件都是在對抗犯罪份子，東林監獄裡有幾個人就是他親手送進來的，犯人們對這類人通常都很同仇敵愾。另一個原因是，他入獄的那天，獄警特別跟三班的其他人介紹了一下，說梁炎東是姦殺了幼女才進來的，判的是無期徒刑。

在監獄裡，有個潛規則是，犯了強姦罪這種「花案子」進來的人，品性都猥瑣又齷齪，跟動刀動斧、鬥狠拚命進來的男子漢們完全不一樣。哪怕進了監獄，也要被人戳著脊梁骨，活該被騎在腦袋上壓著整。

而這位不只是強姦罪，也不只是姦淫幼女，而是把孩子先姦後殺，那簡直就是畜生做的事！所以梁炎東剛來的那幾天，所有人都醞釀著要給他一點顏色看看。梁炎東一開始也忍了下來，身上帶著新傷混著舊傷，每天在醫務室和囚室裡來去，直到兩個星期後，也不知他究竟是想通了還是受了更大的刺激，在一次三班的大舖故意找麻煩時，梁炎東忽然就動了手，幾根手指如鐵鉗般既準又狠地差點掐斷了大舖的脖子。

偏偏他動手的時候還非常講究技巧，把大舖堵在廁所門口，那是一個監視死角，掐上去時，他手上還抓了一條毛巾墊著，真要認真找證據的話，大舖脖子上連他的一個指紋都沒沾上。

這件事是一個轉捩點。從那之後，他們班所有人都知道，梁炎東是一個高智商又心狠的瘋子，不能隨便刺激他，不然說不定哪天他就會炸開那麼一次，只要炸一次，就能要了你的命，而且還不留證據。

梁炎東的日子就是從那時開始逐漸清靜下來。獄友們不喜歡他，也不敢輕易再招惹他，他獨來獨往，沒人能看明白這個人心裡究竟在想什麼。時間久了，三班這三年來始終是他們十個人，沒有新人進來也沒有老人出去，潛移默化之下，大家也都習慣了有這樣的一個人存在。甚至因為他從不說話的特點，有時獄友們願意背著人對梁炎東說幾句掏心挖肺的話，把他當成一個鋸了嘴的葫蘆，即使倒進滿腔負面情緒，也不會擔心再被吐出來，被不該聽見的人聽見。

就像今天，他們做工回來就看見管教人員過來檢查梁炎東的東西，並沒翻出什麼可疑物品，臨走時反而訓斥他們：「把你們那些心思計謀都給我收起來！全部盯著一五三七，要是他有什麼可疑的地方，立刻來跟我彙報！」

後來才知道，梁炎東下午時在走廊裡自導自演了一場自殺戲碼。他們實在想不明白高智商的一五三七這麼做究竟有什麼意義，雖然好奇，但是沒人去問，因為知道問了也沒有答案。

不過之後吃飯時，他們發現今天的梁炎東的確跟平時不太一樣。男人面前的東西沒吃幾口，一雙細瞇的眼睛時不時來來回回地在其他桌的犯人身上梭巡，一臉諱莫如深，眸子裡偶爾閃過的光犀利致命，有如X光般要把人的骨頭都看透。

全桌的人一邊扒飯一邊時不時地抬頭看他兩眼，然而完全陷入思緒當中的梁炎東對此毫無察覺。直到後來他們班長，也就是大鋪周志鵬，把筷子往飯桌上不輕不重地拍了一下，出言警告：「差不多夠了喔，我不管你是怎麼想的，要死也別牽連大家。」

梁炎東收回目光。按著記憶裡的順序，他趁吃飯的時間，把他們一大隊所有獄友的人頭都對了一遍。

對完，才終於知道自己感覺不對勁的地方在哪裡——今天來吃飯的少了一個人，九班的錢祿。梁炎東記得他也是犯了強姦殺人案，被判無期徒刑。

他和錢祿的罪名、刑期都一樣。自己今天在走廊裡差點被人勒死，而錢祿卻不見了。

他剛從醫務室回來沒多久，錢祿不在那裡。做工回來後管教人員會逐一點名，發現誰不在，那是一刻都不能等的事，為了找人，勢必聲勢浩大地徹底翻遍整個監獄。

但是獄警們直到現在都沒有動靜。這就說明，錢祿的失蹤，獄警們都知道。而獄警們知道了卻不聲張，那就只有一個可能——他死了，還死得蹊蹺，所以不能公告。

✦

錢祿驗屍後的第三天，看上去不怎麼可靠的獄警曹萬年，倒是真的打了一通電話給任非。他在電話裡說昨晚下班前，二院法醫的化驗結果顯示死者體內沒有藥物殘留，已經可以肯定是自殺無疑。

任非聽到錢祿這個名字，就想到那天石昊文發給他的照片，當即內心煩悶起來，在電話裡「嗯嗯啊啊」應了幾句，掛了電話，對著眼前剛從餐廳外帶回來的紅燒肉，胃裡翻滾，難以下嚥。

對錢祿這號人物，他已經倒盡胃口，既然法醫都已認定是自殺，就算幾天前心裡再怎麼感覺古怪，此刻也沒有什麼好再反駁的。

「真倒胃口……喪盡天良的人渣。」任非轉開水龍頭，把便當盒裡最後一點肉湯沖洗乾淨，滿心不爽的嘟囔被上完廁所過來洗手的李曉野聽見，嘴炮男立刻起了八卦心，「喲？罵這種話，是哪個女人占了你便宜還不負責啊？來來，小任，跟野哥說說，野哥幫你評評理。」（注）

「走開啦。」任非拉開面前攔路的一座山，「你才是小人，你全家都是小人！」

任非說完頭也不回地從茶水間離去，李曉野手指上滴答著水珠，愣了愣，在任非後面大叫：「我家的人都是你情敵還是怎麼樣，還我全家都是小人！」

「你家有你一個給我辟邪就夠了，情敵什麼的不稀罕。」任非頭也不回，無比高傲冷淡地搖搖手，話音剛落的時候，已轉身進了自己的辦公室。

在他們隊裡，李曉野是出了名的嘴賤，語速快，鬥嘴的經驗十足，從他嘴裡跑出去的火車能繞地球三圈，刑偵隊裡無人能及。而任非呢，即使骨子裡沒有紈绔子弟的那些惡習，但這些年來所處的環境也讓他養成了牙尖嘴利、爭強好勝、不肯吃虧的特質。兩個人湊在一起，嘴仗的炮聲一打響，沒人勸架的話，這兩個人能把人從天邊鬥到海底。

但跟拿鬥嘴當消遣的李曉野不同，任非其實很不願意這樣。所以他前腳進了辦公室便乾脆回身把門帶上，身後的李曉野有沒有再說什麼，他也聽不見了，才舒坦地放下便當盒，拿起手機看了眼有沒有漏接來電。

他閒不住地輕輕撥弄之前從楊璐那裡拿回來的那盆福來玉。這一摸不要緊，抬手的時候，忽然注意到指腹沾了略帶黏膩感的白色物質，再彎腰往生石花上仔細一看。這下好了，朝向陰暗面的那一邊，好好的多肉表皮上不知為何有了一層一層的

注：「任」作姓氏時讀音同「人」。

白，跟他手上的東西一樣。

剛拿回來還好好的花，不到一週就長毛了？任非心裡有點崩潰，這要是他平時在路邊隨手買的，倒也不覺得心疼，但一想起這是花店女神送的，任非就有點坐不住了。

他想了想，把花盆拿起來抱在懷裡，快速往外就走。反正是午休時間，正好趕這個空檔讓楊璐幫他看看是什麼毛病。

相隔一條街，也沒必要開車，任非頂著中午的大太陽，迎著同事們意味深長的目光，抱著一盆長毛的多肉走出去。到了「路口花藝」的時候，老闆楊璐正枕著角落裡臨窗的那張桌子淺眠。

滿屋嬌豔欲滴的鮮花，紅白黃綠，女人一身麻衣布裙安枕其中，嘴角輕抿，柳眉微微蹙起，白得透明的皮膚，令她出塵得好似七月臨水的荷花，美得不可方物。

大剌剌的任非放輕腳步，害怕打攪女人的美夢，卻忍不住躡手躡腳地靠近，想要更加仔細地看看她。

等他走近，注意到楊璐手邊有本厚厚的精裝《聖經》，書被闔上了，而她手裡還保持著睡前的姿勢，輕輕握著筆，筆下是一張素色便簽，上面是一行娟秀的英文：

For love is strong as death。

看著這一串英文，他勉強能翻譯出字面意思：因為愛情像死亡一樣堅強。這是幫客人寫的，還是她自己有感而發？

任非輕輕地把手裡的花盆放在一旁，他這輩子從沒有對哪個異性產生過像此刻一樣強烈的好奇心，忽然很想了解這個像謎一樣的女人的想法，想知道她的過去，想聽她的故事，想走進她的生活……

於是鬼使神差地，他拿起《聖經》，翻到夾著書籤的那一頁，一眼看到了上面那段被鉛筆勾畫出的繁體字，「求你將我放在心上如印記，帶在你臂上如戳記。因為愛情如死之堅強，嫉恨如陰間之殘忍。」

他還未及細看，卻被細微的響動打斷，一低頭，迎上從午睡中醒來的女人懵懂、潮溼的眼眸。她臉色一紅，有點不自在地抬起頭，下意識地捋了捋鬆散的長髮，靦腆地笑起來，「不好意思，讓你看見這副樣子。」

「啊，沒什麼，我推門的時候門口風鈴響了，妳沒聽見，看妳睡得很沉，我就……」楊璐看了眼他手裡的《聖經》，眼底流出輕淺的笑意，於是任非就像觸電一般，尷尬地把書放下，「不好意思啊，我只是……有點好奇。」

楊璐也不介意，目光順著被放回桌上的書又落在自己寫的字上，語氣裡帶著些許期待的好奇，「你也對《聖經》感興趣嗎？」

楊璐說的不是宗教，只單指這一本書。

任非聽懂了，但是沒回答。他搓搓鼻子，硬著頭皮，像複讀機似的下意識附和：「還……還好吧，就好奇，好奇。」

男人牙尖嘴利的技能面對這個女人的時候總是失效，而當任非對著楊璐說「好奇」時，忽然發覺自己真正感興趣的不是這本書，而是眼前這個女人。

7 死亡約會

夏季陽光明媚的午後，飄送著絲絲沁涼花香的店裡，年輕男人的目光落在花店老闆身上，一時看得出神。

楊璐被他看得有點尷尬，站起身來，目光落到被任非放在一旁的福來玉上，笑問：「怎麼又拿回來了？」

任非就像一個情竇初開的毛頭小子，局促得手都不知該往哪裡放，「……上面長了白色的東西，我不知道是怎麼回事，就想說拿過來給妳看看。」

楊璐看了看，「水放多了，沒事的，回去控制一下澆水量再觀察看看，或是先放我這裡，我替你養一陣子，等狀況好些再拿回去。」

「不用不用，」任非連忙搖手，「我回去自己處理就好，不好意思再麻煩妳。」

「你知道怎麼『處理』？」

楊璐微微偏頭笑著看他，比起動了邪念的任非，反而大方主動把手機拿過來，打開了自己的社群軟體，「加我的帳號吧，我存了養福來玉的網頁連結，那個網頁說得比較簡單，作法也相對專業，我等一下發給你，照著養就可以了。」

於是任非急匆匆地點頭如搗蒜，肚子卻「咕嚕」一聲，在靜謐的室內突兀地響起，害他尷尬不已，楊璐忍不住輕輕笑出了聲。她從桌子裡繞出來，走到櫃檯後面拿出錢包，「走吧，上次說要請你吃飯的。」

「不用，真的不用，楊……老闆。」任非差點就要直接喊楊璐的名字，脫口之際才驚覺不太合適，硬生生改了口，就像喝多了似的，舌頭大得不像話，「我真的沒那個意思，就是過來讓妳幫我看看花。」

楊璐動作不緊不慢，卻毫不拖沓地把錢包和鑰匙裝進一個小巧的提包裡，又拿了一把傘。大概是覺得任非這個樣子有趣，忍不住也調侃他：「沒那個意思？大中午不吃飯就跑來我這裡？你們局裡不供餐啊？」

「有提供，今天的不好吃……」

「所以啊，帶你去吃好吃的。」

於是平時大大剌剌，此刻風格卻突轉成扭捏男的小任警官，頂著一張靦腆的臉，懷著一顆雀躍的心，跟在楊璐身後一起出了花店。

屋外熱氣襲面，任非卻覺得有一汪清泉緩緩滲進了心底，涼絲絲的，舒服得要命。

楊璐說對面那條街巷尾有一家味道不錯的私房粵菜，兩個人本來正往那邊走，任非反覆糾結過後終於做足了心理準備，從女神手裡拿過傘替她撐著，然而傘剛到手，任非就突然渾身一震，僵在了原地。

那副樣子簡直像是有人趁他不備，從背後捅了他一刀。極度的震驚、疼痛和恐懼瞬間席捲而來，讓他渾身僵硬到不行。

火辣辣的太陽死命地燒烤著一切，任非的神情驟然變色，瞪大眼睛、滿臉驚悚，整個人都在轉瞬間透出一種如臨大敵的沉肅。

楊璐不知道到底發生了什麼事，想去拉拉任非以便讓他回過神來，但手伸出去，卻在半路停了下來，最終還是放下手，用發緊的嗓音不確定地問：「你怎麼了？」

任非吞了口口水，心裡控制不住地一直罵髒話——他也想知道到底怎麼了！為什麼又死了一個人！

這個人是誰？在哪裡死的？為什麼被殺？是誰殺了他／她？

每每這種該死的預感襲來，這些問題就像滾雪球般在他腦袋裡越轉越大，眨眼之間，便如同海底驟起的漩渦一般，足以將他整個人吞噬進去！

下一秒，任非把剛接過來的傘塞回楊璐手裡。他的眼神有點慌亂，手不自覺地抓著自己的褲子，手心裡黏膩的汗液卻彷彿怎麼也擦不完，「抱歉，楊璐，我忽然想起局裡還有急事沒處理……其實我很想跟妳一起多待一陣子的！但是實在不好意思，今天這頓飯真的沒辦法吃了，我現在就得回局裡。」

因為沒來由地心裡發慌，所以連剛才不好意思叫出口的名字，不敢說出口的內心想法，都這麼直接脫口而出。

楊璐微微張著嘴，下意識地點頭說好，甚至沒來得及說兩句寬慰的話，任非就在她點頭後，像一陣風似地朝昌榕分局所在的方向跑遠了。

任非腳下不停，一路衝到分局勤務指揮中心，急問：「有沒有……哪裡發生命案的報警？」

✦

梁炎東的監區今天中午不怎麼太平。

東林監獄的作息制度比較人性化，午飯之後到下午出工之前，會有一個小時的自由活動時間，很多人習慣在這段時間去去活動室。

梁炎東在監獄外頭是什麼樣子，獄友們不知道，但至少服刑的這幾年，他的性子是有目共睹的清冷孤僻。

他不愛熱鬧，活動室裡幾乎看不見他的身影。但是今天，十五監區活動室的其他犯人看著這個斯文的強姦犯走進來，一言不發地坐在角落裡一動也不動，不由得都感到一陣莫名其妙。

十五監區是一個關滿暴力犯的大監區，因為犯人眾多，活動室的空間也大，即便如此，梁炎東進去的時候，棋牌桌、桌球桌、電視機……哪一區都沒閒著，尤其其中一張棋牌桌周圍聚集的人最多，梁炎東就坐在距離那張桌子不遠的角落。

圍著那張桌子的人倒也沒玩牌，而是聊著八卦。在監獄裡服刑的日子單調無趣，日復一日在同一個軌跡上行走的一群人，總是對那些新鮮事趨之若鶩。

代樂山是一個身材瘦小、略微有些佝僂的中年漢子，入獄前擺路邊攤幫人算命，批八字、看手相、看風水，這些工作他都能接。當時做生意喊的口號是「看得不準不要錢」，但其實在他入行的那些年裡，無論算得準不準，都沒有誰少付過他那點嘴皮上的辛苦錢。

這是他以前謀生的行業，也是現在混菸的手段。

在高牆之內關得久了，總有那些心有牽掛的人找他看相：老婆能不能等到出獄團圓、爸媽是否身體健康沒病沒災、孩子能不能考上大學將來成為棟樑……問什麼都有，而無論問題是什麼，代樂山索取的報酬都是一根菸。

這個瘦小的漢子把菸點上，端詳著對方掌心深深淺淺的紋路，說完一番故弄玄虛的話，看著對方從皺眉到展顏，帶著期待欣慰地離開——其實誰都知道，所謂的算命看相，也不過是對渺茫的未來求個心安而已。

但是今天代樂山沒有替誰看相，他那張似乎只會說吉祥話的嘴，今天吐出來的句子卻平白無故地讓人恐慌，「這兩天，我總覺得，咱們監獄陰氣比往常重了。」

起初，大家對於這句話並不怎麼在意，旁邊凳子上還有一個光頭佬開玩笑：「你的意思是說女人犯罪比重增加，我們隔壁女監的犯人越來越多了？」

「此陰非彼陰。」代樂山佝僂的身體在凳子上不自覺地又縮了縮，「我說的是邪祟之物。這兩天，我夜裡做夢總是夢到死人和鬼。」

代樂山的目光落在桌上攤開的撲克牌那兩張鬼牌上，那種眼神有點執拗、瘋狂，看著叫人莫名跟著心驚，「死人是男的，鬼是女鬼。女鬼衣不蔽體、非常凶惡，而死人身著囚服，死狀淒慘無比。」

監獄裡不允許亂傳這些守舊迷信、怪力亂神，因此代樂山的聲音非常低，說話的氣流從粗啞的嗓子裡費力地吐出來，如獵獵陰風，無端地颳得人脖頸發涼。

人群後的梁炎東也不知道有沒有聽見這些話，只是偶爾略略撩一下眼皮，很快又垂下，身上有股拒人於千里之外的氣場，將他與竊竊私語的人群隔開。

「左東右西地胡扯什麼，」光頭佬摸摸自己發亮的腦袋，冷笑一聲，「你直接說夢見遭強姦而死的女人來找那些畜生索命不就好了！」

坐在旁邊的另一個男人推推眼鏡，「代哥，你這個夢有幾成的可信度啊？要是真的，那些花案子進來的不就要倒楣了。」

光頭從鼻子裡發出不屑的一聲「哼哼」，「那些人渣被鬼吃了也活該！」

桌子周圍的目光，全都心照不宣地看了一眼後面角落裡的梁炎東，又同時轉頭瞄向隔壁桌正跟同班打牌的一個高瘦男人。

梁炎東不動聲色地瞇著眼，而早就注意到這邊談話內容的高瘦男人，卻在同一時間站了起來。

他是一大隊五班的大舖，叫穆彥。他一站起來，跟他同桌打牌的三個年輕人也一起站了起來。

氣氛毫無預兆地驟然繃緊，就在那瞬間，彷彿有什麼東西在每個人腦子裡都「啪」地輕輕彈了一下，繼而整個活動室突然瞬間安靜——停電了。

關在東林監獄裡的犯人們，從進來那天起就沒遇過停電的狀況。不止犯人們沒反應過來，連獄警都有一瞬間的傻愣。

外面陰風陣陣，豆大的雨點劈里啪啦地從開著的門窗外拍打進來，然而打破沉默的卻是光頭佬摸著腦袋驚疑不定吐出來那句：「不會是說著說著，那些冤死的女子就來找色鬼們索命了吧？」

「鬼話連篇！」毫無預警又陰沉沉的天幕中，先前站起來的穆彥惱羞成怒地掄圓了拳頭，朝算命的代樂山砸去，憤恨和畏怖的臉上是與身形截然相反的凶悍。

所有事情都發生在停電的那十幾秒鐘裡。

高瘦的男人一動手，場面一下子騷動起來，獄警吹著哨子、提著警棍衝過來，所有人抱頭蹲下。監獄備用電源被啟動，活動室乍然亮起，代樂山被高瘦的男人一腳踹倒在地，也不知踹到了什麼要害，蜷曲著身體，腦門沁出冷汗，一時半刻沒爬起來。

暴力犯聚集的監區，哪一個班都絕非善類，衝突摩擦時有發生，犯人們司空見慣，獄警們反應迅速，把受傷的代樂山帶到醫務室，把打人的高瘦男穆彥帶去聽訓、關禁閉，雷厲風行，毫不含糊。

對東林監獄的人來說，這只是一場小摩擦小衝突，也只讓大家茶餘飯後多一個聊天八卦而已，沒人會真的把這種事放在心上。

但就是這麼一個沒人「放心上」的小插曲，到了下午的時候，卻讓所有人始料未及，演變成一場高牆之內突如其來、詭譎至極的恐怖劫難。

本來應該在副監區長辦公室接受訓誡教育的穆彥，竟然死了！

彷彿在印證代樂山那個「女鬼索命」的夢一樣，穆彥死得蹊蹺，朝夕之間，鬧得十五監區人心惶惶。

可能是中午突然斷電後緊急搶修沒弄好，下午兩點左右，正在監區內的工業粗染房做工的犯人們，工作時又遇上了一次突然斷電。

這個工業粗染的廠房是東林監獄擴建時向周圍徵收土地所保留下來的。工業粗染不是什麼賺錢的行業，工廠的老闆本來就是要死不活經營著，正好碰上那時政府徵收，老闆拿了錢，連設備都留在廠房，欣然拍拍拍屁股走人。他一走，監區上級看著遺留下來的現成設備，基於節約成本不浪費的原則，當即拍板將工廠原封不動地保留，改成了監獄做工的一個項目，讓它繼續為社會做出貢獻。

按照東林監獄相關勞動規章制度，監獄內的勞動專案由各監區大隊每半個月更換一次，比如上半個月穿串珠、摳核桃，可能下半個月就會被分去做針織、裁衣服。

梁炎東所在的一大隊是前幾天才被換到粗染工廠，他們這些人最晚歸入一大隊的也有了一年半載，都是熟手，換到哪裡也不用多說廢話，說做就做，帶著這幫人的管教人員們除了每天提防這些人起爭執，其實相對其他監區反而放心不少。

可是無論平時再怎麼放心，人命官司只要碰上一次，都是極大的心理陰影，以後想甩也不太容易從記憶裡甩出去。

更何況他們今天碰上的，還是這麼一起匪夷所思到讓人頭皮發麻的命案現場。

工廠裡面本來就陰暗，加上天氣不怎麼樣，場地更不比一目瞭然的活動室。剛一停電，幾乎在同一時間，管教人員就乍然吹響了集合哨，哨子尖銳刺耳的聲音震得人耳膜跟著發痛，手上多多少少都沾著染料的犯人們迅速放下手上的工作，小跑著到管教人員面前集合。

哨子停止，吵吵嚷嚷的工廠一下子安靜下來，只聽見管教人員中氣十足地點著一個個犯人的名字，一聲聲「到」從排隊站好的灰色囚服陣列裡此起彼伏地響起，起起落落的音節幾乎在無形中連成一道流暢的波浪線，直到點到「穆彥」時，波浪線乍然斷開。管教人員抬起頭，目光中透著嚴厲的審視，在眼前的囚犯裡飛快地搜尋一圈，「穆彥？」

中午圍在代樂山旁邊聆聽八卦的眼鏡男猶豫地舉手，「報……報告！穆彥中午不是被獄警帶走了嗎？一直……一直沒回來吧？」

他這麼一說，點名的管教人員才想起來，對於穆彥這個尋釁滋事的慣犯，今天的事情，沒有三天禁閉回不來。

管教人員吁了口氣，了然地點頭，像是放下心來，沒再說話，低頭看手裡的本子，準備找到排在穆彥後面的那名犯人，接著點名。

就在這沉默的幾秒鐘，在場的好多人都聽見了彷彿吊著重物的粗布，不堪重負左右搖擺晃蕩的聲音，嘎吱……嘎吱……

那聲音一下一下非常規律，卻無端地讓人牙酸。隔了幾秒後，終於有人忍不住好奇，偷偷轉頭四下尋找聲源。

這一找不要緊，找到目標的剎那，有人驚嚇至極地猛然一震，惶惶大叫起來：

「穆穆穆……是穆彥！他在上面！」

在工廠裡緊急集合點名的所有人都轉過頭，朝著那人手指的方向看去。不看還好，一眼看過去，如同冷水被澆進油鍋，所有人立刻炸開了！

本來應該在副監區長辦公室接受教育，然後被獄警帶到禁閉室關押的穆彥，竟然赤身裸體、被一條還沒染色的粗布繞過脖頸，吊在了房樑上！

他頭顱低垂，四肢無力地向下垂，沒有任何掙扎的跡象，整個人如同一個蒼白、破敗的布偶，身體隨著勒住脖頸的布條機械性地晃動。

除了布料摩擦木質房樑的聲音，布料不堪重負而被一點一點崩斷的聲音，絲絲縷縷地夾雜進來，叫人渾身發毛、脊背發寒。

在穆彥身體下方，正好是之前溺死了錢祿的那個沁滿紅色染料的染池。如果布料崩斷，一絲不掛的穆彥將會直直地朝染池下墜！

穆彥怎麼會在這裡？無論是副監區長辦公室還是禁閉室，甚至是去往這兩個地方的途中，不都應該有人全程押送、看守的嗎？

這究竟是怎麼回事？

霎時間人心惶惶，場面幾乎亂了套。

管教人員不約而同按響身上的警報器，拔腿就往生死不明的穆彥方向狂奔。犯人們在震驚之餘，被勉強忍住腳步留下來的兩名管教人員厲聲呵斥，停住步伐收了聲音，一個個心驚膽顫地看向穆彥。

三班的二木趁亂擠到梁炎東身邊，用手肘頂他，「……梁教授，這種事情你是行家吧？你說說，繩子上的穆彥，是死是活？」

梁炎東也跟其他人一樣，一雙眼睛一眨不眨地緊盯著如鐘擺般在半空晃蕩的高瘦男人。二木等了片刻，他卻始終沒有反應，就在對方覺得他會一如往常對一切都不予置評、漠不關心時，卻見他微微地搖了搖頭。

二木問：「你這是在說沒死還是不知道？」

二木最後一個字音未及落下，繫在房樑上的白布終於不堪重負，從中轟然斷裂！

原本為了方便工人漂染，廠房兩側砌了樓梯，可以通到房樑夾層。管教人員不要命地順著樓梯往上衝，試圖上去抓住白布，把穆彥拉起來。然而他們剛上到一半，就聽見令人心悸的「撲通」一聲。一行人猛抽一口涼氣，如同被釘子釘在原地。

犯人們的尖叫和罵聲混雜在一起。

被赤條條掛在房樑上的穆彥，就這麼在眾目睽睽之下，脖子上套著只剩下半截的白布，如獻祭一般筆直地掉進了下方血紅色的染池裡。

染池中殷紅的顏色如血般飛濺出來，冷冰冰地落在場內每個人的心裡，瞬間叫人遍體冰涼。

✦

短短幾天，戒備森嚴的監獄裡莫名其妙丟了兩條人命。如果說跳染池溺死的錢祿只是一次意外的自殺事件，在管教人員三令五中的警告下，目擊者人人對此諱莫如深、無人敢言；那麼穆彥在眾目睽睽之下被布條懸空吊著、墜入染池的事件，混著先前的人命官司，便讓流言蜚語瞬間拔高了不止一個層級。

眾口悠悠，管教人員再怎麼嚴令警告，私底下的竊竊私語再也攔不住了。代樂山中午在活動室說的話，在每個人心中都種下了一根刺，人人皆知，一隊五班的大舖穆彥也是因為千夫所指的「花案子」入獄。

但是這個人跟其他的強姦犯又有些不同，他是職權性侵，入獄之前經營著一家模特兒經紀公司，據說那個時候公司績效不錯，也是這個公司為他的獸欲提供了無比順暢的犯案環境。

不過這些潛規則的事情原本就講究你情我願、各取所需，穆彥深諳此道，幾年下來倒也相安無事。但壞就壞在他脾氣不好，人又執拗驕傲，某年某月，突然就對一個自己公司還沒出道的小嫩模一見傾心。

車接車送，送首飾買名牌，他難得用心真正追求一個女子，對老闆過往還不了解的小女生一開始還含羞帶怯，誰知後來不曉得是哪個人多嘴，把穆彥以往的風流韻事跟小女生從裡到外揭露精光。女子一聽，當下就心灰意冷跟穆彥提分手，從此也不再去公司。

穆彥什麼時候被拒絕過？活生生碰上這種當眾被打臉的事，再去公司只覺得所有人看他的眼神都像在看笑話。那天晚上，他喝得酩酊大醉，開車到了小女生租屋處樓下，堵在走道裡，渾渾噩噩地就把哭得傷心不已的小女生拉上車、帶回家，扔到了他家那張曾經不知跟多少女人發生過風流韻事的大床上……

當時那女孩掙扎得很厲害，感覺自己被侮辱，認為自己的真心也不過就是配合了穆彥的一場遊戲，片刻也不想多待。穆彥鬆開了她的手，她就要逃走，如此反覆幾次後，穆彥雙目赤紅，血液裡那些暴躁、殘酷、不能為外人道的癖好全都被激發出來。

那個晚上，沒人知道兩個人之間究竟發生了什麼，直到天快亮的時候，樓上鄰居聽見男人撕心裂肺的狂吼慟哭。目睹小女生被穆彥拖走的室友，帶著員警找到那裡、撞開門時，活潑好動的女孩已成了床上一具遍體鱗傷、慘不忍睹的屍體，而跌坐在窗邊的穆彥面如土色、失魂落魄，緊握的拳頭硬生生揪下額前一大綹頭髮，頭皮都滲出了血來。

人人都知道他後悔了，可是後悔有什麼用，如花似玉的小女生再也回不來。他背著姦殺的罪名入獄服刑，最受不了的卻是別人用那種看強姦犯的眼神看他。

他對那個女子是真心的，可是到後來，一切都不受他控制了。

「我跟你們說件事，你們也聽一聽就好啊。九班的錢祿，你們知不知道？三天前，他就是自己溺死在這個池子裡的！」被管教人員遣散、帶離事發現場的犯人中，有一個跟代樂山同班的，按捺不住在人群中便心有餘悸地竊竊私語。
正好經過的梁炎東聞言眉梢抽了一下，稍稍放慢了腳步，卻始終低著頭，連一眼都沒有看過去。
有人開了這個頭，那些平靜表面下的暗濤洶湧就再也藏不住。
「是真的，那天我親眼看見的。好好一個人，莫名其妙就自己跳進去裡面了！」
「這幾天到底是怎麼了，不會真的是代樂山那個討人厭的夢應驗了吧？真的有女鬼回來索命？這多玄啊！」
「很難說。你看九班的錢祿和今天的穆彥，要說關係，他們倆八竿子也打不著吧？唯一就那麼一個共同點……」
「你說是……強姦殺人？」
「除了這個還有別的嗎？要是沒有那麼一點玄，為什麼犯別的案子的人不死，死的是他們兩個背著『花案子』的呢？」
「聽你這麼說，我也忽然想起來，就三天前，三班梁炎東不也……」
話說到這裡，竊竊私語的幾個人不約而同朝梁炎東的背影看去。
男人的脊背挺拔，只是步伐略顯沉重緩慢。看著梁炎東脖子上那道明顯的勒痕，每個人臉上都是一副諱莫如深的表情，方才起頭的那個人又說：「管教人員說他想惹事，自己拿著一條繩子差點把自己勒死。現在這麼看來，哼哼，是被死在他手裡的女鬼盯上了也不一定！」

正說著，一個年逾五十、頭髮花白的男人撥開他們，顫巍巍地走進了自己的囚室，那被劣質菸草侵蝕多年的嗓音，聽起來就像是在砂礫上碾磨過那般，「善惡到頭終有報啊……」

方才說話的那個人愣了愣，開口似乎想說些什麼，卻欲言又止，「……田叔。」

田永強搖搖手，眉下眼珠露著渙散渾濁的光，「都散了吧。議論這些被人知道，又要惹麻煩。」

梁炎東推開門，在即將走進去的時候，貌似不經意地往剛才議論他的人群裡看了一眼。囚室的門被他反手關上，陰沉沉的室內，那雙斂著幽光的眸子裡到底裝了些什麼，再沒有人能看得清。

✦

當天晚上，任非跟同事換值夜班，始終守在勤務指揮中心，從下午兩點到五點，再到第二天凌晨，電話鈴聲每響一次，他的心就跟著收緊一分。可是直到第二天早班的同事陸續進來，也沒有等到要等的那通命案報警。

譚輝一邊打電話，一邊大力拉開勤務指揮中心的門時，看見的就是像個神經病一般雙眼赤紅、直愣愣盯著電話機的任非。見他目光呆滯、臉色蠟黃，譚輝忍不住開口問：「你這是怎麼了？」

李曉野從譚輝身後冒出頭一看，當即擺了一個極度誇張的嫌棄表情，「任非，該值班不值班，跑到我們小警花的位置上幹嘛？」

任非熬了一夜也沒等來結果，一顆心被不上不下地吊著，別提有多難受，這時又睏又乏又焦躁，聽見李曉野那張賤嘴在門口嗡嗡作響，如果不是譚輝站在前面，當下就能把手裡的那部電話摔過去，恨不得砸死這個傢伙。

「好了，一大早就聽你那張嘴跟機關槍似的噠噠噠沒停。」譚輝往後面念了李曉野，繼而朝任非揚揚下巴，「不讓你值夜都不行，非得插一腳。還在等什麼，走吧，回去休息。」

任非雖然沒有破案天賦，但好歹還有職業敏感度，平常沒事時頂著一頭雞窩不修邊幅來局裡打卡，直到吃完早飯才能完全清醒的譚輝，今天清清醒醒、整整齊齊地站在這裡，身後還跟著一個同樣整裝待發的李曉野，他都不用問，就知道隊裡有任務了。

任非推開凳子站起來，狠狠地搓了把臉，甩甩頭，邊活動著僵硬的肩膀和腰肢邊走向譚輝，「我沒事。哪裡出事了？我跟你們一起去。」

他們隊裡誰都知道任非十分執拗，倔強起來九頭牛都拉不動。譚輝也不跟他囉唆，只是說起出事的地點，那張稜角分明的臉上，表情霎時有些古怪。這份古怪從譚輝臉上一直蔓延到任非心底，把他剛剛放回去的心又提起來，吊在喉嚨口。

「這次倒真是稀奇，案子發生在市監獄。照理說監獄有偵查權，裡面有個風吹草動，跟我們也扯不上關係。但今天一大清早，市局那邊的高層電話直接打到了楊局那裡，說是東林監獄反映昨天下午做工的時候死了一個受刑人，已知案情比較複雜，他們處理不了，請求刑偵方面支援。市局刑偵那邊的分隊長在接受組織調查，副隊長手術住院，沒人主事，正好市監獄屬於我們這區，就把案子交給我們了。」

任非猛地睜大眼睛，從昨天下午開始一直縈繞在心頭的那團陰雲乍然散去，終於意識到問題出在哪裡——死亡時間是在昨天下午，這就對上了！

怪不得他一直守在這裡卻沒等到任何消息，原來這次的命案現場在高牆之內！

✦

驅車前往東林監獄的路上，譚輝照例透過無線電對講機把現階段掌握到的情況跟大家做簡潔扼要的說明：「死者名叫穆彥，男性，是東林監獄十五監區一大隊五班的受刑犯，兩年前因強姦致人於死入獄，判處十五年有期徒刑。這個人入獄之前社會關係就比較複雜，入獄之後仗著身手不錯，好勇鬥狠，在裡面也結了不少樑子。昨天午飯後，穆彥跟人又有摩擦，打傷了人，被帶到副監區長辦公室教育，但不知怎麼回事，受教育後原本應該被帶去關禁閉的穆彥，在下午兩點左右卻吊在了監區內工業粗染房的樑上。當時吊在他脖子上的就是等待漂染的布料，後來布料斷裂，一大隊正在做工的受刑人就這麼集體目擊他墜落染池裡。等管教人員想辦法把人撈上來的時候，他已經死了。」

李曉野聽著就忍不住插了一句：「這是昨天下午的事情，怎麼今天一早才想找我們？」

「監獄那邊原本是打算按照自殺處理，但驗屍後發現疑點頗多，才又往上通報，等到他們上級長官知道其中內情再派人去看，就已經是今天早晨的事了。」譚輝沉默了片刻，用那種讓人分辨不出是嘲諷還是辯駁的語氣，接著又說：「無論如何，自殺也好，他殺也罷，監獄裡平白無故死了一個人都不是小事。他們想把事情壓一壓大事化小，也是人之常情。」

譚隊和李曉野後面說了什麼，任非通通都沒聽見。他坐在石昊文車裡，回想著譚輝的話，臉色越來越難看。幾天前錢祿的死相彷彿一根被烤紅的鋼針，刺進他腦子裡某根始終緊繃的神經，瞬間已經把這兩起死亡案件牽繫在一起！

強姦致死，墜入染池——如果一個人死於染池是意外，那麼兩個因同樣罪名而入獄的人都在池裡殞命，就絕不可能是巧合！

「石頭……」任非的聲音有點發抖，「你還記不記得幾天前你幫我查的那個……」

石昊文臉色也不太好看，他當然記得，當時資料上那個慘烈畫面即使只是隨便看一眼，也足夠心有餘悸半個月。

石昊文飛快地轉頭看了任非一眼，探究的目光裡是不言而喻的詢問，「你到現在還沒跟我說呢，你叫我調查他，到底怎麼回事？」

任非幾次三番往監獄跑，在頭頂上兩個大老闆三令五申警告下，仍舊假借「探監」名義，拖著關洋冒著違紀風險打探梁炎東的消息。別說是任非這麼一隻精怪的猴子，就是換個稍微有點腦子的人，也知道這種事得背著人、在私底下偷偷摸摸地做。

所以那天雖然撞見錢祿的屍體被抬出監獄，但是他找石昊文幫忙調查時，即使對方詢問再三，仍舊咬緊牙關沒鬆口。

他們隊裡沒人知道他去過監獄，更沒人知道，幾天前他剛剛目睹了一個同樣死在漂染池裡的強姦犯，被送去醫院做鑑定。

鑑定的結果還是自殺。

任非想到這裡禁不住腹誹，就知道那個含糊其詞的法醫不可靠。

雜亂的資訊在腦子裡來來回回地繞了幾圈，任非的臉色也跟著不斷變幻，石昊文開著車等了半天也沒等到回音，失去了耐心，「嘿，我說你這小子，別給我裝傻當聽不見啊。我要是沒記錯的話，市裡那些犯了事的重刑犯都在東林監獄蹲著吧？你叫我查的那個錢祿是不是也在那裡？雖然市監獄屬於我們昌榕區的轄區範圍，但是就算退一萬步，哪怕你跟著派出所員警去巡邏，也不可能那麼巧就走去監獄了吧？哦，還那麼巧，你去了那裡就死一個人，偏偏又讓你看見了？」

石昊文前前後後兜了一大圈的推論，簡直讓人細思便恐懼至極，偏偏老手自顧自分析情況的時候，車速還半分不減。任非一邊抓著副駕駛座上方的安全扶手，一邊用餘光掃著道路兩側飛速向後掠去的景物，在狂鳴不止的警笛聲中看著石昊文磨了磨牙，「你說這些話是什麼意思？哦，我柯南附身，走到哪裡，哪裡都要有場命案伴我左右？」

那邊石昊文「哼哼」兩聲，心虛地摸摸鼻子，「你自己說……」

話還沒說完，就被他們譚隊冷凝嚴肅的命令打斷：「石頭，車速給我降下來。」

譚輝原本是坐在第一輛車裡，眼看著石昊文開車疾速越過他們，一副打算起飛的樣子，先是控制了老手的條件反射，轉而用同樣的語氣詢問他們兩個：「你們剛才的對話是怎麼回事？錢祿是誰？任非，把你知道的給我說一遍。」

速度慢下來的車裡，任非一臉生無可戀，看著剛才忘記關掉的無線電對講機。他深吸口氣，對著後照鏡扯了一個虛偽到不行的假笑。

他活夠了才會跟他們脾氣火爆的隊長坦白從寬，說自己去監獄是為了找梁炎東。他漆黑的眼珠一轉，扯著嘴角在無線電對講機裡乾笑了聲，「那個，我有個關係不錯的同學在東林監獄裡當差，我那天是送東西去給他，出來的時候正好遇上獄管們把一個在染池裡溺死的人抬上車，準備送去醫院做驗屍。我怕有什麼事，就跟過去看看……」

接下來，不必譚輝追問，任非把那天發生的所有事情經過和結果，都跟隊友們彙報了一遍。

聽完之後，幾乎車上所有人都已把這兩件人命官司連繫在一起。

車內一時陷入沉默，半晌沒有動靜的沉寂中，突然只聽見任非一拍大腿，吼了一聲：「糟了！」

石昊文距離他最近，聽見這一吼，嚇得握方向盤的手一抖，「怎麼了，怎麼了！」

「錢祿的死都已經是四天前的事了，按照普遍的民間習慣，人死後第三天就會被家屬推進殯儀館火化了啊！」任非整個人都有點傻了，一隻手下意識地摸上車門把手，「當時二院幫錢祿驗屍的那個法醫，我一看就覺得不可靠。他斬釘截鐵說錢祿是自殺的……就算不是死於自殺，屍體一火化，也無跡可尋了！」

說話間，車隊已經到了東林監獄，十五監區的副監區長早就帶著人在那裡等候。任非抬眼看過去，一眼就從副監區長身邊認出了那天帶錢祿屍體去驗屍的曹萬年。

見他們下車，副監區長搓著手幾步迎上，看著譚輝的表情一言難盡，「譚隊，你看這……」

昌榕分局和東林監獄雖說不在同一個山頭，但都在昌榕這一片地帶，偶爾工作上有交集，開個會辦個案之類的見面機會不少，彼此都能混個面熟。奈何譚輝這麼多年來始終學不會稱兄道弟、握手寒暄那一套，剛才任非車上說的話他也著急，副監區長一迎上來，他記起來這個人也姓穆，卻沒在意這點，當即一搖手，開門見山張口就問：「四天前，你們這裡是不是還死了一個叫錢祿的犯人？」

「這……管教人員一沒注意，那個犯人就自己溺死在漂染池了。你們是怎麼知道的？」

「別管這個，你先回答我，能不能找到錢祿家人的聯繫方式？」

「有啊，都有資料備案的。」

譚輝一聽，當即頭也不回地朝身後喊：「老喬！你快跟人去把錢祿家屬的聯繫方式找出來，聯絡他家裡，看看入殮了沒，沒有的話趕快把人給我攔住！」

副監區長一愣，「……譚隊，你現在唱的是哪一齣啊？」

「唱哪一齣？」譚輝瞇眼望向炎炎烈日下監獄裡高聳的灰白塔樓，嘴角勾起一個匪氣十足的笑意，讓他整個人的氣勢顯得更加冷峻，「就怕監獄裡有人想要唱一齣瞞天過海。我們幾個正準備找找材料，幫他搭個戲臺。」

8 屍語者

副監區長帶著譚輝他們去看現場的時候，穆彥的屍體早就不在工廠了。出了事，獄方暫時把在這裡做工的受刑人安排到別處，封住了此處。工業粗染房裡還保持著昨天出事時的模樣，從灰敗的老舊大門進入一直往裡走，沒多遠，就看見地上紅色染料飛濺、被拖曳的痕跡，那個吞噬掉兩條生命、水泥澆築的巨大池子中一灘濃稠血紅的死水，彷彿蟄伏著不知名怪物，轉眼就要把人吞沒。

染池的一側，水泥地上被人用白色石灰粉圈出一個人形輪廓。譚輝幾人看著那個圈圈，彼此對視了一眼，知道這是穆彥屍體被從染池打撈上來、拖到地上時，屍體所保持的一個形態。

那個人形圈圈裡的地面透著染料的紅色，旁邊還保留著從死者脖子上解下、同樣被染紅的布條，那些已經乾涸的紅色，就像是死者身上流下來的血液，怵目驚心。

而更加讓人打從心底發毛的，是此刻染池上方掛在房樑上仍舊隨風飄蕩的半截白布。

確實就是三尺白綾蕩在頭頂、迎風而舞，淒厲的白如鬼似魅，站在下方稍微回想譚輝早上做的案情描述，眾人就能立刻腦補出昨天穆彥被掛在上面蕩來晃去的情景。

任非禁不住打了個冷顫。有著能感受死亡的第六感不是什麼值得高興的事，反而就像一個詛咒，冷不防地冒出來，死死禁錮著他，讓他夜不能寐。但是從警以來，任非雖然在第六感指引下遇到幾起案件，但死者被發現的時候大都並非在第一作案現場，或是現場已經遭到嚴重破壞，所以他一直沒機會直接感受到死亡現場的慘烈。

像今天這樣站在保存完好的第一現場，近距離觀察奪走死者生命的事物，這還是第一次。

也不對，確切來說，這是任非從警之後的第一次。最早的時候，是在十二年前，他這輩子見過的第一個案發現場是母親鄧陶然被殺害的那一次。

當時是什麼樣子呢？那麼多血流出來，如果都流在這樣一個染池裡，是不是也會把滿池的水都染紅了？

任非只要一想起當年的事，精神就有點游離。他出神地看著染池邊緣的水泥臺上飛濺出來的染料，怔怔地伸出一根手指，在上面某個濺落痕跡抹了一把，指尖頓時沾上一些薄薄的、略微有些黏膩和顆粒感的乾涸物。

池子裡都是已經兌過的漂染水，水狀的東西乾涸之後不應該是這種形態。任非抬起手臂，將沾黏了些細碎紅色乾涸物的手指湊近鼻子，微微嗅聞了一下。

他原本恍惚的目光一下子重新凝聚，緊緊盯著指尖那一點粉末狀的東西，用手指輕輕揉開，緊接著又放在鼻子下面，緩慢悠長地深深吸了口氣，接著臉色大變。

這不是染料，是血！

「老大！」任非猛地回頭，那時譚輝正帶人順著角落裡的樓梯爬往夾層。這震驚的一聲狂吼迴蕩在空曠廠房裡，譚輝幾乎同時間看過來，緊接著毫不猶豫地問：「有什麼發現？」

在出事地點發現可疑血跡，對目前毫無頭緒的案情來說，的確是一個至關重要的線索。一同前來的胡雪莉無須譚輝吩咐已逕自走過去，戴著手套的手拿著工具，把那一滴乾涸血跡從池子邊緣鏟起並封好，準備帶回去化驗。

他們在案發現場搜尋一圈，發現疑點重重，然而從現場能直接看出的線索卻寥寥無幾。

「夾層那邊屬於工作區，因為鞋印凌亂，已經失去採集價值。」胡雪莉邊說邊在石昊文的協助下，取下那條半掛在房樑上的白布並將其封存。她說話間，帶著任務去錢祿那邊的老喬打電話來給譚輝。

老喬在電話裡說了幾句，譚輝聽完一語不發地掛斷，握著手機，微微垂眼吐了口氣，臉上晃過一絲難以描述的神色。

看著他這個反應，隊裡其他人心照不宣，都知道是怎麼回事了。錢祿的屍體絕對已經沒了。

果然，過一會就聽見他用低啞的聲音說：「家屬前天已經把錢祿的遺體火化下葬。就算我們懷疑錢祿也是死於他殺，但那邊的線索算是徹底斷了。沒別的辦法，拚命往深了挖吧。」

什麼叫「往深了挖」？就是死者生前接觸過的人、遇到過的事、監獄外的社會關係、監獄裡的服刑表現，從頭到尾一個個走訪、逐一過濾，力求找到任何一點能證明他們猜測的蛛絲馬跡。

這是一個相當龐大、瑣碎的工程，光是一想就讓人開始頭痛。

但是頭痛的也不止他們幾個，在場陪著的穆副從始至終聽著他們雲山霧罩的對話，頭痛得都快有兩個大。

「譚隊，這到底是怎麼回事？好歹說一下情況啊……我們報案的是這起『工廠上吊』事件，你怎麼不問這個，反而一來就去調查錢祿的情況？錢祿是自殺，雖然我們監區必須要為此負上看管不力的責任，但法醫也鑑定過了，錢祿的死因並沒有疑點。」

「是一個在二院做驗傷鑑定的法醫。」任非在旁翻了個白眼，忍不住開口吐槽，特意重重咬了結尾那兩個字。

副監區長本來進到工廠後就已經保持相當難看的臉色，聽任非忽然在後面插嘴，當即眉毛一立，「你這是什麼意思？」

「任非。」譚輝淡淡的一聲，喝住市局長家的小公子，話卻是對穆副說的：「是這樣的，錢祿和穆彥，這兩名死者身上有諸多共同點。首先，他們都隸屬於十五監區一大隊；其次，都是因為強姦殺人入獄；最後，又在短短幾天之內死在同一個地方。錢祿的死因也許對偵破穆彥的案子能提供線索和依據，因此需要多了解一些情況。」

穆副恍然大悟，「那勘查現場有什麼可疑的情況嗎？」

譚輝搖頭，「暫時沒有，蒐集到的證據需要回去化驗後才能知道結果。既然錢祿的屍體已經火化，當務之急，我們必須去二院看看穆彥的。」

從監獄出來去二院的時候，記仇的任大少爺以「我們車裡坐不下了」為由，毫不客氣地拒絕了穆副和曹萬年等人要搭車的意圖。他們幾個人跳上車，關上車門，從後照鏡看著不遠不近跟在後面、隸屬東林監獄的車輛，開始透過無線電對講機梳理案情。

✦

依舊跟石昊文同車的任非，率先對現場做了簡單的還原。他說的內容跟當時被所有做工犯人目擊的現場基本上無差別，最後他提出疑問：「但是這裡面疑點重重。第一，關於看守問題。獄方一直強調在押送穆彥的整個過程中看守很嚴密，但實際上，就目前從押送穆彥的獄管那裡了解到的情況是，從辦公室出來後，穆彥曾申請去了位於辦公大樓北角的廁所——問題就出在這裡。在穆彥去廁所的過程中，起初並沒有任何異常，但是當監區突然斷電時，管教人員去裡面揪穆彥，這個人就已經不在那裡了。第二，凶手既然能做到這一步，那麼便說明當時要殺死穆彥易如反掌，卻偏要以這種近乎『示眾』的方式，讓在場所有人都眼睜睜看著穆彥死在眼前，這麼大費周章折騰一圈的風險相當大……」

石昊文心不在焉地開車，滿腦都在案子上，任非說完，他立刻把話接下去：

「另外，凶手對十五監區的地形非常熟悉，所以初步應該可以判斷，凶手就是這座監獄裡的人。至於『示眾』，我覺得如果連結前面錢祿溺斃一案的話，那麼就完全有理由懷疑，凶手是個對強姦犯深惡痛絕的人。」

任非一拍大腿，表示對石昊文的贊同，「好啊石頭，我也是這麼想的。」

「好了，你別這麼誇我，我會怕。」

「打電話給隊裡，再叫幾個人去監獄，先搞清楚穆彥到底是什麼時候失蹤，再去那個廁所查查，做為死者失蹤的第一現場，看能不能撈點有用的東西出來。」譚輝點了一根菸含混地說。

而他的那輛車裡，胡雪莉的聲音在他之後傳來。因為坐後座離無線電對講機較遠的緣故，她的聲音聽起來有些模糊，「你們有沒有人注意到，那個穆副監區長跟穆彥都姓穆。這本來就不是一個常見的姓。」

「還真的是！」旁邊的李曉野用餘光快速掃了他們隊長一眼，眼底躍動著烈焰般的光，「老大？」

隨後，譚輝的聲音傳來，很沉很穩，毫不猶豫，「去查吧。我們看看這位副監區長跟死者之間，究竟是什麼關係。」

譚輝把人都派了出去，李曉野中途開車回了分局，譚輝換到任非他們那輛車，加上胡雪莉，四個人繼續開往東林二院。

他們從分局出來得早，一路暢通無阻地到了監獄，但是從監獄穿越中心城區往二院時，卻正好遇上了上班尖峰時段。

東林雖然是個大城市，但只能算是二線，沒有限制車牌號碼進出，也沒有地下鐵路，好幾條主幹道都是四車道，在這個大家有事沒事送個孫子買個菜都要開車的年代，尖峰時段再有那麼幾輛不遵守交通規則的摩托車、計程車亂塞亂擠，基本上路況就是水泄不通，沒半個小時別想從這條路上出去。

他們頭頂上的警示燈明晃晃地閃著光，但是沒人給面子，車跑得比驢子拉雪橇還慢，旁邊路過的某個大漢騎著載客的小三輪車，左衝右突地從他們眼前擠過去，後照鏡上掛著的小紅旗隨之迎風招展，簡直像在跟各路塞車大軍炫耀，老子這個量級的，才是輕鬆應對各種狀況的城市小精靈。

石昊文在車裡把喇叭按得震天響也出不了這條壅塞路段，看著那輛三輪車上的小紅旗，狠狠砸了方向盤，氣得連痛罵都卡在喉嚨口，一個勁地喊任非：「任非，快快，快點拿手機拍下那輛違規的小紅旗，拿回去給隔壁隊的舉發！」

「抓個大頭，就這種車，在我們昌榕區這一片搜羅搜羅，眨眼就能揪出個一百八十輛。」任非頭也不抬地隨口回答，手上卻不停。他習慣性地把今天知道的所有案件資訊都簡明扼要地記在手機備忘錄裡，方便沒事的時候拿出來整理一番。

「其實你們沒必要跟我過去，醫院那邊我一個人也搞得定，與其塞在這裡，還不如把握時間，在監獄了解情況。」胡雪莉坐在任非後面，她很少笑，不說話的時候，那張瓷白細膩的臉上會透出一點生人勿近的冷豔氣息，眸子裡如斂藏了一幅黑白水墨畫，深沉悠遠中透著讓人著迷卻猜不透的神祕。

聞言，任非正在按手機的手指微微頓了一下，然後終於抬起頭，看著石老手從一條兩車留出的小間隙裡七拐八扭直衝向前，微微吐了口氣，再解釋：「本來譚隊是叫我留在那邊，但是我想……看看死者的樣子。」他微微抬頭，看著窗外逐漸刺眼的陽光，瞇了下眼睛，「錢祿已經火化，死無對證，但我是這裡唯一見過他死相的人。我想看看……穆彥的死相，跟他一不一樣。」

✦

當一行人終於到達東林二院，在太平間裡看見死者的時候，任非發現，乍一看穆彥跟之前的錢祿，其實相差無幾。

穆彥身上的化學染料顯然也已經被清理過，但是跟錢祿一樣，一部分染料已沁入表皮，屍體渾身上下都染著一層淡淡的桃紅，好像整個人被塞在蒸鍋裡蒸熟了才死去那般。

帶他們過來的，還是那天替錢祿做驗屍的兩名法醫。幾個人簡單看過屍體後，當天跟任非說驗屍結論的那位法醫，對著正從工具箱裡取手套戴上的胡雪莉說：「該檢查、該化驗的，我們都已經做完了，現在就是有幾個疑點想不通。報告在這裡，不然妳先看看？」

胡雪莉戴手套的動作微微一頓，繼而把戴上一半的手套又摘下來，從對方手裡接過那薄薄的兩頁紙，一行行看下來，很快就發現對方所說的「疑問」。

按照監獄現場情況和相關目擊證人的陳述來看，穆彥是被吊在工廠房樑上的。剛才在監獄時，當時在場的管教人員說，穆彥被吊在上面毫不掙扎、一動也不動，所以他們無法分辨被吊上去之前，穆彥是不是就已經被勒死了——但從驗屍報告和屍體情況來看，死者不可能是被勒死的。

一般被勒死的特徵是，勒繩在脖子上留下的索溝呈水平環狀，深度均勻且結扣處有壓痕，死者頸部肌肉有斷裂或出血，並且多見抵抗傷。

但是穆彥的脖子上，索溝著力處水平兩側斜形向上，其位置在舌骨與甲狀軟骨之間，中間著力處深而兩側淺，頸部肌肉不見出血——從這幾點上看，死者脖子上的傷痕符合典型縊死特徵。

但讓胡雪莉感到奇怪的是，驗屍報告上還寫著一句：死者舌骨大角及甲狀軟骨無骨折，頸動脈內膜有少許斷裂傷。

這與縊死的特徵又是完全相悖的。

舌骨大角和甲狀軟骨骨折，頸動脈內膜斷裂，這是縊死之人的致命特徵。可是在眼前這具屍體上卻沒有。

那麼從以上其實可以初步得出結論，死者被吊在布條上的時間尚短，掉進染池的時候，致命傷還沒有形成。

可是，如果並非縊死，當時死者手腳皆未被束縛，掉進染池的時候為什麼不掙扎？真的是自殺？誰會脫得一絲不掛跑到工廠，讓諸多獄友目睹自己吊在房樑上，再掙斷繩子落進漂染池裡被淹死？除非穆彥是一個有暴露癖的怪胎，否則稍微正常一點的人都不會做這種事。

然而，再往下看那份報告……胡雪莉微微擰了濃黑的秀氣眉毛，表情變得越發難看。

死者的口鼻檢測出蕈狀泡沫，氣管、支氣管、肺泡和胃內皆有少量溺液——這是溺死者的特徵，可是這些特徵非常不明顯。

剛才說話的那位男法醫始終觀察著胡雪莉的反應，看她臉色凝重起來，才又開口：「就是這樣。按照目前的驗屍結果來看，我們無法確定死者究竟是縊死還是溺斃。」

他說話的時候尾音微微上挑，態度有點輕慢。任非當即眉毛一皺，有點想揍他的衝動。

但是沒等到任非出聲，胡女王先是眉毛一挑，瞥了說話的法醫一眼，隨即反問一句：「無法確定？」

「從目前已知的資訊來看，就是這樣。」男法醫攤攤手，「必須等解剖之後才能得出更加深入確切的結論。但是之前你們沒人過來，我們不方便就這麼打開屍體。」

胡雪莉最後深深地看了他一眼，沒再說話，把那份驗屍報告往譚輝手裡一塞，逕自戴上手套、口罩，直接越過站在眼前的二院男法醫，熟練地朝屍體伸出手，用兩根手指捏著死者的下頜稍稍抬起，同時毫不客氣地指揮一旁對男法醫一臉不爽的任非，「任非，我說你記。」

「好的！」

「死者脖頸索溝三．五公分，從傷痕來看，與我們在現場看見的布條吻合。索溝著力處及兩側有輕微摩擦痕跡，由此可以推斷死者生前被吊在房樑時，曾有過短暫的小幅度掙扎。」胡雪莉說著微微頓了一下，小心扭過穆彥脖子，在他右側頸動脈上發現了一個拇指大小、在染料顏色掩蓋下顯得非常不起眼、類似於屍斑模樣的痕跡。

她抬頭看了一眼譚輝，想說什麼，最終嚥了回去，「右側頸動脈有一處不明瘀痕……」正說著，忽然又頓住了，緊接著眼睛亮了亮，像是突然想到什麼，用戴著手套的手指輕輕撫過那處瘀痕，繼而一把拉過旁邊的譚輝，掰開他的拇指，然後按著，在距離屍體皮膚表面未及毫釐的位置，虛虛地停下來，左右對比了一下。

半晌，胡女王放開譚輝的手，語氣非常篤定地說：「不對，不是不明瘀痕。」

她思索片刻，小心地稍稍抬起穆彥僵冷的左手，掩蓋在紅色染料之下，竟有一道細細的割痕。她在傷口邊緣按了按，使得因僵冷而閉合的傷口隨之再度裂開，胡雪莉抬頭又看了任非一眼，「傷口深約〇．五公分，已經傷及靜脈。」

那一眼含義非常明顯，幾乎讓任非立刻想起在漂染池邊偶然發現的那滴血跡，「所以那滴血是死者自己的？」

胡雪莉略一頷首，輕輕放下死者的左手，直起腰來，「極有可能。不過準確的結論還要回去做化驗比對才能知道。」

她又想起二院的驗屍報告上寫明，死者背部有摩擦傷，當即毫不猶豫，也不知哪來的力氣，一個看上去瘦瘦弱弱的女子，竟然一個人俯身彎腰，半抱著屍體翻了個面！

穆彥被吊在工廠房樑時就已未著寸縷，死後更沒人替他穿衣。而胡雪莉身為一個未婚女性，面對這樣一個渾身透著詭異桃紅的裸體男屍，竟然能面不改色地一手扳著他的肩，一手托著他的腰，目不斜視地把人翻過去！

在場男人震驚的同時，胡雪莉已經檢查完屍體背後的傷痕，又把人正面朝上放好了。

結束後，她稍稍鬆了口氣，「背部創傷跟三院給的驗屍報告內容一致。不是致命傷，應是在石臺階、質地較硬且稜角鋒利的木板，或者鋁合金之類的堅硬東西上拖拉磨礪所造成。」

按照目前初步驗屍所掌握的情況來看，機械性窒息和溺斃的特徵都不明顯，無法確定真正的死因。別說是任非那有限的辦案經歷，就算是胡雪莉從事法醫工作這些年，也鮮少遇到。

接下來再要有進一步的結論，事情就比較麻煩，要解剖要化驗，等結果出來，最快也是明天。

當務之急應該讓法醫立刻著手對屍體做進一步檢查化驗，但譚輝和胡雪莉是合作多年的老搭檔，那雙微微瞇起的眸子淡淡往對方臉上掃了一眼，當即就察覺出胡雪莉有話含在嘴裡沒說完。她現在不說的，多半就是跟案情有密切關聯但需要保密，不方便在閒雜人等面前討論。

譚輝那雙天生透著一股匪氣的眸子快速在太平間裡的人身上轉了一圈，隨後毫不客氣地對他們隊裡的人招招手，「石頭、任非、小狐狸，跟我回車上，梳理梳理目前掌握的線索。」

等他們都走了，姓穆的副監區長一臉晦氣地從太平間快步走出來，在門口跺了跺腳，吐了三口口水，朝著走廊盡頭昌榕分局刑偵大隊一行人消失的樓梯又啐了一口，「我呸！怪不得譚輝這些年立了多少功，也還只是一個大隊長，像這樣茅坑裡的石頭又臭又硬，活該一輩子升不上去！」

✦

隸屬昌榕分局的警車裡，「活該一輩子升不上去」的譚隊長，關起門來後的第一句話就是直接問胡雪莉：「妳有什麼發現？」

「屍體脖子右側頸動脈處那個手指壓出的瘀痕，我懷疑是凶手在死者生前用力按壓此處，致使死者昏迷所留下的。」

胡雪莉邊說，任非在一旁邊按照她的想法，模擬了一下凶手的作案手法。他用右手朝著石昊文脖子掐過去，直到對方後脖頸上激起一層雞皮疙瘩，才若有所思地收回手，「如果我想讓誰窒息昏迷，就算對自己的手法非常有自信，只用一隻手，也一定會從前面掐住他半個脖頸。比起後脖頸，前面才是要害。這樣的話，穆彥脖子上應該至少有半圈掐痕才對……」

「未必是窒息昏迷。首先，按壓頸動脈的話，最有可能引起的是低血壓、腦供血不足而造成的休克。其次，這用一根手指就可以辦到，留下的痕跡少，不容易被發現。最後，一旦被害人落入染池，事後對屍體清理染料時，指紋便會隨之淡化、消失，法醫也無法從中獲取更多資訊。」胡雪莉搖搖頭，眼睛盯著任非手裡的手機，螢幕上是剛才任非根據她的結論記錄下來的資訊。

她就這麼定定地看著，注意力卻好像游離在螢幕之外，車裡的三個男人聽見她慢慢地說：「連結一下死者身上其他幾處傷痕……我覺得，死者很有可能是先被凶手按壓頸動脈導致昏迷，隨後凶手又從什麼地方把他拖拉到某處——死者背後的傷痕可以明確證明這一點。凶手將死者拖走，再扒光他的衣服，套上那種等待漂染的布條，然後在吊到房樑之前，往死者左手腕靜脈上割了一刀放血。在整個過程中，死者應該都是處於昏迷狀態，這是因為在死者身上，我沒有發現除了這三個傷痕以外的其他痕跡，證明死者並沒有與凶手正面進行過對抗。」

譚輝在腿上來來回回轉著打火機，「結論呢？」

「在被吊起來的過程中，死者應該曾有過短暫的意識，所以試圖掙扎，做為凶器之一的布條也在死者脖頸索溝周圍留下摩擦痕跡，但那也不過只有短短一剎那，很快死者就會因頸間壓力而陷入更加深重的窒息和出血性休克之中。後來布條斷裂，他因此墜落身下染池，勒住自己的布條帶來的壓力消失，生命的本能促使他呼吸，但是沒多久他就死在了裡面——這就是為什麼從他的口鼻檢測出蕈狀泡沫，氣管、支氣管、肺泡和胃內皆有少量溺液，但肺臟沒有呈現出溺死者典型徵象的水性肺氣腫的原因。簡單來說，死者的死因應是布條、手腕傷以及溺水三方共同作用的結果。但相關證據得等我回去做了化驗和檢查，才能拿給你們。」

胡雪莉露出一個充滿嘲諷意味的淡薄笑容，「不過就算不檢查化驗，按照目前驗屍得出的結論來看，這起案件也百分之百是他殺。不知道報案的時候，他們典獄長有樣學樣說『無法辨明他殺或自殺』時，有沒有自己去看過現場和死者。」

典獄長有沒有看過現場沒人知道，但沉默半晌的任非再發聲的時候，卻讓幾個人同時注意到一個先前誰也沒注意的細節，「穆彥的屍體到現在還是赤裸的。之前監獄那邊也說，穆彥被吊在工廠的時候未著寸縷。那麼……他被扒掉的衣服到哪裡去了？現場沒找到，也始終沒人提。但是監獄這種地方，要把那麼一大堆東西夾帶出去，不太可能……」任非說著，眼睛微微亮了亮，「有沒有可能，是它上面有洩露凶手身分的蛛絲馬跡，所以被凶手藏了起來？」

「有。」他的話音未落，譚輝立刻回答，接著「啪」的一聲點燃了手裡一直把玩的打火機。淡藍色的火苗燃起，微微的幽光將他的下頷鍍上一層詭異沉靜的幽藍。他動動嘴巴，下巴上的那束藍色火光隨之跳躍，「案發之後風聲緊，凶手無法處理。所以此時此刻，穆彥的衣服，應該還在監獄某處！」

✦

「啊啊啊啊啊啊啊！」一聲受驚喪膽的尖叫衝破監獄的重重羅網、直沖雲霄。東林監獄十五監區「算命先生」代樂山所在的二班裡，一個剛滿十九歲的年輕人驚慌失措地一屁股跌坐在地，指著其中一個空著的床鋪，臉色慘白得有如活見了鬼。

一大隊裡接連死了兩個人，正值多事之秋，監獄高層下達命令，十五監區暫時進入嚴管，所有罪犯取消自由活動和放封時間，連出工也暫時停止，以往的做工變成了集體軍訓，由管教人員統一帶領，大批人馬共同進出。

因為取消了自由活動，所以東林監獄原則上每週兩次的早操，在十五監區就變成了每天的活動，獄警多人聯動嚴防死守，硬生生把整個監區守成了鐵桶，然而在這樣的情況下，還是出了一件匪夷所思的怪事。

出了早操吃完飯回來，管教人員各自看管著轄區的犯人們回囚室整頓內務，再集體出去訓練踢正步，然而誰都沒想到，就這麼一下子，一大隊裡竟然又鬧出一件聳人聽聞的事！

年輕人號叫不已，左右獄友聞風而動，順著臉色煞白的小夥子所指方向一看，緊接著二班瞬間炸開來！

這天正好碰上關洋值班，那聲石破天驚的尖叫傳出來，看似文弱的男人迅速反應，在喧譁驟起的同時提著警棍狠狠敲在二班的鐵門上，甕聲甕氣的動靜硬是把一時的騷亂壓制下去。接著他提著警棍一個箭步衝進二班，抓著年輕人的衣服從地上揪起，厲聲呵斥：「鬼叫什麼？」

小夥子回頭一看是關洋，甚至沒有在意男人那張冷若冰霜的臉上透露出來的警告和怒意，反而如同抓住了救星一般，反手一把抓住他，「關……管……」小夥子舌頭打結，關和管的讀音已經分辨不清，但手始終僵硬地朝斜前舉著，原本沒好氣的關洋順著對方示意的方向看過去，也愣住了。

在他們斜前方，一張被鋪整齊的空床位上，擺放著一套折疊好的囚服。囚服背後印著的編號朝上，四個碩大的數字清清楚楚：一五五九。

空著的床是代樂山的。上面的囚服卻是五班穆彥的。

那正是譚輝他們要找的東西。

昨天中午，因為尋釁滋事、散布謠言，代樂山和穆彥分別被帶走，一個去了醫務室看傷，一個去了副監區長辦公室接受訓誡教育，原本兩個人昨天的最終目的地都是一樣的，就是禁閉室。

現在，代樂山還待在禁閉室裡沒回來，而穆彥已經在昨天下午死於非命。

至於代樂山和穆彥之間唯一也是最後的牽連，則是昨天中午代樂山說有女鬼來索強姦犯的命，無端被波及的穆彥便忍無可忍地削了他一通。

但是穆彥很快就真的死了。所有人都看見了那個男人如同白斬雞一般赤條條地被掛在房樑上，而現在，他的衣服竟突然詭異地出現在與之有過節的代樂山床上。

關洋怔住，眼睛盯著雪白床鋪上的灰色囚服，一股冰冷涼意從心底升起，逼得他激靈靈地打了個冷顫。

他推開面前擋路的年輕人，手指微微顫抖著朝代樂山的床鋪走過去，等走近了，才發現那套衣服是溼的，就像被扔在外面草地一夜、沾染了深重露水一般。關洋穩了穩心神，扯過代樂山的床單，將那套標著「一五五九」的囚服包起來，提在手裡。

他轉過頭，正想對二班這幾雙眼巴巴盯著他的犯人警告點什麼，這時三班的王管已安頓好他的班，從旁邊過來關心，「怎麼了？」

於是關洋把二班那幾個被蹊蹺出現的死人囚服嚇得戰戰兢兢的犯人交給王管，自己提著這套充滿莫名驚悚的衣服前往監區長官辦公室，準備去報告。

他一路上心裡亂糟糟的，幾乎跟所有犯人那令人悚然的猜想完全一致：真的鬧鬼？女鬼索命殺了穆彥？穆彥又因為代樂山的斷言而懷恨在心、無法釋懷，所以死了之後又找上代樂山？

他甩甩頭，強行把腦子裡那些胡思亂想扔出去，卯足了勁往前走，直到差點迎面撞上人，才恍然抬起頭。

十五監區的監區長，他們老大，正以右手護著差點被撞翻的茶杯，皺眉審視著他。關洋眨眨眼，看著老大才想起來，他們一大隊的穆副，今天去配合警方調查了。

「科長……」關洋張張嘴，連自己都覺得把手裡提的衣服遞過去時，口氣特別沉重，「……又出事了。」

那個瞬間，監區長有皺紋的眉角狠狠跳了一下，接著就嚴肅地厲聲追問：「又怎麼了？」

老實規矩又不善言詞的關洋，跟在他們監區長後頭走進辦公室，舉著白床單做成的提袋，隔著辦公桌遞過去，「……你自己看看吧。昨天死的穆彥，他的囚服……剛才……在代樂山的床上找到了。」

原本要坐下的監區長驟然睜大眼睛，彷彿座椅上被人突然塞了個針板，刺得他一下子跳起來，震驚之下連聲音都變了調，「什麼？愣著幹什麼，調監視器畫面！到底是誰在裝神弄鬼，趕快讓監控室把今天早上的監視器畫面都給我調出來查！」他焦躁地從椅子前面繞出來，圍著桌子快步轉了兩圈，末了腳步一頓，叫住正準備往外走去監控室的關洋，也不知道是氣到還是嚇到，聲音聽起來竟有一點哆嗦，「打電話給昌榕分局，告訴他們這個情況，讓他們再把人手派回來！」

在十五監區調查監視器畫面的同時，相互交流完意見、從警車裡下去的譚輝接到了李曉野從分局打過來的電話。

電話裡，李曉野的語氣中透著一絲凝重，一板一眼地跟他們隊長彙報：「老大，查到了。一大隊那個穆副，就是死者穆彥的親叔叔。」

9 目標獵物

十五監區的副監區長竟然是死者親屬！

穆彥出事前，就是被他叫到辦公室進行訓誡教育，照理說，穆副就是他們家裡唯一看過穆彥最後一面的人。

親姪子在眼皮底下就這麼莫名其妙地死了，但是從頭到尾，穆副跟警方接觸的時候，譚輝都沒在他臉上看見一丁點悲痛之意。

穆彥見了他之後沒多久就死了，而穆副對自己與死者之間的特殊關係隻字不提。

他們之間有什麼故事？那天中午在辦公室，這位叔叔和親姪子都說了什麼？穆彥的死跟這位副監區長有沒有關係？

一連串的疑問冒出來，連結之前所了解到的一切情況，莫名其妙，錯綜複雜，譚輝接完電話就覺得腦袋裡有一根筋突突地跳著生疼。

他看了一眼距離他們警車不遠，正站在二院三號樓門口抽菸的幾名獄管，臉色微微沉下來，正準備邁步上前客客氣氣地「請」這幾個人到分局去喝杯茶，另一邊任非的電話也在這時候好巧不巧響起來。

在譚隊的注視下，任非賠了個笑，翻出電話看了眼來電顯示，接起電話就問：「關洋，怎麼這個節骨眼打電話給我？監獄又怎麼了？」

於是被監區長命令再把刑偵同事們叫過來的關洋，把在代樂山床上發現穆彥囚服的事，一五一十地講了一遍。

任非始終一語不發地聽著，直到掛了電話，才對著譚輝低聲說：「監獄打過來的。我們要找的囚服，已經出現了。」

譚輝一句國罵卡在喉嚨口，硬生生把眼睛憋出了紅絲。

✦

七月五日下午，東林監獄十五監區一大隊五班受刑人穆彥，經驗屍確定死於謀殺，該案件在昌榕分局正式立案，成立了專案小組，展開案件調查偵破工作。

因為案件發生在監獄，環境封閉，案情撲朔迷離，懷疑對象較多，牽扯甚廣，昌榕分局必須慎之又慎，力求盡快破案。前不久才被任非那份自作主張的減刑申請書鬧得心有餘悸的分局長楊盛韜親自坐鎮，把帶了一票人回來喝茶的譚輝叫過去，特地再三囑咐一切行動務必按照規章制度進行，有任何問題、任何發現，必須立刻跟他彙報後，才把人放回去。

穆副全名穆雪剛，四十來歲，七年前從清義區看守所調到市監獄，兩年後，又從第十監區調到第十五監區，職位也升成了現在的副監區長。

譚輝他們和監獄方面關係微妙，沒有直接證據，就算對方是目前為止最可疑的人物，也不方便真的把穆副帶到審訊室一板一眼地問訊，於是就把人帶到了大廳後面的會議室裡，拿著從楊盛韜辦公室帶出來的一包茶葉，幫對方泡了一杯茶。

譚輝將茶杯放在穆雪剛前面，沒去拿放在桌尾的本子，便在他旁邊坐下，開門見山地說：「穆老哥，你知道我為什麼請你來嗎？」

穆雪剛的國字臉微微一抽，繼而露出一個毫不掩飾的冷淡表情，「想問什麼，你就問吧。」

譚輝看著他說：「說說昨天中午，你和死者在你辦公室裡的事。」

「沒什麼好說的。他慣常好勇鬥狠，容易與其他犯人產生口角摩擦，我照規矩把他叫過來訓誡，教育完了就按照規定讓管教人員把他帶去關禁閉。你們不是已經去調取監視錄影了嗎？他完好無缺地從我辦公室裡走出去，門口的監視器絕對拍到了。」

「之後他就死了。」

「自他出門再到離奇死亡，這段時間我沒有從辦公室走出去過，監視器可以證明。譚隊，我建議你還是派人去查查他是從哪裡突然消失的，比起在我這裡浪費時間更好。」穆雪剛話鋒一轉，似乎是對著譚輝臉上打了一下。

譚輝脾氣非常惡劣，可是審案的時候卻周旋刺探，耐心得可怕。他聞言倒也不惱，那張透著彪悍流氓氣的臉反而笑起來，「勞你掛心。你跟我們回局裡的時候，技術組的同事們也已經把監視錄影都從監獄帶了回來，現在正在做技術分析呢。等一下我一定得按照你的意思知會那邊的同事，把你辦公室門口的那個攝影鏡頭拍出來的影像，重點調查、重點分析，好還你一個清白。」

他把兩個「重點」的字音咬得很重，然後就看著穆雪剛神情起了變化，隨後滿臉輕鬆地把話鋒一轉：「親姪子在自己眼皮底下死了，你這個當叔叔的這麼無動於衷，很難跟他爸爸交代吧。」

穆雪剛的手倏然不受控制地一顫，碰到旁邊的茶杯，幾滴滾燙的茶湯濺到手背，令得他打了個哆嗦。

而與此同時，任非、李曉野，連帶今天本來請假休息，中途又被叫回來做事的馬岩，三個人圍在他們技術組的辦公室裡等結果。

沒人說話，除了偶爾敲鍵盤、點滑鼠的聲音，這個辦公室裡唯一的動靜就是悶熱天氣裡老舊空調的嗡嗡聲。坐在任非旁邊戴眼鏡的弟兄，伸著一隻瘦骨嶙峋的手在辦公桌上四處來回，同時另一隻手動著滑鼠，眼睛還一眨不眨地盯著螢幕。

但是他來回摸了半天也沒摸到自己想要的東西，任非把他的保溫杯從桌角遞到他手裡，他下意識地拿過來就往嘴邊放，湊近了嘴邊卻又忽然停下來。

他機械化地放下水杯，全神貫注地盯著螢幕，一邊點著滑鼠一邊在鍵盤上快速敲了幾下，而後，因乾渴而滯澀的聲音突然打破了一室沉默，「這個影像被人剪過。」

眼鏡技術男一言道出，滿座皆驚。

任非離他最近，正看著他查一大隊囚室走廊的錄影，技術男暫停了播放，畫面記錄的時間定格在六點四十八分三十五秒。

幾個同事聞訊都趕快圍了過去，只見眼鏡男抬手推推鏡框，沒再說話，滑著滑鼠把播放箭頭往回退了一點。

這一退就退出了問題。無須多做解釋，因為緊接剛才那一幀畫面的時間是六點四十五分三十五秒。

從監獄帶出來的這部分監視影像，缺了整整三分鐘！

馬岩和李曉野面面相覷，兩人都看出對方眼中的悚然。

李曉野嚥了口口水，似是難以承受內心震驚，自言自語地罵了一句。

馬岩彎腰把那監視錄影的前後兩幀畫面反覆確定了三遍，隨即摸著下巴站起來，磨了磨門牙，「難不成還真的是……兔子啃了窩邊草。」

能有機會摸到監控室，對監視錄影動手腳的，一定不會是監獄裡被層層圍困、嚴密看守的犯人。

而且按照十五監區臨時調整的作息時間，早上六點三十分是犯人們集體出早操的時候。管教人員全程看守，囚室內不留人，所有人都要去，不能中途離場。

所以，很簡單就能得出結論——監視器影片是被監獄內部的公職人員剪掉的。

那缺失的三分鐘裡究竟發生了什麼事？凶手是不是趁著這三分鐘將穆彥的囚服送到了代樂山的床上，藉此混淆視聽，掩蓋可能在囚服上留下的犯罪證據？

答案是非常有可能。如果是監獄內部的管理人員在搞鬼，那麼在早上六點三十分到七點之間，的確是最方便下手的時機。只是，如何才能證明這件事？

任非黑白分明的眼珠轉了一圈，計上心頭，扔下戰友，一個轉身就頭也不回地往大廳走。

倉促間，任非突然想起來，有一個現成、可以信任的「知情人」，現在就在他們分局裡——關洋。

關洋是獄方第一個發現穆彥衣服，又打電話給昌榕分局求助的人。譚輝安排人去取證據，被派去的人直接把當時提著裹囚服被單的關洋也一起「打包」帶了回來，現在他就跟曹萬年以及另兩名也被「請」過來的同事，一起坐在大廳旁邊那排椅子上。

會議室裡譚輝跟穆雪剛還沒談完，從他們那個角度只能看見穆雪剛的背影，雖然對談話內容一概不知。但在場者皆知，等穆副出來了，他們每個人也都要像穆副那樣，到會議室裡去跟赫赫有名的譚隊喝上一杯茶。

那種感覺要怎麼說呢……不是緊張，就是有些不愉快，隱隱有點自己一個獄警竟被當成嫌犯懷疑的恥辱和難堪。

任非三步兩步跑過去的時候，只見關洋手裡抓著手機，目光凝在腳下不遠處的一塊地磚上，不知道在想著什麼。

關洋天生老實，現在看上去就有如嫌犯害怕被拆穿的樣子。任非走過去，瞥了一眼旁邊坐著的曹萬年等人，把關洋從椅子上拉起來，「你跟我來。我有事問你。」

任非著急的蠻勁一上來，關洋幾乎是被半拖半拉到了對面，走廊盡頭馬岩和李曉野遠遠地跟過來，任非瞄了他們一眼，對關洋逕自說：「你們一大隊囚室的走廊，從外面進來走到底有多少公尺？」

關洋茫然地眨眨眼睛，雖然不知道任非為什麼突然問這個，還是下意識地回答：「大概……一百五十公尺吧。」

任非一雙閃著光的眸子一眨不眨地看著他，「別大概，你想想，給我一個準確的數字。快點，我有用處。」

「我又沒量過！」關洋抓抓腦袋，終於反應過來，卻還是對任非搖搖頭，「我只能猜個數字，確切的真的沒辦法說。反正按照我平時往二班走的正常速度的話，就是一分半鐘左右。」

路程一分半鐘，來回三分鐘。走得急一點，加上把衣服放在床上的時間，似乎……剛剛好。

關洋看見眼前這個平時飛揚跋扈的混世魔王現在愁眉苦臉的，有點不適應地又接了一句：「你要準確的數字，不然等我回去了，拿個尺量一量再告訴你？」

「好啊。」任非無暇他顧，順暢地接了這句話，用力拍了拍關洋的肩膀，「回去等著譚隊跟你說話吧。」

「啊？」

任非又對關洋點了點頭，「去吧，別擔心，我相信這件事跟你無關。還有，剛才我問你的，對你那幾個同事，誰也別說。」

他把關洋推走後，一轉頭就看見他們隊裡那個鋸嘴葫蘆和那個嘴賤大仙，正在不遠處站著。任非走過去，對兩人聳聳肩，「你們都聽見了？」

李曉野靠上旁邊的接待臺，「看起來倒滿像那麼一回事。」

任非懶得理他，狠狠瞪了他一眼，就見旁邊馬岩用手肘碰了李曉野一下，轉而詢問：「你怎麼看？」

「目前所掌握的線索全都指向獄方，而且能在監視錄影上動手腳的，絕不可能是囚犯。但我又覺得，如果這起凶殺真的是裡面公職人員所為，」任非頓了頓，抬手指了指自己的腦袋，「那這智商真的就有點低。」

他說完把手放下，那條手臂順勢撐在接待臺上，另一隻手無意識地在檯面敲了幾下，又猛地停下來，眼底迅速滑過一抹來不及被人捕捉的光芒。

因為他忽然意識到，自己幾根手指按順序反覆敲擊桌面的動作似曾相識——他竟然在無意中，本能地模仿了梁炎東。

任非收回手指，腦子裡忽然冒出來的「梁炎東」三個字，就怎麼也抹不去了。

東林監獄十五監區一大隊就是梁炎東所屬的監區，梁炎東又是因「強姦殺人」被判入獄，跟死者背景具有相似性。

穆彥的死會不會演變成連環案件？梁炎東現在怎麼樣了？有沒有危險？這起命案離他那麼近，他會有什麼特別的推測和發現嗎？

一連串的問題冒出來在腦袋裡縈繞徘徊不去，直到案情調查告一段落，從分局出來的時候，任非依舊有點心不在焉。

這種心不在焉使他在下樓梯時一腳踩空，差點在樓梯上撞掉兩顆門牙，還好他們老局長一把拉住了他。

「強度太大，吃不消了吧？」

楊盛韜語調輕鬆，聲音卻透著疲憊。任非站起來，看見老先生略顯渾濁的眼底爬上了道道血絲。

現在已將近晚上十一點。晚飯之前楊盛韜跟著他們開完案情討論會後，法醫組那邊的驗屍結果還沒出來，他們幾個年輕人留在會議室想再等一等，楊盛韜沒說什麼就走了，大家都以為他已經先回去，沒想到他竟然一直留到現在。

任非不好意思地笑了一下，跟著楊盛韜一起往樓下走，順便活動活動剛才抓欄杆時扭到的手腕，「我哪有什麼吃不消的。倒是您一把年紀了，多注意一點。」

「你這小子，越來越沒大沒小。」

「關心也不對了？」任非遠遠地拿出車鑰匙、打開車門鎖，一串鑰匙在手裡隨著步履起伏被晃得叮噹作響，成為這個寂靜深夜裡唯一的聲音，「這麼晚了，我送您回去吧！」

「兩天一夜沒睡了吧？標準疲勞駕駛、違規亂紀。」楊盛韜說歸說，終究還是拉開車門，坐在了任非那輛CRV的副駕駛座上。

打從任非第一天上班開始就是開這輛車，但楊盛韜還是第一次搭乘。任非跟他爸爸之間的緊張關係，楊盛韜是知道的，但人一上了年紀，總愛撮合些什麼。楊盛韜坐在車上，看著任非發車。老先生視任非為小輩，因此並未多做鋪陳，直接就說：「你一年到頭又租房子又不回家，好像跟任局有關的一星半點都不想沾，父子鬧得這麼水火不容。這輛車，是你老爸買的吧？」

任非撇撇嘴，一臉矜傲地嘲諷：「車是我老爸買的，但不是我那個日理萬機的爸，算是我媽留給我的禮物吧……是她出事之後的保險賠償。」

楊盛韜沒想到是這樣的答案，沉默片刻，因為夜裡溫度下降，老先生將副駕駛座的窗戶大開，靠在旁邊吹風，「任非啊，你母親的事，已經過了這麼多年了……」

當初任道遠的妻子被人當街奪走性命，在他們警察內部傳得沸沸揚揚，並不是什麼祕密。

老先生說著頓了頓，任非這次不知道他接下去要說什麼，卻立即打斷，「這麼多年了，也還是個懸案。」

「我很抱歉。」

老局長黯然的一句道歉，讓一瞬間未能控制住自己的任非反應過來，「不關你的事。」他說著，踩著油門提高了車速，白色轎車在漆黑夜幕中如離弦箭矢般衝了出去，而駕駛著它的年輕人冷淡又壓抑的臉上，在夜色中逐漸透出鮮活的信念與孤注一擲的篤定，「凶手，遲早會找到的。無論是昨天那個，還是十二年前的那個。」

楊盛韜沒看他，把車窗又升上去一半，點了一根菸，指尖之間火光明明滅滅，「今天這個案子，你有什麼看法？」

「該說的，大家會上都做了總結。以我的能力，也看不出什麼其他的了。」任非把車拐進老局長家那個市中心的舊社區，路上光線陡然暗下來，握方向盤的手緊了緊，「我就是覺得，穆彥的死不是第一個，也不會是最後一個……」

楊盛韜在任非那個裝菸灰的口香糖罐裡彈了彈菸灰，「感覺的依據？」

「沒依據，就是感覺。」任非有點頭痛，抬手揉揉眉心，「硬要說個依據，就是錢祿的死和穆彥的死，相似點太多，這麼巧合的事情說不是人為，我不信。如果他們兩個的死能併案處理的話……」

楊盛韜打斷他，「那至少需要有證據證明錢祿死於他殺。」

任非低著頭不說話，把車停在老先生家樓下，楊盛韜看著他，將菸在口香糖罐裡掐滅了。短暫的沉默後，老局長似乎有了什麼決定，在任非緊繃的肩膀上拍了拍，「有懷疑就去調查證據。憑感覺，再怎麼樣也做不了呈堂證供。錢祿不比穆彥，屍體都火化了，幾天下來，監獄那邊該處理的都處理了，該讓家屬領走的也都已經被領走，你們去取證，能找到的直接證據非常少，最多只能透過錢祿生前接觸過的人過濾了解一些情況，工作量非常大，接下來，做好加班的準備吧。」

聽見楊盛韜的話，任非猛地抬眼，嘴角都有點掩飾不住的驚喜，「您這是當場授權，同意讓我們去調查錢祿了？」

楊盛韜拉開車門，臨下車時伸出手指隔空點了點任非，警告著：「做好你份內的事。再敢惹是生非，就趁早給我捲舖蓋回家。」

任非賠了個笑臉，「看您說的，我怎麼可能這樣啊。」

「私自去監獄找梁炎東的，不是你？」楊局關上車門，隔著車窗瞪了他一眼，「別以為我不知道你打的什麼主意。那個梁炎東，你趁早給我離他遠一點。」

「那萬一他是凶手呢？」

「你要是能查出他來……」任非對梁炎東有種莫名的認可和信任，剛才只是隨口說個假設拿來堵老局長，沒想到楊盛韜對此竟絲毫不以為意。老先生話沒說完，任非在嘴裡仔細咀嚼這句話的意思，覺得他雖然貌似認可自己的猜測，但更像是在否定任非的能力，肯定梁炎東的清白一樣。

任非莫名有一種自己的想法被其他人認同的興奮。他張了張嘴，然而還沒問出什麼來，就被楊盛韜後面的話硬生生堵了回去，「正好槍斃，也算是幫社會除害。」

任非：「……」

✦

第二天一早去東林監獄，任非還是見到了梁炎東。

但跟前兩次偷偷見面不同，這次他來得正大光明，踏著昨天跟譚輝他們走過的路，和喬巍、石昊文一起，被監獄方面帶著往獄內的審訊室走。

調查的過程冗長而煩瑣，他們跟監獄方面協調，借提與死者生前有過接觸的每一名犯人，但除了獄中生活上的雞毛蒜皮，並沒有問出什麼有用的線索，卻從早上一直耗到了下午。

任非那時已經有點坐不住，目光從自己寫的問訊紀錄上移開，頭暈眼花地單手用力掐了掐兩邊的太陽穴。

梁炎東就在這個時候被三班的王管帶進來。

可能存在嫌疑、可能提供線索、這幾天以來跟死者有過密切接觸的人，都已經審完，這時候帶過來的人可說就是例行公事。王管也不覺得分局的人能從一個入獄就得失語症的人嘴裡得出什麼結論，輪到他們三班的時候，他先把梁炎東帶過來，純粹就是覺得這個人邪門，比三班的其他犯人嫌疑更大而已。

「他叫梁炎東，三班的。三年前因為姦殺幼女被判無期徒刑。」王管說到這裡，就看到任非和石昊文臉上都表情古怪。

他對這種反應也不奇怪，畢竟此刻坐在這裡的人，曾經是東林的風雲人物。三年前聲名顯赫的梁教授，如今落到這步境地，任誰看見，都難免要側一側目。

迎著對面兩名刑警的目光，王管接著說：「不過他進來以後精神受到刺激，得了失語症，你們要他回答什麼，可以讓他寫在紙上。」說完，他把帶進來的紙筆放在梁炎東面前的小桌上就出去了。

可是梁炎東怎麼會不能說話了呢？當初罪案現場心理剖繪時慷慨激昂，法庭辯護舌粲蓮花的鬼才教授，竟然得了失語症？

石昊文有點不可思議，不太相信地看了任非一眼，試圖在任非那裡找到同樣的懷疑，以肯定自己心裡某個甚至還沒有成型的猜測。但他轉過臉去，卻看見任非整個人彷彿被釘在了凳子上一樣，那雙因為沒睡好覺而浮腫得跟熊貓無異的眼睛，一眨不眨地看著對面那個身穿囚服的男人，目光灼灼，好似恨不得在他脖子上戳兩個洞出來。

石昊文狐疑地順著任非的視線看去，下一秒，也盯在了梁炎東的脖子上——男人囚服最上面未繫的領口裡，透出一截非常明顯的紫黑色痕跡，極細，不細看可能會忽略，但是一旦發現，就能看出那是被用細而柔韌的東西，硬生生地在脖子上勒出的痕跡。

「你脖子上的傷，是怎麼來的？」話問出口，任非才把視線勉強從梁炎東的脖子移到臉上。

除了楊局和任道遠以外，還沒有人知道他前不久私下請梁炎東幫忙破了案的事。石昊文在他身邊，老喬就在那面單向透視大玻璃後面，任非無法熟稔地跟梁炎東打招呼，更沒有辦法把一直梗在心裡那個關於減刑申請書的事，當面跟梁炎東解釋一遍。他只能激烈而急切地發問，聲音帶著不易察覺的顫抖。

沒人跟他們提過幾天前梁炎東的「自導自演」，玩自殺又踹門求救的事情。在連續出了兩場人命官司的監獄裡，獄警、囚犯人心惶惶，幾乎所有人心思都放到了穆彥的死亡上，連錢祿的自殺都甚少有人再提起，何況是梁炎東這麼一個不大不小的插曲。

任非怕自己所謂的感覺真的應驗，怕凶手真的還準備對誰下手，也怕同樣背著強姦殺人罪名入獄的梁炎東，會成為凶手的下一個目標。

可是話落良久，梁炎東卻一直沒理他。

梁炎東興味索然地垂著眼，削薄嘴角輕抿著，透出與任非第一次見面時相似、對任何事皆毫不關心的漠然，被手銬銬著的手就交疊放在紙筆邊緣，可是卻一點拿起來的意思都沒有。

任非知道，梁炎東這個樣子絕對是在想什麼。他急躁的性子到了這個男人面前就像是被上了緊箍咒，無論再怎麼心急，也得按捺下來，坐在這裡等候。

石昊文的眉毛都快擰成疙瘩了，等著任非追問，可是目光在同事和囚犯身上來來回回梭巡半天，也沒等到任何一方的結果。他最後等不了了，便抬手敲了敲桌子，「梁炎東？」

也正是在那個時候，彷彿一尊頹敗卻依舊威嚴石像般的梁炎東，似乎終於在一番權衡後拿定了什麼主意，手指動了動，將旁邊的簽字筆拿入手裡。

任非幾個箭步走上去，迫不及待地想要知道梁炎東的答案。就在走到梁炎東身邊的同時，那個男人已經放下了筆。

王管留下的筆記本上，此刻已有了幾個筆力剛勁的字，光是看著那幾個字，好似都能從中嗅到那種沒有半點猶豫的篤定。

任非瞬眼看過去，只掃了一眼，當即心中巨震！

梁炎東寫的是：

有人要殺我。

梁炎東那雙細長的眸子裡閃著沉靜幽冷的流光，在任非看清筆記本上的字同時，也定定地看著任非那張年輕、神情訝異的臉。

大概有十幾秒，任非就這樣被梁炎東看著，心裡猶如翻滾著驚濤駭浪，嘴上卻一個字也說不出來。

石昊文按捺不住，從審訊桌後站起，朝這邊走來，詢問的聲音因為急於知曉答案而顯得異常急切，「任非，怎麼回事?」

下一秒，梁炎東倏然收回目光。他臉上無甚表情，手下動作卻極快地將那頁寫字的紙從筆記本上撕下來，遞給了任非。

任非下意識地接過。

石昊文走到跟前，作勢去拿任非手上那張紙。任非在那瞬間猛一縮手，略厚的紙張被他揉在手裡，迅速收進了衣服口袋，「沒什麼。」

石昊文朝單向玻璃掃了一眼，知道老喬在玻璃後肯定對任非這個舉動有了一串腹誹，他不想讓喬巍對任非的印象更加惡化，所以隱隱地擋在了玻璃和任非之間，「你幹什麼？他寫了什麼？給我看看。」

任非放在口袋裡的手把那張紙緊緊攥成了一團，慢慢、堅定地搖了搖頭。

「任非。」石昊文臉色陡然嚴肅起來，警惕地盯在任非臉上的目光近乎逼視，然而話還沒說完，卻被任非打斷。

年輕刑警回應他的時候，目光清冽明朗，那雙眸子裡含義複雜，彷彿坦坦蕩蕩，又好似急切焦躁，「石頭，你先出去，我想跟他單獨聊幾句。」

石昊文此刻的表情簡直比審訊犯人時還難看，「理由？」

從進隊至今，石昊文還是第一次聽見任非用這種妥協甚至是懇求的語氣說話，「我有理由，但現在不能跟你說。你先出去，我之後會跟你們解釋。」任非說著，目光極快地向審訊室裡的監視器攝影鏡頭掃了一眼。

這一眼好像提醒了石昊文什麼。他微微皺眉，探究的目光在任非和梁炎東身上來回一圈，最後回頭看了一眼單向玻璃，猶豫半晌，還是出去了。

審訊室的門被打開，外面的空氣短暫地流進來，順著任非的鼻腔鑽進大腦。

他為什麼要配合梁炎東藏起那張紙條？憑什麼認為眼前這個囚犯接下來要向他透露十分重要的資訊？怎麼會僅憑對方寫的幾個字，就這麼篤定地相信了這個人，還打發走自己的隊友？

沒有理由，但很可怕。

站在主導位置的明明是他，可是每次碰上這個男人，任非都不可避免地被牽著鼻子走。

想到這些，他的心跳比平時快了些許，隱約的戒備讓他下意識看了一眼旁邊的窗戶，之後卻還是像剛才石昊文擋住他那樣，走到梁炎東和窗戶之間。

他張口時聲音很低，但還是能從審訊室清晰地傳到隔壁的喬巍和石昊文的耳裡，「……梁教授？」

視線被任非擋住，梁炎東也不會說話，隔間裡的喬巍和石昊文既聽不見犯人的回答，也看不見他落筆寫字的動作。

老喬氣得眉毛都快豎起來，把手裡的筆重重摔在桌上，「這小子又在搞什麼？」說完，氣勢洶洶地轉身就要往審訊室裡走，石昊文從後面一把拉住他，「喬哥，再等等，也許任非真能從梁炎東那裡得到什麼線索也不一定。我看他們那樣，好像之前就認識。」

而這個時候，低頭寫字的梁炎東，又一次放下了筆。

在筆記本上，他這次寫的是：

監視器有問題。

任非站在他面前，目光隨著他的筆，一字一字地看完。因為擔心審訊室這個監視器的後面，此刻正坐著真正的凶手，因此任非說話簡略而含糊：「查過了。」

梁炎東點了點頭。

任非等了又等，以為接下來梁炎東會接著這個「監視器有問題」，像上次那樣，寫下一連串凶手的剖繪畫像或明確線索，但是他沒有。之後，這個失去了說話能力的男人就又一次沉寂下來，交疊的手指輕輕放在桌上，一副彷彿事不關己的冷漠模樣，甚至讓任非有一瞬間懷疑剛才自己看錯了他寫的字——有人要殺我。

性命之憂如鯁在喉，為什麼他現在能這樣冷靜，彷彿那條命不是他的一樣。

任非等了又等，這種話不方便直接問，便彎腰俯身在梁炎東面前的那個小桌上拿過筆記本，急切地寫下了一行潦草的字：

你脖子上的傷是凶手幹的嗎？你逃脫了？有沒有看見是誰要殺你？有什麼線索嗎？

任非寫完也沒直起身，就以半趴在小桌上的姿勢，轉頭看梁炎東那張近在咫尺的臉。然後，他看見梁教授搖了搖頭。

那一剎那，任非只恨自己沒去學唇語。

他本來就不是那種有耐心的人，但這時即使恨不得撞牆壁，也不得不靜下心來琢磨梁炎東的動作。半晌後，他試探著又寫：

沒看見人，也沒線索？

任非寫完，心裡已經有了一個比較清晰的考量。如果梁炎東說沒線索，那一定是在說謊。

他不相信梁炎東那樣的人被凶手勒了脖子，又目睹了穆彥死亡的整個過程，卻半點發現都沒有。

可是這次梁炎東卻若有所思地看了他一眼，不置可否。

接著，在他的注視之下，梁炎東接續寫了石破天驚的幾個字：

盡快破案。還會有人死。

任非如遭雷擊，一口氣驟然提在喉嚨裡，將那顆本就緊繃、警惕的心猛地吊了起來！

10 強姦犯之死

任非最後也沒從梁炎東嘴裡問出什麼，但他為什麼會那麼篤定地下結論說還有人會死？

當他們晚上回局裡時，梁炎東在紙條上寫的「有人要殺我」，倒是被技術組那邊查到的影片證實了。

畫面裡，空蕩的走廊上，身穿灰色囚服的梁炎東突然抬手抓向自己的脖子，那個剎那，彷彿是他被人從背後用繩索緊緊勒住，整個人驟然發瘋地用力扭曲掙扎，但身後卻空空如也。這使得整段監視器影片看上去非常詭異，好像有不知名的惡鬼盯上他、撲上去纏住他的脖子索命一般……而片刻之後，似乎已是強弩之末的梁炎東倒在了地上，同時抬腳轟然踹向身邊監舍的大門！

他們隊裡，常年跟在譚輝身邊混的幾個人當時都在技術組，一群大男人目不轉睛地盯著無聲的監視器畫面，個個看得心驚肉跳。

「影片是被處理過的。」昨天的眼鏡男習慣性地推推架在鼻子上的鏡框，「應該是時間緊急的緣故，後製非常粗糙。你們看這裡和這裡的對比。」他動手放大了梁炎東起初被勒住和最後掙扎倒地前的兩個畫面，「做後製的人應該是個高手，初始畫面處理得非常乾淨。這個犯人起初不知被什麼勒住，在畫面上看來是沒有任何破綻的，但是後面這張就不一樣了。」

他拿著滑鼠圈出第一幅畫面中梁炎東脖頸後方一處，隨著他的動作，任非他們都看見了錄影畫面裡那節非常模糊、不仔細看根本無法發現的手指。

眼鏡男說著，又把畫面往後調到梁炎東倒地、即將踹向監舍大門的時刻，然後放大畫面，在梁炎東倒下後的頭部斜上方畫了個圈，「還有這裡。一段很細的線，從這個角度看的話，很可能是當時嫌疑人握在手裡的。應該是時間有限，所以越往後處理得越粗糙，類似的破綻在後面暴露得很明顯。」

譚輝磨著牙，目光如鷹隼般看了眼影片上的日期和時間。他站得筆直，雙手扠在腰間，顯然正努力壓抑著即將噴湧而出的憤怒情緒，「再往前的監視器畫面，你們帶回來了嗎？」

「有的。這方面監獄那邊很配合。」

「再往前查。在穆彥之前死的那個錢祿，看看他自殺時有沒有什麼蹊蹺。還有，查查他生前都接觸過哪些人，有沒有奇怪的反常舉止。」

技術組全力配合，所有人員加班超時，繼續往前翻看監視器畫面。譚輝帶著隊裡的人回自己的會議室，坐下來的時候，每個人的臉色都不好看。

任非從監獄出來後，就把梁炎東寫的紙條給老喬和石頭看了，這時紙條已到了譚隊手上。譚輝把之前被蹂躪得不像樣的兩張紙展平、鋪好，眼睛直勾勾地盯著上面最後那句「盡快破案。還會有人死」，目光凶惡得如同盯著一個不共戴天的宿敵。

任非坐在譚輝對面，雙手在桌下死命攥緊。他知道譚輝一定有話要問自己，等了片刻，果然就聽他們隊長忽然開口：「任非，你和梁炎東，之前認識？」

「……我上學那時，他幫我們上過課。」

譚輝點點頭，對此不置可否也沒有深究，轉而再問：「梁炎東寫的，你覺得可信度有多少？」

任非知道他們隊長此刻是針對「還會有人死」那一句。

他垂眸考慮了一瞬，然後還是點點頭，一五一十地說：「我相信。」接著又補了一句：「但他跟我說這些是想自保，不是想幫我們破案。背著獄方把紙條塞給我不讓別人看見，一定是因為他也知道，東林監獄裡的公職人員有很大的犯罪嫌疑——

也許是特警，也許是管教人員，也許是監區高層。無論是誰，若他堂而皇之地說出來，都會增加對他自己的潛在威脅。」

任非的表情有點奇怪，不是懷疑或尷尬，也沒有急於強調或撇清，硬要追究的話，彷彿是一種被信任之人拒絕的不自在，「……他一定知道什麼，卻不肯告訴我們。」

「也許他是在故弄玄虛。」喬巍冷冷地插進來，「誰不知道梁炎東曾經做了什麼？在公眾最信賴他的時候，卻做下那樣寡廉鮮恥的殘忍暴行。按照當時的案情，本來是要判死刑的，但他硬是憑著詭詐的心思和巧言善辯幫自己辯成了無期徒刑！這樣的罪犯還有什麼可值得相信的？」

喬巍語氣裡透著不加掩飾的厭惡、嘲諷和輕蔑，任非聽在耳裡，渾身很不自在。在一個立場嚴肅、時間緊迫的案情討論會上，任非本來是不想搭話的，可是忍了又忍，覺得老喬那渾身不屑的態度像支巨大的水柱，就快順著他的喘氣噴到自己臉上了。任非深吸了幾口氣，終究還是控制住語氣，彷彿不經意地反駁了一句：「可是，梁炎東姦殺幼女的事情本來就有疑點。」

「什麼疑點？人證物證俱在，證據確鑿！」

「證據確鑿？」任非輕輕地從鼻子裡「哼」了一聲，動靜不大，但足夠讓他們這間小會議室裡每個人都能聽得清楚，「『證據確鑿』本身就是個疑點啊。你也說了，梁炎東那種人心思詭詐，他一個做刑事辯護的人，在出事之前，人生中的大部分時間都是在跟調查取證打交道吧？這樣的一個人會在強姦殺人後，在現場留下能證明自己犯罪的證據？這跟你對他的定位差滿多的吧。」

「你！」論巧言善辯，話裡話外回嘴的功力，任非在他們隊裡絕對是數一數二。偏偏老喬是那種能在問訊查案各項彙報裡把問題寫得滴水不漏，嘴上卻不太能說得出來的人，當下被任非頂在那裡，憋得一句話都說不出，憤怒地將手裡的筆記本重重摔在桌上。

「又吵什麼呢？」胡雪莉帶著一大堆證物和資料推門進來時，正巧碰上老喬摔本子。偶爾意見不合動動嘴什麼的，在譚輝他們隊裡是常事，胡雪莉見怪不怪，逕自在長桌靠門的那邊坐下，「那我先耽誤大家幾分鐘，說完驗屍結果就走，我走了你們可以繼續吵。

「穆彥的死亡原因為聯合死因，吊在脖頸上的布條、手腕靜脈的傷口，以及水下窒息，以上三種因素共同導致了穆彥的死亡。針對脖子上的瘀傷，我們在驗屍過程中發現，他的右側頸動脈先天性狹窄。

「對於頸動脈偏細的患者，用力按壓血管到達一定時間長度，便會引起低血壓和大腦缺血等問題，造成被害人短時間內陷入深度昏迷——凶手應該是知道穆彥有這個毛病，而死者脖子上的瘀傷應該也是因此留下。」胡雪莉以沉穩、肯定的語氣有條不紊地說著法醫組的結論，「由此可以推定，凶手是先按壓死者右側頸動脈，導致他昏迷，而後將其拖到了另一個地方。穆彥背後的拖曳傷應該就是這麼來的。此外，他被吊綁在工廠房樑上後，曾經短暫清醒過，所以脖子留下了掙扎和摩擦的痕跡。

「至於你們送過來的囚服，因為送來的時候已經浸了水，無法在上面採集有效指紋。不過，囚服背部有破損，」她頓了一下，戴上手套，把一起拿過來的穆彥囚服背朝上鋪在桌面，手指向背心部位，「你們看，這裡因為曾刮蹭，不僅鉤了線、導致布料抽在一起，而且還缺了一塊布。應該是凶手在拖拉穆彥的時候，造成後背傷的利物同時鉤壞了囚服。」

根據胡雪莉所指，所有人都看見，皺皺巴巴的囚服背後那個小指指甲大小的三角形破洞。

那塊破損既然這麼真切地出現在眾人眼前，基本上已可以肯定，被刮掉的那塊三角形的布一定還留在凶手拖拉穆彥的案發現場。

如果找到了，對案件會有很大的幫助。

但十五監區是個大監區，能造成拖拉刮傷的可疑鈍物多如牛毛，要找一塊像小指指甲那麼小的碎布，無異於大海撈針。

譚輝靠在椅背上腦袋後仰，片刻之後才直起身來，吸了口氣，「還是得去找。多派一些人手過去。實在不行，我再跟楊局申請，向市局那邊借調一些人手過來。」

話是這麼說，但不到萬不得已，譚輝他們這夥人誰都不願意跟市局開口。這是他們轄區內的工作，也是他們自己的戰鬥，是跟責任、義務與信仰、榮耀緊緊相連的驕傲。

「我明天帶人調查過濾。」喬巍剛才一直在做紀錄，這時放下筆抬起頭，唇角緊繃，眼底隱藏著熬夜後留下的疲憊，但是目光晶亮，「哪怕掘地三尺，也要把那塊布挖出來。」

譚輝點點頭，「另外前往調查穆彥失蹤現場的那組也傳回了消息，從他進去到發現失蹤，中間大概有十分鐘，管教人員一直守在廁所門外。因為這個廁所在辦公區，所以周圍沒有監視器。據管教人員所說，直到穆彥失蹤前都未發現任何異常。此外，廁所裡也沒有找到有價值的證據。」

會議室裡一陣靜默。胡雪莉從文件袋裡拿出一疊資料遞給譚輝，「任非在染池邊緣發現的血跡，經化驗確認是穆彥的。你們說的錢祿，屍體已經火化，我看過二院提供的驗屍報告和照片，沒有發現異常。」

意料之中的答案，沒人對此提出什麼意見。譚輝翻了一遍資料，從亂七八糟的紙張中抬起頭來，「二班那個代樂山，你們去了解情況了嗎？」

「問過了。」石昊文說：「這老小子也真夠可憐。先是被穆彥打，又因為散播謠言被關禁閉，好不容易快被放出來，結果穆彥的囚服扔在他床上……監獄那邊無法確定他在這個案子裡扮演什麼角色，又怕他回囚室再鬧出什麼事情，但長期把他關在禁閉室也不是辦法，所以監區長決定隔離他，暫時將人關到死囚室。獄警把他帶過來的時候，也不知道是被禁閉和死囚室嚇的，還是自己嚇自己，總之他整個人看起來精神恍惚。根據代樂山自己表示，他是犯故意傷人罪入獄，之前是一個算命師。這個人嘴皮功夫相當厲害，我和任非兩個人輪番轟炸，他竟然自始至終都死咬住那個沒頭沒尾的夢。」

譚輝咂咂嘴，有點想吸菸，但是看看不遠處的胡雪莉，還是忍住了，「你是說那個『女鬼索命強姦犯』的夢？」

「是啊。十五監區都知道他是一個算命的，很有名氣。本來他的斷言就已經讓人半信半疑，結果穆彥沒一會就死了，簡直就像是幫他那個夢作證一樣。」石昊文皺著眉，回憶著審訊室裡跟那個老頭的交鋒，想起對方明明疲憊、心悸卻還要堆起一張謟媚的臉糾纏不清打太極的樣子，眉毛又皺緊了，「但是做夢這種東西，隨他怎麼說，根本無從查證。後來我們問了二班的管教人員，就是那個叫關洋的。出事後他搜查過代樂山的東西，沒有發現疑點。」

提到關洋，任非就想起昨天帶回來的那幾個獄警和管教人員，「老大，你跟那個穆副的過招怎麼樣了？」

白天的時候，他們該查案的查案，該走訪的走訪，只剩下譚輝繼續去查穆雪剛。他們把穆雪剛列為第一嫌疑人，但是又沒有確鑿證據能證明什麼，當然也無法拘提他，譚輝只能頂著盛夏毒辣的太陽，勤快地在穆雪剛的家庭關係上找線索。

穆雪剛這條路走不通，譚輝轉而找上穆彥的父親——穆雪松。

穆雪松是東林本地有名的企業家，穆彥尚未發生那樁醜事前，東林市政府表揚大會或哪個大專案跟長官一起剪綵，都能看見他的身影。

後來穆彥的案子轟動一時，穆雪松也無法繼續待在那個位置，主動從集團高層退下，提前過起退休生活。

不過他退休之後的生活應該也不安寧。因為譚輝見到穆雪松的時候，這個六十出頭的男人，頭髮已經全白了。

穆雪松看起來比他那個做副監區長的弟弟蒼老多了。不只是長相，從精神上看起來，簡直就是兩代人。

穆彥在獄中被謀殺，因此對於譚輝的到來，穆雪松自然全力配合，那些曾被穆副掩藏的家族故事，也就順著穆彥爸爸的口道了出來。

如他們猜測，穆副跟穆家人的關係非常不好。

原因在於，當初穆彥爺爺剛打下穆家的天下就撒手人寰，一份財產都沒留給那個比穆雪松小了將近一半年紀的小兒子。

那時穆彥的奶奶已過世多年，穆雪才剛拚完大學聯考，穆老先生卻在臨終前的病榻上立了遺囑，讓小兒子淨身出戶，一塊錢都不留給他。

身為大哥的穆雪松於心不忍，違背父親的強硬命令，偷偷在外面租了個房子給穆雪剛暫住，而就是在那個租屋處，穆雪剛當著穆雪松的面，報考了千里之外的警察學校，並一字一頓地跟他說：「你們穆家開門做生意，我就不信沒有違法亂紀的時候。早晚有一天，我會找到證據，讓你們全家都栽在我手裡。」

少年意氣的洩憤威脅，當時孩子都已經上小學的穆雪松根本沒放在心上。穆雪松本意是想找機會買一棟房子讓弟弟至少有個安身立命的地方，但是無意間被老先生的心腹得知了他的意圖，竟不知輕重直接揭露，穆彥的爺爺當即氣得一口氣沒提上來，就這麼過世了。

穆雪松追悔莫及，從那以後，直到穆雪剛大學畢業回來考進看守所任職，他都沒再跟這個弟弟見過面。最開始時，他經常暗中匯錢給上大學的穆雪剛，但是無一例外都被退了回來，久而久之，兄弟兩人就連最後的聯繫也斷了。

穆雪松直接跳過了前因跟譚輝講後果，譚輝聽得滿頭問號，於是就追問：「穆老先生為什麼突然把穆雪剛逐出家門？」

穆雪松非常忌諱地看了譚輝一眼。

他剛失去獨生子，案情未明，兒子躺在法醫的解剖室裡，就連入土為安都是奢望，老人痛苦哀愁得已幾天幾夜無法入眠，布滿紅血絲的渾濁眸子顯得非常淒厲，普通人可能當即就會被駭住。

可是譚輝這種長相和氣質都跟亡命之徒大同小異的刑偵隊長並不在乎，甚至在老人看過來的時候，用一種更加冷冽、更加形若有質的目光，回視過去。

良久之後，穆雪松終於長嘆一聲，鬆了口：「因為家父住院不久，就有人告訴家父，說雪剛不是他親生。」

譚輝張了張嘴，瞬間感覺自己好像一不小心穿越進入某部豪門宅鬥小說裡。

沒等譚輝接話，穆雪松深吸口氣，便繼續說：「之後家父派人偷偷取了雪剛的頭髮跟自己做親子鑑定……沒想到，結果竟然真如那人所說，雪剛……不是我們穆家的血脈。」

平白替不知道從哪裡來的野男人養了快二十年孩子，穆老先生這輩子大概沒有這麼窩囊過，原本只是心臟病住院，拿到鑑定結果那天，竟活生生噴出一口血，從此再也沒從病床上起來。

他也許恨極了欺騙他的人，因此越發不能忍受這個人留給他的孩子。所以他活著的時候把穆雪剛逐出了家門，死了也不肯跟昔年恩愛的妻子合葬。

「但是這件事，雪剛到現在都是不知道的。」穆雪松說：「我一直沒有告訴過他。當年的事，對他來說已經夠殘忍，何苦把這麼恥辱的事情再加重於他。不說，至少他還認為自己是姓穆，還知道自己的根在哪裡：說了，他就真的連自己是誰都不知道了。所以，也請譚警官替我繼續保守這個祕密。」

譚輝怎麼也沒想到來趟家訪，竟然聽到這樣一段豪門祕聞。他有點尷尬，胡亂地搓搓臉，但腦袋還是清醒的，也許是職業敏銳性，又下意識追問剛才穆雪松含糊其詞的地方，「當時向穆老先生告密的那個人是誰？」

穆雪松這次卻沒有直接回答，「都是二十年前的事了，跟穆彥的死扯不上關係，我穆家的家事……譚警官就不要再追問了吧。」

理由合情合理，譚隊長沒道理咬著不放。「穆雪剛恨你們穆家。」

「恨。」穆雪松點了下頭，還沒等譚輝再說什麼，又非常篤定地說：「但就算他有明顯的作案動機，我也不相信穆彥是他殺的。」

「理由？」

「理由是當年他那句孩子氣的洩憤。」穆雪松表情痛苦地閉上渾濁的眼睛，又一次嘆氣，然後再睜開眼，「當年他說，有一天會找到證據，要讓我們全家都栽在他手裡……我沒當一回事。可是在穆彥……做了那件事之後，他主動約我見了一面。那時他只跟我說了兩句話：第一句說的是天譴報應；第二句跟我說的是，總有一天，我也會像穆彥一樣形跡敗露、鋃鐺入獄、受他擺布。」

譚輝面色突變，「形跡敗露？」

穆雪松扯出一抹疲憊的苦笑，搖了搖頭，「他總覺得，我和家父的生意做得不乾淨，被人查到頭上是遲早的事。我完全不知道他這種想法是從何而生。」

一般人跟員警說起這些踩線的事，不管是真是假，多少都會有些忌諱，可是穆雪松卻沒有。他說得直白清楚，神色泰然，反而叫譚輝一時無語。

「他是等著看我們穆家笑話呢。最好就是像穆彥那種，做了齷齪事，讓人在背後戳脊梁骨，那才是他想看到的。當年他被逐出家門，這輩子死了也入不了祖墳，對他而言，這是一生的恥辱，而洗刷恥辱的最好辦法，就是讓這個他無論如何再也難踏入的門檻被蛀蟲啃爛，被所有人踩在腳底下。是這個丟臉的地方配不上他，這對他而言才是最好的復仇。他要的是心理上的補償，不是殺人的快感。」

譚輝沒抬頭，拿著茶杯，目光落在精緻的骨瓷上，「看不出來，這麼多年不聯繫，你還滿了解他的。」

穆雪松苦笑一聲。「譚警官，我兒子在監獄裡被人殺了，沒有道理還袒護嫌疑人。我之所以這麼肯定，是因為穆彥被判入獄，竟然真的就到了他手底下……我別無他法，只能請他在獄中對穆彥稍加照料。剛才那些話，都是他親口對我說的。」

幾年前還呼風喚雨的企業家，如今就這麼成了喪妻失子的孤單老人。譚輝了解情況後，老人蒼白而憔悴的臉在他腦海裡久久揮之不去。

另外，穆副不在場的證據確實比較充分。除了他自己提到的辦公區監視錄影外，在穆彥被吊在房樑之前，十五監區曾出現短暫斷電，雖然這部分監視錄影有缺，但在斷電前一刻，監視器鏡頭還是拍到他拿著茶壺到茶水間去倒茶葉的影像。還有，基本調查完十五監區一大隊獄警、管教的底細後，並未發現當中任何人家裡或身邊有人遭強姦迫害。如果凶手行凶動機是源於對強姦犯的仇視，監獄的管理者們並無殺人動機。

哪裡出了問題？是他們猜錯凶手的動機，還是弄錯嫌疑目標？

囚室裡勒人害命、對監視器動手腳、神不知鬼不覺地把死人囚服放在犯人床上……這些絕非被嚴密看守中的囚犯能辦得到的事。

而且，從凶手抓住短暫、突然的斷電故障時機完成行凶這一點來看，可以證明這是一次經過精心策劃的謀殺案。凶手在短時間內把穆彥從某處帶到工廠吊在房樑上，力氣應該非常大，體力很好，行動不似犯人一樣受限，至少在監獄中有相對的自由，種種跡象更表明，他的反偵察能力很強。

「有沒有可能，這個人並不是因為強姦罪而殺人，而是他要殺的人恰巧犯了強姦罪？」任非盯著自己面前塗寫得亂七八糟的筆記本，手裡拿著筆一下下敲在那些鬼畫符似的文字上，始終沒抬頭，完全沉浸到自己的世界裡，「如果並不是憎恨強姦犯的類型案件，那凶手的殺人動機，會不會是情殺、復仇，或者……為了掩蓋某種不為人知的利益、祕密？」

任非嘟嘟囔囔地說完，隨後才意識到，不知道從什麼時候開始，整個會議室竟然已鴉雀無聲。他狐疑地抬頭，就看見會議室裡八、九雙眼睛正齊刷刷地盯著自己，讓他起了一身雞皮疙瘩，「我又不是凶手，你們這是幹嘛？」

譚輝把一條腿架到另一條腿上，手肘撐著椅子扶手，雙手交疊抵在下巴，隔著一張桌子，打量著他們隊裡最沒章法的大少爺沉吟片刻，慢悠悠地問：「那你覺得，如果不是仇視的話，凶手最有可能的作案動機是什麼？」

有那麼一瞬間，這個場景讓任非聯想到前不久破解那個分屍案時，自己拿著梁炎東的線索在這張辦公桌前頭頭是道、娓娓道來的滿足感。他張張嘴，卻在開口說話前及時控制住那突如其來的浮誇心，不太自然地抓抓頭，老實交代：「我也不知道啊……剛才就是把可能的原因都列出來，不過我個人比較傾向最後一種情況。有沒有可能梁炎東和穆彥都觸及了某個團體或某個人的某種利益，因而導致殺身之禍？或者更直接一點，穆彥和梁炎東的存在，擋了誰的路？」

譚輝緊盯著他，「理由？」

「沒有理由，就是感覺。」任非放下筆，回答得乾脆俐落。

「也不是完全否認你的直覺。」李曉野拿著水杯去裝了杯水，回來的時候經過任非座位，手臂杵在他背後，朝他們隊長看過去，「但是這樣一來範圍太廣，調查的難度就更大。」

「那我們先來點沒難度的。」任非這輩子最受不了有人在背後貼自己太近，那種姿勢讓他極度沒有安全感。毫不誇張，李曉野的聲音在他耳朵後響起的那一瞬間，任非後背的寒毛眨眼之間都豎了起來！他等了等，李曉野仍毫無自覺地賴在後面不走，忍無可忍的任非張口就嗆了一句：「李曉野先生，你可以離開我背後嗎？你那排門牙超開的，口水很容易噴出來。我有潔癖，受不了你這樣。」

李曉野：「……」

幾秒後，第一次在口水戰中沒接上話的李曉野員警，端著水杯回到座位上，譚輝提示性地咳嗽了一聲，吩咐著：「去查查穆彥和梁炎東服刑期間關係如何，以及入獄之前有沒有交集。」

這項工作竟然直接分派給了任非。

不止隊裡的其他人，連任非自己都感到意外。

意外之餘，還有那種終於要獨立去完成一項任務的激動和興奮。譚輝剛說完，任非就接下去問：「要調查梁炎東的話，我可以再去監獄提他問話嗎？」

「可以。」譚輝說：「這件事相關的審批，我都會去找楊局跟相關單位協調，替你搞定。你就規規矩矩做你的工作，有問題即時跟我彙報。記住，按規矩辦事，不許給我捅婁子。」

「梁炎東說有人想殺他，那他的生命安全依然有潛在威脅，我可以幫他申請獄內保護嗎？」

譚輝磨了磨牙，考慮到自己剛剛才把這件事交給他去調查，勉強忍住了怒氣，「……老子剛跟你說，按規矩辦事按規矩辦事！我再強調一遍，楊局接這個案子是因為東林監獄那邊申請援助。他們沒申請這個，我們就管不到別人頭上去，批不批准，都是梁炎東和獄方的事，輪不到你管，我們也沒有許可權去處理這個需求，懂不懂？」

任非被譚輝吹鬍子瞪眼地吼了一通，直到從局裡出來耳朵還嗡嗡作響。石昊文跟著他一起出來，原本是怕他被罵之後情緒沮喪，準備勸說一番，誰知這小子根本沒受半點影響，一路上還有心情拿著手機刷不停。

「幹嘛用這種眼神看著我啊？我現在不就是擔心我們手裡這個案子又上了頭條，關注一下輿論動態啊。」

任非說著退出APP，石昊文正好往他手機螢幕上偷瞄，他一眼看過去，跟石昊文的目光撞個正著。石昊文有點偷窺被抓包的尷尬，乾笑一聲，沒話找話：「之前我猜凶手是一個對強姦犯深惡痛絕的人，你還贊成呢，怎麼剛才忽然口風就變了？」

「我就是覺得，凶手如果真是因為這個理由殺人，似乎有點腦殘。」

「怎麼說？」

「假設這個動機成立，而凶手是獄管的話……監獄裡關著的都是已經認罪伏法、受到制裁的犯人，既然都這麼痛恨強姦犯而且又有行動自由，為什麼不挑那些依然逍遙法外的社會毒瘤下手？殺一個已經受到法律嚴懲、這輩子可能都無法從高牆之內出去的犯人得到的滿足感，怎麼和『替天行道』的快感相提並論？」

「可是監獄裡的強姦犯是現成的，在外面未必找得到。」

「對，在這一點上我也存疑。但是我想，如果他真的對『強姦』這種事厭惡到了無法忍受的地步，想找個人殺了洩憤也不難。畢竟在晚上燈紅酒綠的那些地方，背地裡幹逼良為娼勾當的人也不少，上次我們那個掃黃特別行動裡頭，不就抓了一個做這種事的雞頭嗎？」

石昊文覺得任非說得很有道理，一時無言以對。

「然後，如果凶手不是獄管而同樣是犯人呢？如果真是這樣，我覺得這個人就更腦殘了。能正常待在普通囚室過集體生活的都不是死囚，最重就是無期徒刑。就算心裡再恨，有必要為了洩憤殺人而賠上自己一條命嗎？既然對囚犯下了手，那就知道自己遲早會被挖出來，這種人多半是亡命之徒個性，既然心知肚明自己被查出來早晚都要死，又何必大費周章對殺死穆彥做諸多掩飾？」

石昊文現在覺得，任非說得真的滿有道理。

在他的感覺裡，任非這個毛毛躁躁、怎麼教也不太上道的小子，自從上次分屍案一鳴驚人後，就好像有哪裡不一樣了。硬要形容這種感覺的話，就像是被什麼東西一下子捅破了糊在任非腦子裡的那層窗紙，這小子的腦筋現在似乎開始上軌了。

「這些話，你剛才怎麼不跟譚隊說？」

「說了也是白說。反正也只是亂猜，別想說服誰，連我自己都還不確定呢。」任非說著撇撇嘴，「再說了，你沒看到老喬在一旁一副隨時準備要上來對我施暴的模樣嗎？狐狸姊在場呢，我要保持風度，惹他幹嘛。」

「你這小子……以後李曉野要是調走了，你這張嘴包準能接他的班。」

在院裡的停車場上，石昊文跟任非分開之前，充滿鼓勵和關懷地拍拍他的肩，「我覺得你跟剛來隊裡的時候有點不一樣了。我猜譚隊也是這種感覺，所以這次才有信心放開一直拉著你的那條繩子，讓你自己單獨歷練。好好表現啊！」

石昊文說完朝任非揮揮手，任非站在他身後勾著嘴角痞痞笑著，既沒說話也沒動。半晌，他仰頭看向月朗星稀的天空，握緊拳頭，不知怎的忽然想起曾經在書上看見的那句話——黑暗總會過去，而黎明，將在每個人的心中，悄然醒來。

✦

悄然醒來的，也許不只是同事們對任非的認可，或許還有那些在心底偷偷萌芽滋長，卻不敢被任何人發現，膽怯又赤誠的愛情。

那天晚上，難得的清風吹開燥熱的暑氣，年輕的小任警官精神抖擻，準備開車回家，放下一切睡個完整的覺，養足精神，明天再盡情地投入案件的偵破，然而他的算盤並沒有打成。因為當他走到自己車子附近時，一眼就看見了那個手裡提著白色塑膠袋，微微低著頭，有些拘謹卻娉娉婷婷在那裡等候的楊璐。

看見楊璐的一瞬間，平時遇事反應速度奇快無比的任非愣住了，下意識覺得楊璐是在等他，但又不太確定。當楊璐那雙氤氳著流光的眸子看過來的時候，這麼幾步路的距離，任非居然覺得想泰然自若地走到她身邊都有點困難。

最後，當任非邁著那種越想自然就越是僵硬的步子朝楊璐走去時，楊璐靦腆地笑了一下，邁著輕盈的步伐，迎上了他。

「任警官。」楊璐笑起來眉眼彎彎的，像一對小鉤子輕輕鉤著人心，讓任非有點情怯，「那個，妳怎麼……」

任非從來就不是那種支支吾吾說不出半句話的人，但是此時此刻，在楊璐面前，他確實不敢吐露心裡的猜測，因為怕說出來的話不是對方想表達的意思，更怕隱隱的那種期待會落空。

反倒是楊璐落落大方地舉起手裡提著的那個塑膠袋遞給他，「你的福來玉。那天你走太急，又放在我店裡。我等了兩天，你一直沒來，我想你應該是在忙，就直接過來了。你們辦公的地方，我不太方便進去，所以就在這裡等你。」

她說話的聲音還是那麼好聽，溫溫潤潤的，像是最好的絲綢輕繞在皮膚上，總是讓任非感到舒服又安心。任非從她手裡接過袋子，藉著院子裡的燈光和天上的月光往裡頭看了一眼，果然之前上面長著的一層層「白毛」已經沒剩多少了。

「妳站在這裡很久了嗎？」任非跟李曉野扯嘴皮口若懸河的這條舌頭，現在就像打了結似的有點不聽使喚。他原本是想對眼前的人說「站了這麼久肯定累了，我送妳回去」，可是下一句說出口的卻是「那個，我送花回去」。話音未落，任非就恨不得舉手打自己一巴掌。怎麼這麼笨呢！

他懊惱得簡直要跺腳，抬手搓亂了自己那辦了一天案子也依舊有型有款的頭髮。放下手的時候，看見楊璐就要離開了，一著急，再也顧不得什麼含不含蓄、風不風度，挽救似地補了一句：「妳別一個人回去了，不然跟我上樓吧，我把花放好就走，請妳吃飯！」

原本已經準備揮手告別的女老闆怔了一下。

「……上次我走得太急，把妳一個人丟在路上，還沒來得及跟妳道歉。請吃飯就當是跟妳賠罪吧。」任非有點緊張，覺得用這種蹩腳的理由來約會，簡直就是掩耳盜鈴，可是此時此刻，他想不出什麼更好的說詞了。今晚明明很涼爽，然而就這麼幾句話的時間，男人後背的襯衫已經快被汗水浸透。

楊璐半天都沒有回應。她有些奇怪地看著任非，那張毫無半點瑕疵的瓷白面孔透著三分打量七分遲疑，就在任非以為她一定會拒絕的時候，身著素衣白裙，如月色皎潔美好的女人，終於仿若曇花盛開似的，淺淺而友好地笑了一下，「那我就不去你的辦公大樓了吧，不太合適。我在這裡等你。」

任非眨眨眼，霎時只覺得一股難以克制的熱流從心底湧上，臉也燒了起來，「好……好的！」

✦

CRV在車流中悠然穿行，夜風將身旁女人身上的天然花香送進鼻腔，電臺頻道播放著舒緩的小夜曲……一切的一切，都與白天那處處皆透著詭譎陰謀和凶險殺機的案件截然不同。任非熟練地打著方向盤，載著楊璐穿行在剛過下班尖峰時段的街道裡，恍惚中覺得，眼前此刻正在經歷的才是一個正常人的世界，溫暖、放鬆、期待，充滿了蓬勃生機。

開車七扭八拐，任非最終帶著楊璐去了一家位置相當偏僻，但味道卻非常道地的閩菜館。下車的時候，任非已經鎮定多了——至少從表面來看，他又變回了那個楊璐所熟悉，總是去她花店買花的任警官。

「有沒有什麼特別想吃的？」任非覺得楊璐是不會主動點菜的，於是拿過菜單翻開，目光剛一觸及上面熟悉圖畫時微微怔住，但很快恢復如常，「忌口的呢？」

其實任非這句話的重點在前面。在他的潛意識裡，覺得楊璐這麼隨和的人吃飯一定也沒那麼多講究，猜想也許只要是環境安靜、衛生乾淨、口味清淡就好，所以他問也沒問，直接把楊璐帶到了這裡。

這是他喜歡的館子，這麼多年從沒帶任何人來過，但是今天卻想跟楊璐一起分享。他想帶楊璐來感受一下自己喜歡的地方，嘗一嘗自己眷戀的味道。

然而任非沒想到，楊璐沒說想吃什麼，忌口的倒是絲毫沒扭捏，「我吃不了海鮮，也不吃辛辣和蔥薑蒜。其他都可以。」

「啊……」任非有點意外，但還是點頭，「好的。」

楊璐在對面端端正正地坐著，臉上露出溫潤柔和的淺笑，在這家裝潢古色古香的餐廳裡，端莊得如畫中人一般，「你不問我為什麼？」

任非熟練地點了幾道菜，再拿著精緻的小茶壺斟滿楊璐的杯子，「不喜歡就不吃吧，這有什麼好問的。」

楊璐道了聲謝，靜靜地看著他，「可是我好奇，為什麼你會帶我來這裡？」

任非原本沒打算跟楊璐說，但對方忽然問到這裡，多年來不願跟任何人提起有關母親任何事的他，此刻坐在這個女子面前，卻一點也不想隱瞞，「以前我媽常帶我來這裡吃，可能是潛移默化吧，後來她不在了，我還是喜歡這個味道。」他故作輕鬆地聳聳肩，「所以我偶爾還是會過來，懷念一下當初的感覺和當年的味道。」

楊璐想了想，「你點的那些菜……都是你母親曾經喜歡的嗎？」

她這麼一問，任非立即就慌了。剛才只是想著選一些女孩子會喜歡的味道，所以憑感覺點了菜，但現在猛然回想，裡面多數竟真是當年母親喜歡、這些年來自己也常點的菜品。

我莫名其妙地把她當成了誰？我對她究竟抱有怎樣的想法？

我帶她過來，真的只是單純地想請她吃飯，試圖與她更進一步，還是說，在我的潛意識裡，是希望她能來到這裡，就這麼坐在我對面，圓一個多年以來潛藏在心底、不敢揭開也不敢觸碰的……惦念？

如果真的是這樣，那我實在是……太齷齪了。

任非在心底自問。

「對……對不起……我……」任非嘗試著開口解釋，可是這句道歉實在太讓人難堪了，幾次張嘴，卻怎麼也湊不出成句的話。

就在這時，楊璐開口說：「你不用這麼緊張，我沒別的意思。我只是想告訴你，這家店，以前我和我男朋友也常來。你點的那些菜，有不少都是我們每來必點的。」

任非張著嘴瞪著眼，對這個神轉折，多多少少有點反應不過來。他知道楊璐離過婚，猜想她這個年紀的女人應該會比較牴觸這件事，所以從來都不問，即使心裡很好奇，也還是次次小心地避開這個話題。可是現在看著楊璐，他忽然發現，這個女人對於自己過去的感情經歷竟如此坦蕩。

「我們在一起很多年，他口味很重，嗜辣如命。用他自己的話說，不喜歡清湯寡水的東西。但是我從小就不吃辣，後來一起住的那幾年，他硬是改掉了每道菜都要放點朝天椒的習慣。他知道我喜歡這家店的味道，時不時會主動提出帶我過來……」楊璐說著，慢慢低下頭捧著茶杯，清淺地抿了口水，眼神黯淡下去。當她放下茶杯時，不知是不是錯覺，任非覺得她嘴角時常掛著的那抹恬淡笑意，此刻看上去有點發苦，「後來我們分開了，我自己一個人再也沒來過這裡。」

任非呆愣愣的，「那……好好的，你們為什麼分開？」

「如果一直好好的，當然不會分開。既然已經分開了，那就說明，我們之間……已經不適合了。」

「為什麼不適合？」小任警官覺得自己現在像一個八卦的雞婆，然而，他控制不住自己的嘴，急切地想要知道答案。

「因為……我們能夠在一起的最基本條件，已經不存在。」楊璐沒瞞他，卻說得含糊，讓任非有點聽不懂。

基本條件已經不存在了？什麼是在一起的基本條件？是金錢壓力嗎？還是那個男人找小三了？思來想去，毫無感情經驗的任非覺得，很有可能就是後者。真是一個雜碎，有這麼好的女人在家等他，竟然還跑出去打野食！這婚離得好，渣男配不上這麼好的女人！吃完飯送楊璐回去的路上，任非在心裡默默地想。

車上還是聽著廣播頻道，晚上九點，正好是一個集結了少年中年男女、叔伯婆媽等各色人物情感問題的單元。基本上的節目調性是被導播選中接聽來電的人，要把自己的情感經歷，以及在過程中遭遇的種種煩心事剖白給主持人，再被主持人措詞委婉地痛罵一頓，然後那人頓悟過來，發誓從此踏上人生新頁的一個過程。

任非平時是不聽這種「都市情感大評論」的。但今天他一心都在吐槽那個渣男，根本就沒留意從汽車音響裡冒出來的究竟是些什麼內容。

可憐一聲不吭的楊璐，一路上都被女主持人的粗糙嗓門震得頭昏腦脹，說又不好說，躲又沒處躲。

「現在請導播幫我們接下一位聽眾朋友進來……您好，尾號一六八四的這位朋友——您好？您好？尾號一六八四的這位聽眾，您的信號不好嗎？喂？信號不好的話，我們先接下一位聽眾——」廣播裡，主持人連喊了好幾聲也沒有回應，卻把神遊太虛的任非給硬生生拉了回來。

任非皺皺眉，一手扶著方向盤，另一隻手憑著感覺，在車上那塊觸控螢幕瞎摸亂按，摸了半天也沒摸到換臺，正好前方路口紅燈，就藉減速的同時朝螢幕看去，準備換個臺清清耳朵。

但就在這時，廣播裡傳來了一個像是處於青少年的變聲期，有些微微粗礪沙啞，聽上去有點像男聲的女音，「……別掛，我……我在。」這聲音聽上去非常怯懦，彷彿裹挾著無法遮掩的恐懼，幾乎就要溢出CRV的音響。任非準備換臺的手，因而微微停頓了一下。

「我……我叫趙……趙慧慧。我想……想尋求幫助……」女孩似乎有些緊張，說話斷斷續續的，猶豫反覆了老半天，才勉強湊出這麼一句話。

主持人雖然嘴利，但心是好的，聽見回應之後便沒有掛斷這個電話，耐心地回想辦法。」

覆她：「好的，我在聽。妳遇到什麼事了？方便說一下嗎？我們大家可以幫妳一起

「我……我有一個舅舅，叫錢……錢祿。他犯了法，原本在監獄服……服刑。可是幾天前，他突然就死……死了！監獄、監獄的人說他是自……自殺……可是我覺得……我覺得真相不是這樣的！他……他是被人害死的！」

任非猛然瞪大眼睛，準備換臺的手完全凍住。廣播裡的趙慧慧結結巴巴的幾句話，如同平地驚雷，在他腦子裡轟隆隆地滾過。

叭！叭叭！！路口的紅綠燈綠了又紅，白色的本田CRV堵在最前面不走，後面的車主憤怒地按喇叭抗議，一時間安靜的街道上喇叭聲如同破鑼連成一片，連路過的行人都捂住耳朵。但單手緊緊握著方向盤的任非卻彷彿魂魄都被抽走了，絲毫沒有注意到。

11 遺書與求助人

可能真的是沒緣分，第二次「約會」，依然未能圓滿。

任非原本是想壓著心思先把楊璐送回家，然而楊璐半路上主動開口，要任非把她放在一個公車站。楊璐自始至終什麼也沒問，只是臨下車時囑咐了任非一句：「注意安全，好好休息。」

可是那個時候的任非，根本沒心情「好好休息」。他的精神緊張亢奮到極點，一路狂飆到廣播電臺，拿著工作證要來了那個自稱錢祿外甥女趙慧慧的電話，然後打給楊盛韜，請他幫忙調查這個號碼的資訊，接著就直接開車到了東林市四十公里外的一個村子裡——電話是從那裡撥打出來。

在任非驅車趕路的途中，趙慧慧的身分獲得確認，她竟然真的是錢祿的外甥女，在鎮上一所中學上國一。

錢祿是個光棍，父母過世，無妻無子。為了調查他的死因，這兩天刑偵隊上上下下已全面調查所有跟錢祿有關的人脈。而這個趙慧慧的母親錢喜，原本就是他們的重點調查對象。

錢喜並非錢祿的親妹妹，是錢祿父母收養的。不知是不是預感自己親生的兒子靠不住，他們撫養錢喜長大，最後也果真是錢喜為他們養老。

據了解，錢祿成年後就愛去城裡鬼混，因為學歷不足，就在工地做一些粗重的體力工作。他本來是一個十分敦實質樸的人，後來不知跟誰學壞，染上賭博的惡習，從那以後，就再也沒給過家裡半毛錢。

那時錢祿只有過年會回家，多數是兩手空空，過完年初二就走。從錢喜結婚那天起，錢祿就打心底看不上妹夫，這種看法在染上賭癮後越發強烈。錢祿跟妹夫年年都會在除夕夜打上一架，好幾次把妹夫打得鼻青臉腫。後來妹夫聲稱要外出打工、多賺點錢供趙慧慧上學，離開了村子後，從此杳無音訊，再也沒回來。那年趙慧慧才五歲，錢喜從此成了村裡的活寡婦。

從妹夫離家出走的第二年開始，錢祿連年也不回家過了，就像是趙慧慧那個人間蒸發的父親，錢祿也跟家裡斷了聯繫。錢喜向人打聽過幾次，只聽說錢祿欠了一屁股的賭債，東躲西藏，說不定哪天就被廢了。

再後來，錢家二老相繼病重，錢喜一個沒一技之長也沒學識，這輩子都沒怎麼離開過村子的女人，奉養著兩個老人，帶著一個孩子，已讓她不堪重擔，老人家生病更是沒錢醫治，所以那年她拜託鄰居先幫忙照看家裡的老人孩子，自己咬著牙離開村子去找錢祿。然而她沒找到人，回來的時候，只見到一個孩子守著兩位老人的屍體，哭到聲嘶力竭。

錢喜從那個時候開始恨極了錢祿，處理了二老的後事後，再也沒去找過他。直到四年前，錢喜接到法院通知，懵懵懂懂、戰戰兢兢地坐在法院旁聽席上，聽完了錢祿強姦殺人案的整個過程，聽著沒有血緣關係的大哥被判了死刑緩期。

儘管後來死刑緩期減成了無期徒刑，錢喜也從未探過監，大概誰都沒想到，時隔四年，當年法庭上的那一面，竟成了她和錢祿此生的最後一面。

最終，錢祿在獄中自殺。屍體火化前是她坐了一個多小時的公車，從鄉下到了東林市殯儀館，在火化單上簽字的。

簽完字，她看著這個這輩子都不太光彩的大哥從人形變成一盒粉末，然後帶著錢祿的骨灰和在獄中被清理出來、為數不多的遺物，又返回了鄉下。

這是她這輩子和錢祿的全部糾葛。

當時走訪的同事，還特地請她帶去看了埋葬錢祿骨灰的地方，就在錢喜家的那塊地裡，上面插著一支孤零零的幡，隨風搖曳，要多淒涼就有多淒涼。

走訪時，趙慧慧上學住校沒回來，同事們也沒去驚動這個應該跟錢祿的死完全掛不上邊的小女孩，當時他們也對錢祿的遺物進行了調查，並未發現什麼可疑之處。

那麼，趙慧慧是如何確認錢祿的死有蹊蹺的？她發現了什麼，還是……她原本就知道什麼？

任非按照地址找到趙慧慧她們家的時候已接近凌晨。這個時間，只有那麼幾盞路燈勉強照亮的村子裡十分安靜。孤兒寡母的低矮土坯房近在咫尺，但是任非不敢敲門，生怕嚇到她們母女，所以就把車停在門口，在車裡窩了一夜。第二天，伴隨著雞鳴和手機震動，任非帶著渾身的蚊子包敲響了錢家大門。

同一時間，譚輝帶人到監獄，第二次提審了代樂山。連續幾天，技術組的人一個個都快要在螢幕上盯瞎了眼睛，好在工夫沒有白費，發現了錢祿死前曾連續幾天跟代樂山有過密切接觸。

自殺前的一段時期裡，午飯後的午休時間，晚飯後的自由活動時間，影片裡的錢祿抓緊一切機會，只差沒把那個算命先生綁在自己身上。

「我問幾個問題，你老實交代。」監獄審訊室裡的監視器下，昌榕分局刑偵大隊長靠在審訊桌上，沒有半句廢話，劈頭直接就問。

熟悉譚輝手法的人都知道，這跟他以往的風格大相逕庭。平時審訊時，這個男人狡詐得像隻狐狸似的，在審訊室小小一方空間裡跟嫌疑人相互耍詐、鬥智鬥勇，嬉皮笑臉地聊天也好，冷嘲熱諷地譏誚也罷，抑或是故意激怒對方，從開始到結束埋下許多陷阱，多數時候能把滿心戒備的嫌疑人繞進去，瓦解對方所有的防線偽裝。

可是那一套在這裡不適用。這裡是東林監獄，這起案件嫌疑最大的是這裡的獄管們，因此過濾問案，一切的一切，都極有可能是在幕後凶手的監視下進行。

他們不可能把犯人帶出去審問，也沒有那麼多時間跟懷疑的對象兜圈子，只能把握機會在一定的範圍裡問出更多訊息。因為只要一個不小心，後面會發生什麼意外，誰都不知道。

代樂山被關完禁閉又進了死囚室，整個人萎靡至極，但態度卻很配合。面對詢問，他照舊堆起那虛假的笑容，臉上的皺紋隨之充滿了諂媚，「是，是是。」

他本以為這次警方提審還是為了調查穆彥的事，但是沒想到，譚輝開口問的卻是另外一個人，「九班的錢祿，你認識吧？」

算命先生有點錯愕，還是老老實實地點頭，「認識，認識。他那個人不愛說話，但是……但是跟我的話還是比較多的。」

譚輝挑了下眉。沒想到自己還沒問，代樂山竟然就自發地朝著這個方向走，「錢祿死之前，有段時間總是找你聊天吧？都說什麼了？」

「也……也沒什麼。」代樂山皺著眉，這幾天被折騰得已經快要精神崩潰，整個人都渾渾噩噩的，腦子也不太靈光。他緊緊擰著眉頭，似乎想翻出腦海裡逐漸下沉的記憶，半晌之後，才慢吞吞地說：「他就是纏著我問……人死了是不是真的還有冤鬼索命什麼的……這到底是不是真的。」

「知不知道他為什麼這麼問？他有沒有跟你說起過原因？」

「沒有……但是那段時間他確實滿奇怪的。他那個人非常孤僻，平時整天冷著個臉，煞神似的，好像沒什麼牽掛，也什麼都不怕。其他要老死在這監獄裡的人，有時或多或少都會後悔犯罪啊什麼的，但他從來沒有，差不多就是那種什麼都豁出去了，就混吃等死的樣子吧，一大隊裡少有人敢惹他。可是那陣子，他忽然問我那些神啊鬼啊的問題……我不敢問他為什麼要問這個，就隨口敷衍他。後來有一天，他跟我說，那陣子做夢，總是夢見那個死在他手上的女人，還有他爸媽……」

譚輝猛一抬眼，眉心緊擰，就在代樂山說完最後一句時，始終緊繃著的腦子裡，忽然捕捉到了某個至關重要的點。

同時間，坐在趙慧慧家裡的任非，從她略微有些顫抖的手中，接過一張皺巴巴的紙條。

上面的字跡歪歪扭扭，寫的比剛上小學的孩子還不如。加上那張紙條已被蹂躪得破敗不堪，任非展開時，只能勉強分辨出鉛筆留下的模糊字跡：

他說得對，我該去熟罪。

我死了，就解脫了，一切就都結束了。

這個東西，應該勉強算得上錢祿的遺書。任非把它拿在手裡，第一個注意到的是上面那個筆畫生澀的錯別字：熟。

是教育程度不高所以寫了錯別字，還是……錢祿故意把「贖」寫成「熟」？

趙慧慧不安地站在他面前，到現在也搞不清楚究竟發生了什麼事，而她的母親錢喜乾燥粗糙的臉上透著謹慎的戒備，把女兒攬在懷裡，向後退了兩步，拉開了趙慧慧與任非之間的距離。

任非倒不介意母女兩人的動作，依然安坐在農家的炕頭上。陰暗灰敗的屋子裡，棚頂是被多年煙熏火燎出的焦黃，炕頭是一個老式的組合櫃，上方玻璃後印著粗糙的花鳥魚蟲圖案，一面玻璃已經損壞，硬生生把那些畫切割得更加凌亂。

任非舉著紙條朝趙慧慧示意，「慧慧，妳是從哪裡找到這個的？」

趙慧慧昨晚的那通電話，是拿著錢喜那個扔到手機回收市場，攤販們也最多只肯付四十元回收的舊手機、背著她媽媽打的。

舅舅死後，媽媽對這件事諱莫如深，問都不讓她問。她也知道媽媽不想再提這些事，所以一連幾天裝作什麼都不知道，該上學就上學。

家裡環境不好，也顧不上什麼忌諱，錢祿在獄中的遺物都被錢喜抱了回來，能用的拆拆洗洗、修修補補，大部分被保留下來，其中包括錢祿在獄中的一本筆記。錢喜沒讀過書，不識字。當時翻這個本子時，看到前面幾頁被錢祿塗塗畫畫也不知寫了什麼，她就撕掉這些用過的，剩下的還能給慧慧用。

撕掉了前面幾頁，再抖落抖落，一張比筆記本紙張明顯薄出許多、巴掌大的紙片隨之飄落，錢喜把它團團揉揉，扔進了家裡裝垃圾的大鐵皮油漆桶。

上次譚輝派人過來調查時，錢喜就已經丟掉這團廢紙，所以當時的同事無功而返。直到昨天晚上趙慧慧從學校回來，錢喜把本子遞給她，細心的小女生看見了前幾頁被撕掉的痕跡。出於對舅舅身上所發生的一切好奇，趙慧慧藉口自己弄丟了東西，跑去翻了她家那個幾天也裝不滿的垃圾桶，然後便從底下翻出了被揉成一團的字條。

小女生背著媽媽偷偷撿起這張小紙條，仔細看了一遍上面的「遺言」，又趁著媽媽做飯時，偷偷打開她放各種證件的小抽屜，從中翻出了死亡證明和驗屍報告的複印本。接著趙慧慧怎麼看，都覺得不對勁。

任非從頭到尾聽完趙慧慧的話，直到她停下來，才在錢喜驚愕的目光中，沉定而和藹地詢問：「為什麼妳會覺得不對勁？」

「我不……不知道……就是覺得那個『熟』字很……很奇怪。」趙慧慧說話結結巴巴，「而且我舅舅也沒上過幾年……學，我小的時候，他教……教我認字，寫字從來都……都不加標點。可是這個紙條上，標點使用得很標準……」

任非瞄了一眼遺書上的標點，感覺自己心跳如擂鼓一般，卻努力讓臉上絲毫看不出，「妳見過舅舅寫字？妳覺得這個是舅舅寫的嗎？」

「是……是的。他寫字有個……習慣，只要是有鉤的地方，鉤都特別大、特別長。」趙慧慧掙開母親越摟越緊的懷抱，從一個五、六十年代長桌下方的櫃子裡，拿出一本已經非常陳舊的田字格本子，「這是我上小學之……之前，舅舅教我寫字的時候留……留下的。上面有舅舅的字，你……你可以比對。」

趙慧慧把田字格本遞給任非，他接過一看，上面寫的都是最基本最簡單的字，再跟手裡那殘破的遺書一對比，果然是一樣的筆跡！

任非不露痕跡地慢慢吸了口氣，目光輕飄飄地在眼前這對母女臉上掃過，帶起一絲形若有質的涼意，「這是小時候的東西，為什麼妳會保留到現在呢？」

趙慧慧咬著嘴唇低下頭，沒回答。

任非微微瞇眼，忽然想通了什麼，眼神裡的審視和拷問驟然消散，取而代之的是一點糅雜了感慨的遺憾。他嘆了口氣，對小女生說：「……妳很喜歡舅舅吧？」

就這麼一句話，趙慧慧卻霎時紅了眼眶。「舅舅他……我小時候……他對我很好的。」大概是因為語速很慢的緣故，她不再像剛才那樣結巴，「我……沒上過幼稚園，最初會寫的那些字……都是他教的。」

其實任非這種小時候玩花樣裝病不上課的搗蛋鬼，不太能體會幼時因家裡窮無法讀書、非常羨慕其他小孩背著書包被父母送去上學的感覺。但是他能理解這件事帶給那些性格、觀點都在建立階段的孩子的創傷。

情況到此也了解得差不多，任非站起身來，活動了一下被硬邦邦的邊角戳得發麻的腿，一隻手捏著筆記本和遺書，朝趙慧慧母女示意了一下，「錢祿的手書是重要證物，暫時不能還給妳們了，我得拿回去局裡。還有這個田字格本，也要一起帶回去請筆跡專家進行比對。」

任非說完，在趙慧慧直愣愣盯著他的目光中，又解釋了一句：「放心，等案子完結，這兩樣東西我都會完完整整送回來給妳。」

趙慧慧沉默半晌，看著任非把那張遺書夾進田字格本，然後再小心地收進公事包裡，忍不住怯怯地問：「我舅舅……他……不是自殺……對嗎？」

老實說，任非並不知道。雖然遺書證明案件疑點重重，但這些資訊的含義晦澀不清，無須詢問譚隊，他就知道沒辦法只憑這個東西便否定錢祿自殺的結論。因此任非沒有回答。

他也不知道該怎麼安慰死者家屬，所以只能拍了拍小女生瘦弱、微微有些顫抖的肩膀。

沒想到趙慧慧一把抓住他，任非回過頭，看見女孩那雙盈滿水光的眸子，那眼神彷彿是溺水之人最後絕望的吶喊，是斷然不該出現在這個年紀的孩子眼裡的情緒。可是當任非這樣真切地看見時，卻覺得那樣的目光出現在孩子眼裡，比在大人眼裡更加地強烈、灼人。

「警察叔叔，求求……求求你了。」趙慧慧一激動，說話又開始結巴，但是每一個字都咬得那樣清楚，「我知……知道我舅舅他是個殺……殺人犯，他該為自己的行為付出……付出代價。可是既然……既然減成無期徒刑，就算一輩子要在監獄度……度過，他也還是有生存的……權利，對不對？如果他……他不是自殺，你們會替他……做主的，對不對？」

不知為何，當初任非看見錢祿行凶現場的照片後連吃飯都噁心得想吐，可是今天面對錢祿的外甥女，在她如泣如訴的聲音中，卻突然鼻子發酸，喉嚨發緊。

他驚奇一個國中的小女孩竟能說出這樣的話，震驚自己在這種委託似的哀求中體會到了一種從未體會過，如此真切鄭重、壓力十足的責任感。

那一刻，任非突然覺得，原來自己讀警校、當刑警，每天起早貪黑，工作日以外拚命在辦公室加班，並不僅僅是為了找出十二年前殺害母親的凶手。雖然偵破十二年前懸案的執念是促使他最終站在這裡的原因，但是此時此刻，任非身上盈滿的，卻是一種無法形容，且在不知不覺中悄然累積疊加的使命感。

他要保護更多的人，伸張更多的正義，要讓經手的案子中所有枉死者之靈，終有一天獲得安息。

就如趙慧慧所說，即使是手上染血的殺人犯，即使天地不容，但法律給了他應有的懲罰，逃過死劫，就有繼續生存的權利。

任非狠狠嚥了口口水，壓下喉嚨裡翻滾的酸澀，在女孩抓著他的手上重重回握了一下，彷彿是一個擲地有聲的承諾，「放心。如果證明妳舅舅真是枉死，我們一定為他伸冤。」

趙慧慧重重點頭，那顆在她眼底蓄積已久卻倔強不落的眼淚，終於隨著點頭的動作倏然滾落。

✦

任非輕輕帶上院外的大門，上車準備回去時，習慣性地拿出手機看了一眼。早上敲門之前，他怕跟趙慧慧交談過程中會有電話打擾，所以破天荒地調成靜音。現在一個人獨處，他查看手機，果真就有兩通未接來電——都是譚輝，就在十分鐘前。

任非立刻回撥，譚輝像是在等他電話，他這邊來電答鈴甚至都還沒響，譚輝那邊就已經接起電話，「喂？」

「譚隊。」任非叫了一聲，下意識地看了眼放在副駕駛座上的公事包，猶豫著錢祿遺書的這個大發現，是現在說還是回局裡當面報告。

但在他猶豫的時候，譚輝已經開始問他：「你在哪裡？」譚輝的聲音很低沉，每當他用這種語氣說話時，熟悉他的同事們都知道，就是有急事。

任非當即精神一振，「錢祿的妹妹錢喜家大門口。」

「你別走了，就守在那裡吧，等我讓人過去接手再回來。」

任非瞬間感到一陣難言的緊迫感，一下子從腳底躥了上來，甚至瞇起眼睛在四周掃了一圈，「老大，怎麼了？」

「錢祿的死的確蹊蹺。技術組從監視器影片中查到，錢祿死前曾跟代樂山有過密切接觸。我今早帶人去提審了代樂山，據他供稱，錢祿出事的一個星期前，曾含糊其詞地對他說過『那個人不想讓他活了，他該去贖罪』。代樂山說在那之後幾天，錢祿的精神似乎一天比一天恍惚，他原本以為錢祿是被夢魘困擾得睡不好，但是過沒幾天，錢祿就『自殺』了。

「只是，無論是我們的走訪結果，還是獄友對錢祿的印象，他都絕不可能是會畏罪自殺的人。對他這種人來說，無期徒刑是撿回一條命，即使是死刑也不後悔。怎麼他在監獄蹲了這些年，反而突然對謀殺對象心生愧疚，想著要以死謝罪了？」

「現在想想，多半是有什麼人，翻出他當年的舊事，拿著什麼理由，逼著他去死。」電話裡，譚輝的冷笑清晰地傳進任非耳裡，「殫精竭慮步步為營，這種手段，真夠高明。」

「這麼說的話，就能對上了。」任非聽到這裡，深深吸了口氣，正色說：「我在錢喜家拿到一封錢祿的『遺書』，上面有個地方非常可疑，現在看來，或許正好可以印證你剛才的話。我這就帶回去。」

「你先在那裡守一會，等接應你的人到了再回來。錢祿這個案子被昨天晚上那個小女生的電話鬧得人盡皆知，今天早上就有記者在監獄那邊蹲點等新聞了！我總覺得這件事從頭到尾都不簡單，情勢未明，我怕錢喜母女那邊會有什麼麻煩。」

任非等到跟他們隊長派去接應他的人做了交接，拿著從趙慧慧家裡帶回來的東西，才返回市區。原本打算盡快把證物帶回局裡做分析鑑定，奈何天不遂人願，進了城開始，便發現有人在跟蹤他。

被人窺視，被某種隱晦、蠢蠢欲動的目光如影隨形地跟著的感覺，彷彿是看不見的絲線緊緊纏繞住他。任非握著方向盤的手緊了緊，一邊從後照鏡注意著那輛始終不遠不近在後面的白色小車，一邊駕駛著CRV從週末川流不息的車海中滑了出來，當機立斷開往東邊的老城區。

老城區道路環境複雜，至今還保留著一片半拆半建半留的城中村風貌。長街窄巷如蜘蛛網般，而巷子裡那些堆放起來、非法占道的破爛東西，就是被困在蜘蛛網上的小昆蟲，它們牢牢占據一隅，跟每一輛進入這裡的車子較勁，不熟悉地形的駕駛，很難從這裡出去。

但這是任非很熟悉的一塊地區。

任非從母親的死訊中緩過神後，很長一段時間內，都保持著一種神經質的習慣。那段時間他已經很不願意面對父親了，所以放學不想回家，經常隨便從一個公車站搭到另一個公車站，然後下車，在公車站一定範圍內漫無目的地亂走。

他一邊走一邊看周圍每個從自己身邊經過的人，悄悄看他們的表情、動作，心裡有種如同在探查的快意，有如發洩一般，混雜著隱祕的刺激感、難耐的焦急和深切的不安盤桓在心頭，陪伴他度過了少年時代最難熬的那兩年。

因此，任非對東林市內大多數地方都很熟悉，但是對方卻未必如此。既然甩不掉，不如就迎上去，看看車裡究竟是什麼人。

任非瘋起來不要命，但也不是沒腦子。他在車裡打了通電話給譚輝，說了地點，請他派人來增援，然後自己開著車，看準依舊不遠不近跟過來的白色車子，開進了彎彎繞繞的小巷道。

眼看著不遠處的CRV消失在視線盡頭，後方車子裡的人顧不得被發現，一腳踩了油門跟上去，車身當即被一把橫放在外、清掃大街專用的竹掃把劃得嘎嘎作響。車裡的人咬著牙，死命盯著前方路面試圖追上去，就在快要經過一個T字路口時，一輛噸位不小的CRV突然從斜裡闖來，筆直地衝到車前，伴隨著如尖嘯般的剎車聲，一大一小兩輛白色車子在對方面前驟然停住！

任非的車子橫在前面、堵死對方的去路，車子停下的那一瞬，他絲毫沒有停頓地打開車門，宛如凶神惡煞般一臉冷厲從車裡跳了出來。危機之下的任非從思緒到表情都相當冷靜鎮定，反倒是跟蹤者在毫無防備的驚愕中「啊」一聲尖叫出來。

這個動靜把渾身肌肉緊繃，準備迎接一場凶惡搏鬥的任非震了一下，舌頭底下滾出一圈國罵。

說好的幕後黑手呢？說好的窮凶極惡跟蹤者呢？副駕駛座上放著採訪設備的小白車裡，抖成一團快要被嚇破膽的女人是怎麼回事？最重要的是，無須調查這個女人的身分他就能確認，那是季思琪！

這名女子當初被他們當成懷疑對象調查過，前前後後查了一通，發現她除了行事作風比較奇特之外，跟當時那個案子不怎麼能沾得上邊，後來也就放下了她的事。

任非怎麼也沒想到迎面撞上的竟然是這種情況。任大少爺深吸口氣，勉強按捺心頭的煩躁，本想把季思琪從車裡拖出來數落幾句，奈何還沒來得及動作，一隊警車就鳴著警笛，風馳電掣地從巷子四面八方開了進來，把他和季思琪的小白車圍在了正中間。

警車一停，昌榕分局刑警們飛速下車包抄而來，隊長譚輝一馬當先，「任非，跟蹤你的那個龜孫子呢？」說到最後尾音已經消失，譚輝使勁眨著眼睛，看看車裡微微發抖的季思琪，又看看車外的任非。

趙慧慧的電話暴露了錢祿死亡的線索，任非攜帶證物返回途中被人盯上尾隨——分局裡正因為監獄殺人案毫無頭緒、焦頭爛額的刑警們，都指望這次能守株待兔逮個大的，誰知道竟然又是這個小記者等著拿頭條。

本來卯足了勁的李曉野，這下只能把那股「勁」又憋回去，發洩似地抬手在自己腦袋上搓了幾把。

「……季小姐，我們上次就警告過妳了吧？」任非緩了緩氣，又錯愕又憤怒，「警方查案細節屬於機密，不能對外公開。妳鬧了一次還不夠，非要鬧一個『妨礙公務』的罪名才高興？」

任非覺得自己這輩子沒做過這麼烏龍的事情，真想在這幫同事面前找個地縫鑽進去。他盡量克制著不對女子發火，但是語氣十分不善。

在季思琪眼裡，任非渾身上下都冒著騰騰殺氣。她硬生生吞了口口水，飄忽不定的目光往行車記錄器上瞄了一眼，片刻後潤了潤嘴唇，才從車裡出來，在一眾刑警的注視之下，習慣性地關上了車門。

「我這次跟蹤你……不是為了『搶頭條』。」季思琪終於猶豫著小聲開了口。她說話的時候把頭埋得很低，彷彿是一個做錯了事被揪出來的孩子，「我是……我是想，我手裡有一條線索，或許你們用得到……」

任非他們幾個迅速交換了個眼神。

譚輝看著任非，又朝女人的方向抬抬下巴。任非打心底裡泛起一陣急切，舔了舔乾燥的嘴唇，深吸口氣，用盡量平穩的語氣回應季思琪：「妳說。」

「廣播那檔都市情感話題節目的主持人是我學姊。」季思琪囁嚅著輕聲說：「我們是同校，我實習的時候她恰巧帶過我一陣子，關係一直不錯。我們約好昨天晚上等她下了節目，一起出去吃個宵夜，所以我就在樓下等她。等著無聊，索性就在車裡聽她的節目。然後……就聽見了那通電話。」

任非微微挑了一下眉梢，「妳當時一直在電臺大樓下面等？」

「是，所以我看見你的車了。」季思琪認得任非的車子，之前在富陽橋下，刑警們把她從橋下帶上來送回家，就是用任非這輛車。

「我看見你來了又很快走了，就猜是剛才那通電話的緣故。學姊下了節目出來，我就向她打聽，一問之下才知道，原來當晚節目中奇怪的電話，不止那個小女孩那一通。小女孩的電話掛斷沒多久，又有一個號碼打進去，但是沒有直接播。那通電話是導播接的，剛一接通，連個『喂』都沒有，對方直截了當地詢問剛才打電話求救的小女孩的電話號碼。」

在場的刑警們聽得心裡一抖。任非微微瞇了瞇眼睛，聲音有點發緊，「導播給了？」

「當然不可能，有個資保密責任的。」季思琪先是搖頭否定，但緊接著頓了頓，細長的手指在身前交叉緊扣在一起。幾秒鐘猶豫後，她深吸口氣，彷彿下定決心，

「但是後來我拜託學姊，幫忙要到了後者的那個號碼……然後又拜託在電信公司工作的親戚，調查了這個號碼的用戶姓名。」

季思琪說著，從半袖雪紡襯衫靠近胸口的口袋裡拿出一張便利貼，上面果然寫著一串號碼和一個姓名：本地的號碼，用戶名叫李泉。

譚輝當即打電話回隊裡讓人去調查這名用戶，很快就得到一個令人頗有些意外的消息——這個李泉，是東林縣殯儀館的禮儀師。

✦

「是我們這裡的老員工了。這個……呃……入殮的經驗非常豐富，個性也踏實穩重，不會出問題的。」在殯儀館待了半輩子的館長，從沒見過員警跑來這裡查案，照理說，這是一個人生命畫上句號的地方，證據是不該留在這裡的。

所以他猜測，警方前來是懷疑李泉把這個什麼錢祿的骨灰跟別人的搞混了。他心想這種損陰德的事雖然在同行裡時有耳聞，但在他們這裡是絕對不會出現的。

「錢祿……錢祿錢祿……找到了！」館長一邊幫李泉辯解，一邊翻譚輝他們要找的值班紀錄，「錢祿屍體火化當天的確是李泉值班，不出意外的話，應該就是經由他的手推進爐子裡。我已經讓人去叫李泉了，但是警官，我以人格擔保，我們殯儀館在入殮流程上絕對不會出問題！」

譚輝不耐煩地搖手打斷了館長，想在心裡挖出幾句寬慰的話說給老館長聽，但眼角餘光忽然瞥見一個高瘦的中年男人推門走了進來。

「李泉？」對方在一眾員警打量的目光中脫掉了白手套，然後點了點頭，垂下眼時，雙眼下面濃重的烏青看起來讓人發怵。「幾位警官是因為昨天我打的那通電話而過來吧？」他開門見山地坦白：「是這樣的，那個錢祿，因為屍體情況比較特別，加上入殮時他的家屬選的是我們這裡的『豪華套餐』，遺骨從爐子裡出來的時候，因為跟正常骨質差別很大，所以我對這位死者印象非常深刻。」

李曉野覺得自己喉嚨發乾，做他們這一行的，整天跟各種刑事案件打交道，看見什麼樣的屍體都不稀奇。只不過看屍體是一回事，聽著「資深禮儀師」描述整個過程又是一回事……他覺得自己每一個寒毛孔都往外噌噌地冒著涼氣。但即便如此，李曉野還是咬著牙問了一句：「……什麼是『豪華套餐』？」

「傳統入殮的話，就是把人直接化成灰，但是這種方式保存下來的骨灰其實只有一部分。現在技術升級，選擇另一種爐子的話，可以保存人的大部分骨架，對死者來說更圓滿。只不過，價格會貴一些。我們習慣上稱這個為『豪華套餐』。」

李曉野覺得後背涼得有點發麻，「錢喜的家庭情況都差成那樣了，竟然還有錢選『豪華套餐』？」

「這個倒是可以理解。」館長接口說：「農村一些地方現在還保留著土葬的習俗。有些人在觀念上很講究這個，認為屍骨不全的人無法進入輪迴。錢家的這個情況的確比較特別，本來在火化單上簽字前，我們只是例行公事詢問一下，沒想到錢家人猶豫半天還是選了這個，但是這個費用對她來說實在太高了，家屬哭得像個什麼似的。最後看她情況特殊，我們就幫她刪減了三分之一的費用。」

「那麼，李先生剛剛說錢祿的遺骨與正常骨質差別很大？」任非說話時扯動乾裂的嘴唇，一道淺淺的傷口裂開，滲出血絲，讓他下意識地舔了一下。他站在這裡，臉色凝重，幾乎在場所有人都會覺得這個男人此刻非常肅穆，然而只有任非自己知道，在那勉強撐起的堅硬外殼下，內心卻非常恐懼——他害怕這個地方。每當李泉說一次「爐子」，任非就覺得心裡被針狠狠刺了一下。

十二年前，他的母親就是被推進了那個爐子。從此之後，思念母親時，任非就只能撫摸冰冷相框裡那張毫無生氣的臉。

所以任非接過了李曉野的話詢問，語速飛快，直擊重點，想趕緊結束這一切，盡快離開這個地方。

李泉也確實沒讓他們失望，「因為我跟屍骨打交道了這麼多年，很熟悉遺骨的狀態。錢祿的遺骨出來，明顯是不正常的，他生前一定得了非常嚴重的骨質疏鬆，骨密度很低，骨頭斷面基本上就是個馬蜂窩了。」

✦

「如果死者生前身體狀態一直都良好，沒有因疾病而造成骨質疏鬆的話，那麼只有一種可能——死者有吸毒史。」胡雪莉「啪」的一聲闔上三院鑑定科當初替錢祿驗屍時的鑑定結果，站在會議桌前又嘩啦啦地翻開從監獄調閱的錢祿就醫檔案，「但是死者入獄前曾接受過體檢，沒有查到吸毒徵象。」

「查過全市所有戒毒所紀錄了，沒有錢祿的資訊。」馬岩看著筆記型電腦的螢幕，幽冷的光映在臉上，「可是，如果骨質疏鬆症狀明顯到了禮儀師看枯骨都能一眼認出的地步，那他生前一定是吸食得很重。那麼大的毒癮，說戒就戒了？」

「我沒看過遺骨，只是照著禮儀禮儀師說的情況來推斷。」胡雪莉放下資料，「這對你們來說只是一個參考方向，如果要確切答案，我得親眼看見才行。」

「看什麼？錢祿的遺骸？人都下葬了，再挖出來？」譚輝搓了搓手，當即搖搖頭，「就算錢祿生前有過吸毒史，但目前來看跟本案案情沒有必然關聯，先擱置挖墳這件事。」

胡雪莉不置可否。這時，被派去市局找筆跡專家做鑑定的刑警連門也沒敲，帶著一個資料夾從外面如旋風似地鑽了進來。

「譚隊，筆跡鑑定結果！」小旋風在譚輝面前停下，把資料往譚輝前面一放，「還真是同一個人寫的！」

任非一下子從椅子上站起來，三步併作兩步走過去，看完鑑定結果就說：「放投影吧，大家都看一下。」

於是他簡單地排了個版，把錢祿的「遺書」、趙慧慧提供的田字格本，和市局筆跡鑑定專家的鑑定結果，透過投影機放了出來。

放大數倍後，那個「熟罪」的「熟」字，在此刻看起來似乎充滿了詭異，讓人看了驚心。

「既然確定是錢祿本人所寫，那麼同時也可以確定，的確有人在背後操縱，或者說是影響他走上了『自殺』這條路。」譚輝出神地盯著投影，抬手搓著長出青色鬍碴的下巴，「既然他死了，一切就都結束了。那麼就表示，在他活著的時候，一定有什麼東西是還在進行的。錢祿正是為了結束『這件事』而死。」

任非的眼睛同樣盯在布幕上，「操縱也好，影響也罷，總之錢祿不是心甘情願去死的。或許……他是被什麼逼到非死不可的地步。」

石昊文往任非的方向看了一眼，「怎麼說？」

「我去趙慧慧他們家的時候，那小女生說她舅舅不會使用標點符號。但是你們看，這封『遺書』上的標點沒有一個用錯，趙慧慧也是因此懷疑這封『遺書』有問題。」任非拿著滑鼠一邊說著，一邊在投影的標點符號和那個「熟」字上面來回畫圈，「所以我覺得，錢祿離開家的這些年間，一定有人教過他使用標點。按照正常的邏輯，既然有人想到要教他標點的用法，那對方最有可能做的是教他識字寫字，在這個過程中發現他不會使用標點符號，才會想到教他用。」

譚輝從菸盒裡又抽出一支菸，夾在指間沒有點燃，「你是想說那個錯別字？」

「如果錢祿單純因為不會寫贖罪的『贖』，想找個字來代替，那為什麼不選擇筆畫更簡單的字，反而要去選一個更難寫的『熟』？」任非慢慢地把視線落在投影機上的那封「遺書」，「再聯想錢祿的死法，是不是他在寫這封遺書時，就已經知道自己要溺死在那口紅色染池裡，所以故意寫成這樣，來提醒看見這封遺書的人？只是，究竟是什麼人指使錢祿這樣的人寫遺書呢？」

譚輝長長地吐了口氣，「好歹也是個線索。老喬，你明天再帶人重新重點調查一下，錢祿與家人徹底斷了聯繫到入獄之前這段時間的社會關係，以及他都做了什麼，接觸過什麼人，越詳細越好，尤其是感情方面。我猜想，有耐心教一個粗人寫字的，多半是女人。把人找出來，看能不能再查出什麼有用的線索。」

✦

昌榕分局的員警同仁們人仰馬翻、焦頭爛額地度過了一個加班的週末。

週一早晨，在錢祿做「頭七」這一天，昌榕分局請來東林監獄的典獄長和十五監區的監區長旁聽，譚輝提出了證明錢祿並非正常死亡的證據，並對錢祿與穆彥的死因分析做了解說。

兩名死者皆因強姦殺人入獄，都在做工時間死在工廠那口浸泡著紅色工業染料、池深兩公尺的漂染池裡。

兩起案件完全符合一般併案條件，在獄方無異議的情況下，分局正式對錢祿溺斃事件展開立案調查，同時將錢祿與穆彥的兩起案件做併案處理。

他們開會的時候，任非跟同事們一起出去調查穆彥和梁炎東的社會關係，按照那天開會的說法，試圖找出兩人在入獄之前可能存在的交集。散會之後，譚輝客客氣氣地送走東林監獄的長官，讓石昊文打了通電話給錢喜，跟她簡要說明情況。

石昊文用盡量不太刺激被害人家屬的措詞說完，電話那頭，不言不語的女人終於用顫抖、猶豫的語氣說了一句：「……警察大人，有什麼需要我做的，我一定配合，求你們、求你們……」說到一半，卻說不下去了。

石昊文的智商、情商和觀點相較他們隊裡其他人，算是比較正常，當下猜想了一遍女人嚥回喉嚨裡的話，便嚼出味道，隨即再三保證一定還錢祿一個公道。他掛了電話，正好看見任非從外面大步走了進來。

他路過牆角的時候，彎腰從塑膠箱裡取出一瓶礦泉水，邊走邊仰頭灌了半瓶，然後一屁股癱坐在椅子上，扔下礦泉水，又從抽屜裡拿出一罐蠻牛，二話不說仰頭就喝了個精光。

任非渾身蒸騰著熱氣，平日打理得很時尚的頭髮，如今劉海都快長到腦後，往日清爽帥氣的模樣再不復見。他從桌上抽出兩張紙巾胡亂擦了幾把，終於從方才的曝曬中緩過一口氣，注意到石昊文目瞪口呆地看著自己，才反應過來，不太自在地打了聲招呼：「你那樣看著我幹嘛？今天橘色高溫警示，我都快曬成乾了——」

譚輝去了趟楊盛韜的辦公室，這時剛巧進來，聽見任非說話，迫不及待就問了一句：「有收穫嗎？」

任非被突然出現的譚隊噎了一下，把手裡差不多快被汗水浸成溼巾的紙巾洩憤般扔進垃圾桶，接著剛才的話說：「……沒什麼有用的。根據目前所掌握的情況來看，梁炎東和穆彥完全生活在不同的圈子。一個是靠自己爸爸打下的根基創業，小有所成的猥瑣紈絝富二代；另一個是要能力有能力、要人品有人品的律師兼深受愛戴的犯罪心理學教授，是連警方遇到特殊案件時也要前去請教的特別顧問。最有可能的關聯就是穆彥曾請梁炎東做過代理律師，但實際上兩人並沒有合作。我們往前查詢了五年之內的紀錄，穆彥公司的法律顧問一直是委託另一家律師事務所，跟梁炎東毫無半點關聯。」

因為頭痛，任非一邊陳述一邊抬手用力掐眉心，這幾天他們差不多是日夜不休，加上距離上次的殺人分屍案了結到這個案子開始也沒多長時間，他不像隊裡的幾個老手，多少有點緩不過來。

他眼睛通紅，碩大的黑眼圈像被人打了兩拳似的。譚輝看他的模樣有點不放心，想讓他今天早點下班回家休息，但還沒開口，任非的電話鈴聲便響了起來。

任非掃了一眼來電，連忙接起。電話裡關洋故意壓低聲音說：「任非，你不是告訴我，梁教授那邊有什麼情況都要跟你說一下嗎？」

任非狠狠吞了口口水，語調驟緊，「怎麼了？」

「嗯，沒什麼大事，其實我也猶豫要不要跟你說這個。只是今天吃完午飯回囚室，梁教授跟負責他們班的王管報備說弄丟了一枝簽字筆。」

「簽字筆？」

「對。就是錢祿死的那天，你來監獄找他，他當時不是寫了一張『知悉，請回』的紙條給你嗎？那就是用我借給他的筆寫的。事後筆記本連帶簽字筆我沒要回來，都給了他，結果這枝筆現在弄丟了。他跟王管報備的時候我正好經過，聽見了這樣的狀況。」

任非聽筒聲音開得大，也沒有特意避著誰，附近幾個人都聽得見電話那邊關洋的聲音。關洋說完，任非把手機拿得離耳朵遠了些，下意識看往譚輝和石昊文的方向。

譚輝和石昊文的目光幾乎同時落在被隨手扔在桌上的簽字筆上，方才吵吵嚷嚷的辦公室，頃刻間變得十分安靜。

12 越獄

監獄裡犯人丟了什麼東西，跟獄管打個報告，實在沒什麼值得特意提出來說，何況丟失的還是一枝普普通通的簽字筆。但如果這個人是梁炎東，那就很耐人尋味了。誰知道那個心眼多得如蜂巢似的男人，是不是又要耍花樣了呢？

所以梁炎東說明情況時，王管聲色俱厲地問得非常詳細。詢問的內容包括：簽字筆的來源、用途、原本被他放置的地方、最後一次使用時間……

他問什麼，梁炎東就老實地拿著筆在紙上寫什麼，只有當初拿到這枝筆的原因被他搪塞過去，其他都寫得清清楚楚。

寫完了，王管又嚴厲地警告一番，然後就離開了。弄丟筆的事情，就此完結，再無下文。

這樣的結果在梁炎東的預料之內。其實他原本也沒指望能有什麼結果，之所以打這個報告，只是為了讓自己遠離之後可能會有的麻煩。

一枝筆能做什麼？寫寫畫畫？不止。

緊急情況中，懂得一些技巧的人運個巧勁，就能用它把人刺穿。而那是他的筆，上面有他的指紋。

萬籟俱寂的仲夏夜，悶熱如蒸籠一般，讓人渾身難受。十五監區一大隊三班的窗戶開著，如練的月光從窗外投在囚室中，窗外鐵欄杆的影子落在水泥地上。

距離窗戶最近的位置，梁炎東平躺在狹窄床上，在滿屋子沒心沒肺、此起彼伏的打呼聲中睡意全無，眼睛直直地盯著上鋪的床板。

他的簽字筆遺失三天了。東林監獄在他所能了解到的範圍內沒有任何動靜。他不知道這幾天警方有沒有再來過監區進行調查，更無從知曉案件偵破是否有進展，只知道一大隊表面上看起來逐漸恢復了平靜。

上次被襲擊，凶手準備充分、目標明確，如果不是情急之下踢響了門板，自己現在就已經是個死人了。

梁炎東大概猜得出對方為何要對他下手——絕不可能是因為他曾經姦殺幼女。如果是，出於對強姦殺人犯的報復心理，要殺他不會等這麼久。細想起來，大概是因為他前不久插手那個連環殺人分屍案的緣故。

監獄外面有人不願他插手任何一件案子。一旦得知他不再「安分」，必然急於除之而後快。

為了自保，入獄後，他人前人後盡量弱化自己的存在感，能多低調就多低調。這樣龜縮了三年，外面的那些人認為他是服了軟認了命，終於開始放鬆警惕，本來應該是個好的發展，只可惜，卻被自己打破了。

那個小刑警來找他，帶著卷宗，說著案情，期盼而祈求的眼神，又有四名被砍成碎塊的無辜死者，讓他忍不住失控。

從許多年前在大學裡選了犯罪心理學這項專業開始，從汙穢不堪的泥沼中摳根刨底扒真相、還原犯罪現場，替無辜死者討公道、還家屬一個安慰——這已經逐漸成為了他的一種本能，這種本能深深地刻在他的骨血裡，哪怕必須封存，但是從未冷卻。

而任非的到來，似乎在這不息地流淌著使命的血液裡，澆了一把熱油。霎時湧上的激動，幾乎是他無法控制的。既然當時無法控制，事後就必須承擔後果。

梁炎東目前沒有明確證據證明走廊裡勒他的人，跟殺死穆彥的凶手之間有關。但是有一點他非常肯定——在走廊裡勒他的人一擊未得手，勢必會尋找第二次機會，置他於死地。

那枝從他手裡偷走的筆，很可能跟當初那段從水泥袋子上拆下來的棉繩一樣，成為對方的殺人工具。所以他夜不能寐，時刻警惕，小心提防。

睡不著，他就在腦子裡整理這幾天發生的事。

十天內，監獄裡死了兩個人。一個是九班的錢祿，一個是五班的穆彥。他們都是凶神惡煞，都是強姦殺人犯，都死在那口工業漂染池裡。

按照監獄的條件來說，凶手把人扔在工業染池裡，顯然比較合適而「妥當」。

漂染溶液水深兩公尺，新加染料進去時，水深會在二・一到二・三公尺之間，染池周邊水泥高約一公尺，沉入地面約一・三公尺。錢祿不會游泳，跳進去說什麼也撲不上來；穆彥無論會不會游泳，意識不清地沉進去，同樣不可能輕而易舉地浮起來。

池水是化工染料，人沉到裡面，哪怕及時發現，也沒人敢直接跳下去救援。等找來合適打撈的工具，無論如何人都已經死透了。

穆彥被扒光衣服、懸吊在房樑上當天，中午到下午事發前曾有兩次斷電——凶手正是在這段期間將穆彥綁上去，趁著突發情況緊急集合的短暫混亂離開，或者乾脆混入人群。

而在兩起死亡發生中間，有人曾想殺他，事後又抹除了監視器畫面。

那麼現在，在他所知為數不多的線索中，有三點存在明顯問題：第一，穆彥死的那天監獄兩次斷電的原因。第二，在處處皆是監視器的監獄裡，穆彥是何時在監視器鏡頭下失去蹤跡？第三，穆彥的囚服在代樂山床上被發現，凶手既然有意拖代樂山下水，那麼起先危言聳聽、造謠女鬼索命的算命先生，又在整件事中扮演了什麼角色？

梁炎東翻了個身，清冷月光中，微微瞇著那雙透出冰寒冷冽的眼睛。還有，做個假設，如果殺我的跟殺穆彥的是同一個人，那麼……凶手殺人的目的何在？

梁炎東慢慢閉上了因長時間未眨而酸澀的眼睛，一邊回想一週前穆彥死亡的那一幕，一邊在腦袋裡逐一回憶十五監區獄管和受刑人的臉。

他對人臉的面部特徵非常敏感，很多時候，哪怕只是在大街上偶然一眼，過段時間後，他仍能記起對方的模樣。何況他已經在這個地方待了三年，十五監區的每一張臉、對應的名字、基本資訊，他閉著眼睛都能一個不忘地想起來。

但是因為目前所能掌握的資訊實在太少，沒辦法對凶手進行心理剖繪，只能做一個最籠統的排除。

每個人的臉都像電影畫面般地迅速在他腦中閃現，最後，倏然停頓的那張臉，讓梁炎東自己都感到意外——那是九班的田永強，因故意殺人罪入獄，被判處十五年徒刑，這是他服刑的第四年。

田永強，五十三歲，已是知天命的年紀，農村人，頭髮早白了一半，身體不好，有心臟病，尤其是一發作時，後遺症能讓他走路都顫顫巍巍好幾天。

認真來說，梁炎東跟這個田永強倒是有些淵源。田永強剛入獄的那年，當時還是自由身的梁炎東甚至來探過他的監。只是當梁炎東進了監獄、得了失語症後，兩人在監獄裡反而形同陌路，再沒什麼交集。

根據梁炎東對田永強的了解，那是一個非常老實規矩的小老頭，從前連自家院子裡養的雞都不敢殺，為人本分，愛看新聞，關心國家大事，喜歡跟人講論道理，在村子裡很受人尊重。如果不是被逼急了，也不至於拿刀捅人。

而無論是當初拿繩子勒自己，還是把昏迷的穆彥拖到工廠房樑吊起來，都需要凶手具備良好的身體素質，力量要足夠大並且耐力強。單從這一點上，田永強就應該被排除，不會是他。

梁炎東緩緩睜開眼睛，在腿上不斷輕彈的手指停下。下一秒，仲夏夜寂靜的監獄裡，乍然響起、直刺人心的警報聲，徹底打斷了他的思緒。

囚室裡此起彼伏的鼾聲一下子消失，男人們一股腦兒從睡夢中驚醒，二木一個激靈差點從床上滾下來，「我靠，這是怎麼了？」

梁炎東從床上坐起，望著天際依舊沉靜如水的月光，看著乍然亮起的緊急照明燈下，從四面八方湧往同一個方向的獄管，渾身不自覺地緊繃，彷彿連血液都凝固了。

半個小時後，昌榕分局的值班刑警接到了來自東林監獄的報警電話——原本應該被關在死囚倉裡的代樂山死了。

囚室門禁森嚴，門鎖完好，而他死在了堪稱密室的死囚室外的牆下。

致命傷是那枝三天前梁炎東報告遺失了的簽字筆——它插進了死者的太陽穴。

✦

今日凌晨兩點十七分，東林監獄再次發生凶殺事件。死者代樂山，男性，現年四十五歲，因詐騙和故意傷害罪被判處八年有期徒刑，現為東林監獄十五監區一大隊二班的受刑人。

死亡地點為死囚室窗戶外牆下拐角處，此處為監視死角。死者身穿東林監獄制式囚服，呈俯臥狀，體表除頭部左側翼點有肉眼可見刺傷外，雙手臂有瘀痕，是生前與人扭打所致。經法醫鑑定，死因為銳器損傷左側翼點致使顱內出血，翼點內取出簽字筆一枝，與傷口吻合，可確認為凶器，死亡時間在凌晨兩點十分左右。

此外，從現場凌亂的腳印中採集到尺寸四十號與四十三號鞋印，四十號為死者代樂山本人，四十三號應為凶手所留。凶器上找到不完整指紋，經比對核驗，與十五監區一大隊三班在押人梁炎東指紋基本相符。經梁炎東本人確認，該凶器確為三天前他丟失的簽字筆。

至此，梁炎東再一次成為重要嫌疑人，被獄方連夜帶走，嚴密監視。

昌榕分局刑偵大隊這幾天一直在進行煩瑣枯燥的走訪調查工作，分局刑偵人手不夠，除了必須在局裡值班負責內勤支援出勤的同事，幾乎所有人都被分派出去，但是去調查一個已經入獄四年的錢祿的生前軌跡，無異於大海撈針，一天下來個個腦袋恨不得脹成熱氣球，每個人都是晚上回家倒頭就睡。

將近凌晨三點，在睡得最香最沉時被催命似的手機鈴聲驚醒，任非感覺自己宛如剛從沙漠裡跋涉出來，瞪著一雙比兔子還血紅的眼睛，頂著一頭比刺蝟還扎人的頭髮跟同事們會合，一起直接去往監獄。

到了監獄，在犯罪現場轉了一圈，幾個人都清醒了。

「猖狂，太猖狂了！」老喬狠狠咬了口菸，不死心地在代樂山生前待著的囚室又搜了一圈，「監獄本來就是封閉環境，囚室前後兩道門一關，走道外面還有鎖，一隻老鼠也鑽不出去，而且兩道門鎖一個也沒壞，都是鎖著的，警衛也沒聽見動靜，這是密室啊！凶手是怎麼把人拖出去殺了的？」

這幾天都在跟東林監獄兩起凶殺案拚命，譚輝這次多了個心眼，在分局集合臨出發前帶上了技術組的小眼鏡。早上五點，天光破曉，在監控室坐鎮的小眼鏡像是剛跑完一場馬拉松，喘氣地來電給譚輝。

「譚隊，死亡時間前後，死者囚室所在走道上的監視器都查過了——沒問題，沒被人動過手腳！」

「外面的，直對著囚室窗戶那面牆的呢？」

小眼鏡語速飛快地回答：「看過了，能拍到那面牆的只有監獄院牆西南角的那個監視器，但是它上個禮拜就壞了，據說是沒跑完採購流程，到現在一直沒換。我親自去看過設備，的確是年份太久，壽命到了。」

譚輝憤怒地低吼：「……這是監獄！壞的竟是監視器！這是多大的事情，有必要從頭批到尾，採購一個星期嗎？簡直就是怠忽職守！」

電話那邊，小眼鏡語氣變得很為難，「譚隊，這……」

譚輝掛了電話，就看見蓬頭垢面的典獄長一臉吃了死老鼠還吐不出來的表情，訕訕地解釋：「我們單位裡換大件的要我簽字，報採單送上來那幾天，碰巧我家裡有事就沒簽到，壓了兩天。」

你們監獄連續死了兩個人，我們外面的刑警忙到幾天幾夜不闔眼。你們的監視器壞了沒人管，做為監獄裡最大的長官，在這多事之秋說休幾天就休幾天，這口公家飯吃得可真舒服。雖然不是同一個體系，但按照級別來說，典獄長算是他的上級，出於對上級的尊重，譚隊長幾乎用光了這輩子的涵養，才把差點脫口而出的髒話吞了回去。

走道內監視器沒被動過手腳，可以看到代樂山出事前後，整條走道有獄警在規定時間裡巡邏，代樂山所在囚室前後兩道門從始至終沒人動過。房間未遭破壞，但是本該被關在裡面的人，卻匪夷所思地死在了外面。

譚輝幾乎是用掐人的力道在眉心狠狠按了幾下。凶手在挑戰警方的底線，光是這一點，就足夠讓在場所有人跟他一起暴怒。但更讓人無法忍受的是，直到現在，他們還在一步步被凶手牽著鼻子走。

正在這時，分派去調查首要嫌疑人梁炎東的任非和石昊文一起回來了，石昊文多少還有點敬畏之心，看著把他們老大圍在中間的監區長官，還在心裡盤算該怎麼靠近隊長。任非卻根本不在乎，兩隻手毫不客氣地在典獄長和監區長兩個壯碩的軀體間扒開一條縫，鑽了過去，「老大！」

他用的力氣不小，毫無準備的兩位長官被他拉得稍微一晃，不約而同地朝他看去。任非也在同時挑高了眉毛，火藥味十足地一眼看回去。大少爺眼裡對監區的不滿，準確地表達了他們全隊人此刻內心的想法。隨後任非開口，跟他們隊長彙報：「梁炎東有非常明確的不在場證明。案發期間他就在囚室裡，監獄警報響起時，室裡的人都被驚醒，相互都看見了對方，他們班的人都可以作證。而且，就監區『嚴密』的看守情況來說，他也不存在可以犯案的條件。」

任非故意把「嚴密」兩個字咬得很重，看見監區長官臉色有點發綠，才覺得稍稍出了口惡氣。

參與調查這起監獄連環殺人案的刑警們，對獄方早就有些不滿。在他們看來，錢祿死的時候，監區調查不夠仔細深入，認定為自殺而草草結案，導致屍體被家屬火化下葬，這也是致使他們後來辦案過程複雜化的直接原因之一。

而已經連續出了這麼幾起大事，監區戒嚴——說得好聽，任非心想。在監區戒嚴時，主要長官還有時間休息幾天回家辦事，根本就是把案子全推給了分局。分局上上下下這幾天跑斷了腿，而他們這邊倒是一點也不操心了。那也就算了，但你能善盡職責，少死個人，少給我們找麻煩嗎？

昌榕分局刑偵隊雖然人手不足，但在楊盛韜的統籌之下，譚輝帶著的這些人沒一個是吃閒飯的。也正是這個原因，任非進了他們隊，因為對刑事案件不敏感，加之急躁衝動又自作主張，有一段時間總是被李曉野吐槽是「神一般的豬隊友」。而任非從入職至今已經習慣了隊友們的雷厲風行，現在跟監區打交道，總算是有機會切身體驗一把「神一般的豬隊友」有多糟糕。

典獄長辯解：「監視器壞了沒及時採購，是我們監區的責任，事後我會向上級打報告申請處分。但是不能因為沒拍到一個畫面，就質疑我們監獄的看管問題。譚隊，你們也看見了，死囚室這邊雖然是十多年前的老房子，但是近兩年也翻修過，就連窗外的防護鋼條都是新換的。房內沒有遭到任何破壞，犯人卻莫名其妙從囚室跑到了外面……依我個人淺見，這跟監獄的看守實在沒有直接關聯。」

「等等，」譚輝忽然抬眼看了典獄長一眼，目光銳利得幾乎可以刺穿對方的皮膚，「你剛剛說什麼？」

典獄長差點被他一眼看傻了，幾乎是下意識地回答：「這跟監獄的看守沒直接關聯……」

「不是，上一句。」

「上一句？」典獄長往旁邊監區長的方向看了一眼，茫然地問：「我上一句說什麼了？」

監區長猶豫了一下才說：「你說囚犯莫名其妙跑到外面。」

「不對，再上一句。你說防護鋼條……」一瞬間，所有人的目光都不由自主地落到囚室內唯一的那扇窗戶！

窗戶內層的玻璃窗開著，外面那層鋼筋鐵條在逐漸亮起的陽光下閃著冰冷、銀色的金屬光澤，幾乎要刺傷眾人的眼睛。

「鋼條！」譚輝一聲斷喝，在場的幾個刑警精神一振，距離窗邊最近的老喬沒等他再發話，迅速戴上手套，在眾目睽睽下，兩步走到窗下，雙手小心地握住窗戶上的防護鋼筋，用力上下活動了幾下。

沒反應，鋼條完好無損，紋絲不動。

監區的長官們吊在喉嚨裡的那口氣終於舒了出來。

然而這口氣剛吐了一半，下一瞬，又不約而同地憋了回去！抓著鋼條檢查的老喬似乎發現不對勁之處。他收手凝神端詳了那幾根鋼條，緊接著，忽然又握住兩根鋼筋，竟徒手將兩根嶄新、手指粗細的鋼條，硬生生掰彎了！

眾人皆大驚失色。

典獄長用袖子在眼睛上胡亂蹭了好幾次，顫抖的手指著那扇窗戶，接著在驚愕中一甩頭，怒視監區長，「這、這是怎麼回事？」

被質問的監區長整個人都無言以對，瞪著喬巍手裡幾根彎曲的鋼條，因睡眠不足熬紅了的眼睛幾乎從眼眶裡凸出來，「我……我也不知道！這不可能啊！」

監區長說著再也忍不住了，大步上前想抓住被掰彎了的鋼條確認情況，手剛伸出一半，便被戴著手套的老喬毫不客氣地攔住。

極度震驚的監區長眼底湧著強烈的不安和焦躁，怒目瞪視抓住自己的刑警，老喬粗重雜亂的眉毛連動都沒動一下，「我們要保護現場。麻煩你，向後退。」

監區長覺得從剛才卡在喉嚨裡的一口氣快把自己憋死了。

看他壓著火又退了回去，老喬靠近窗戶，頭湊到鋼條旁邊，皺著鼻子仔細聞了聞。

「譚隊，」老喬退回來，戴著手套的手背揉了揉鼻子，「是強酸。」

監區長瞬間彷彿活見鬼一般驚叫：「開什麼玩笑，這個地方怎麼可能有強酸？」

沒人回答他。下一秒，譚輝的嗓門完全蓋住了他的尾音，在太陽終於完全躍出地平線的時刻，有條不紊地吩咐：「叫法醫組的人過來化驗鋼條上的殘存物質，看還能不能在上面找到指紋。」

譚輝說著，轉頭朝已經完全呆愣的典獄長點了點頭。儘管此刻事情在他們看來已經逐漸明朗，但他對長官說話時還是盡量克制，用比較耐心和客氣的語氣說：

「就目前所掌握的情況來看，我們有理由懷疑凶手是監獄內的公職人員。你是這邊的主掌，接下來還得麻煩你協調監區內部，協助我們調查。」

譚輝說完第一句話時，典獄長的臉色就已經完全變了。聽說鋼條被強酸腐蝕的時候，震驚過後還能勉強維持表面的不動聲色，可是當後面的話一聽完，自己莫名其妙地從監獄管理者變成了凶案嫌疑人，怒意最終從五味雜陳的情緒中翻湧而上。老獄長當即沉了臉，眉眼中帶著陰沉和犀利，「譚隊，你這是什麼意思？」

「現在所有證據都指向監區。無論是對監視器做手腳，或是在神不知鬼不覺中把穆彥帶到染池、在代樂山床上放置穆彥的囚服，還是腐蝕死囚室的鋼條——這些事情，我不說你也知道，就算管理再鬆懈，在獄管的眼皮底下，嫌犯也不可能做到這些。」譚輝又看了一眼彎曲得不像話的鋼條，胡雪莉已經帶著法醫組的人開始取證。「我需要你配合我們調取代樂山在監獄羈押期間的全部資料，尤其是最近兩個月中，他在獄中的人際關係、就醫紀錄、家屬接見細節等。也請你協助查查，給我們一份十五監區上到管理層，下到獄警管教、工人、廚師，穿四十三號鞋者的具體名單。另外，這三起案件的調查，為了避嫌，請監區這邊不要再參與。我現在就讓人去跑相關文件流程，最快今天下午就送來給你。」

典獄長雖然不悅，但既然警方已經把話挑明，他再不願意，也得配合調查。自己掌管的監獄裡出了內鬼、殺了人，他不查，不揪出藏匿在他們中間的凶手，對全監區的人都沒好處。

事情到了這地步，刑偵大隊的人已經對監獄這邊失去基本信任。譚輝三言兩語地把監區長官請出去，幾個人在小囚室仔仔細細搜了一圈。除了監獄統一配發的被褥衣物和生活物資，另外還從床尾地上找到一袋水果、三包真空包裝的香腸，床頭一件皺皺巴巴、滾邊都開了線的破爛黑背心，以及從床鋪中央地上直徑六公分的管道裡挖出來的一隻死老鼠。

任非把死老鼠扔在地上，十分嫌棄地脫了手套。哪怕是這樣，還是感覺捏了老鼠的兩根手指頭放在哪裡都不對，「床底下有一個排水管，應該是早年監獄改建時廢棄不用的，論粗細也只有這些老鼠能自由穿行。」他說到一半，忽然頓了一下。

他似乎想到了什麼，突然又彎腰拿起被自己扔在地上的手套，只見雪白手套上指尖的部分沾染了些許灰塵。

任非微微皺眉，在那隻被他扔開的死老鼠旁邊蹲下，又戴上手套，捏住死老鼠的尾巴把牠提了起來，「……老大，你說這隻老鼠是怎麼死的？」

任非就這麼提著老鼠，那小生物的屍體在他眼裡倒映出十分詭異的影子，「老鼠為什麼會死在管道口呢？監區就算放了滅鼠藥，也不可能放在牢裡。門從頭封到頂，老鼠也不可能從走廊進來。這房子剛翻新過，沒有什麼被老鼠打過的洞或能讓老鼠通過的縫隙……那床下的管道便可能是老鼠在外面和房間來去的唯一路徑。」

譚輝微微挑了下眉，「你在牠身上有什麼發現嗎？」

「沒有。」任非把老鼠的屍體又放回地上，用沒捏過老鼠的那隻手從口袋裡拿出手機，打開了手電筒，一束白亮的電光明晃晃地落在死老鼠身上，一種令人厭棄的感覺頓時襲來，「我只是覺得奇怪，如果老鼠是吃了滅鼠藥，怎麼剛好死在這裡？如果是自然死亡，死在管道口似乎不太符合這種生物的習性，而且……照理說排水管常年廢棄不用，裡面的積塵應該很厚才對。可是你們看，我在裡面掏了一圈，手套也沒怎麼弄髒。」說著又拿著手機往床底下晃了一下，「我再去看看。」

結果這一看不要緊，還真讓他「看」出了至關重要的可疑物品。

床底下，蜷著長臂長腿幾乎是跪趴在地的任非，發出一聲含糊不清的低罵，又向外面的石昊文要了一個證物袋。

等任非出來，所有人不約而同倒吸了口氣——袋裡裝了一卷被纏繞整齊的結實麻線，以及一個直徑大概四公分的褐色玻璃瓶。

老喬接過來，隔著證物袋握著藥瓶，戴著手套的手擰開了瓶蓋，湊近聞一下，神色當即為之一振，「這味道，恐怕跟腐蝕鋼條的是同一種東西。」

「從囚室裡搜到的藥瓶和鋼條上殘存的製劑是同一種物質，都是硝酸。麻線總長一六四·五公分，一端檢測出少量動物毛纖維殘留，我們對組織結構進行分析鑑別，初步確定屬於鼠類。鋼條表面採集到的不完整指紋，經過比對，可以確認是死者代樂山的。

「這是東林監獄沒翻新改造之前的排水管道圖紙。」任非放了投影，拿著筆在上面指指點點，「這裡是關代樂山的死囚室，當時室內如廁的地方應該在這裡，跟我們今天發現的廢棄排水管的位置可以相對應，而這條排水管通向監區外的一條小河道。」

他說著放了張河道現階段的圖片做對比。小河溝已經乾涸了，河床底部已雜草叢生，周圍環境十分荒涼，「在還沒開始進行環境整治前，這一排死囚室的生活廢水都是直接排到這條河道裡。當年河道周圍還未拆遷，居民對此常有抱怨，為此陳情過幾次，正好碰上全國開始重視環保，市政府撥了款，監區這邊才又重新更改管線。我按照比例尺計算了一下，如果圖紙和比例尺準確的話，從囚室到河道，實際距離正好是一百五十公尺，這跟狐狸姊說的麻線總長對得上。」

馬岩往自己的記錄本上掃了一眼，「另外，代樂山的家屬接見紀錄也查過了。從入獄到現在，多數都是他老婆帶著女兒一起來看他。但比較奇怪的是，近半年的探監都只有他老婆一個人來，女兒再也沒來過。」

譚輝把菸頭重重按在菸灰缸裡，當機立斷一拍桌子，「調查這半年來他的家庭情況，看看有沒有什麼變故，他女兒應該是個突破口。另外再去查清楚，他家裡祖上有沒有什麼人，當年曾參與過東林監獄的管道建設，或者能摸到施工圖紙的。」

說著，譚輝站起來，目光落在投影的那張圖紙上，微微勾了嘴角，帶著一丁點不明顯的嘲諷，語氣卻非常篤定，「代樂山八成不是被凶手弄到囚室外面的。他是想越獄！」

但他為什麼要越獄？

代樂山跟那些判了無期徒刑的獄友們不一樣。他一共只判了八年，好好表現申請減刑，甚至不到八年就能出獄。為什麼要冒著巨大的危險在刑期過了一半的時候，才開始計畫籌謀，非出去不可呢？

代樂山的妻子是一個有些市儈的女人。她個子不高，黝黑的臉上有著曬斑，手上皮膚粗糙皸裂，發黃的眸子旁皺紋遍布。雖然才剛四十歲，但歲月在她臉上毫不留情地刻下深深的痕跡，讓這個新寡婦看起來更加憔悴。

「我丈夫已經死了，你們還想怎麼樣？」偵訊室裡，女人散亂的碎髮讓她看起來十分狼狽，甚至有幾根髮梢黏在了嘴角，但她對此毫無知覺。她坐在陰暗的房間裡，並不怎麼害怕。沒等警方發問，她已經先開了口，帶著質問的語氣，眼睛看向警方時，透出某種怨念。

跟石昊文搭檔準備做筆錄的任非迎上這種眼神，彷彿被針刺了一下，手中的筆頓在原處。

「他越獄，有罪，罪該萬死……現在已經被你們殺了，還想怎麼樣？再逼死我們母女嗎？」女人恍恍惚惚地說著，忽然就神經質地笑了起來，彷彿是找到了一個困惑已久的答案，終於頓悟了一般，眼淚順著臉頰滑落，「也對。你們這些人，不是一向不給人留活路的嗎？」

當聽對方開口說到「越獄」時，任非和石昊文心裡頓時「咯噔」一聲，等她把話全說完，在場兩個刑警心中感覺簡直已不能用震驚來形容。

女人根本就沒打算隱瞞。她以為代樂山是在越獄過程中被獄方發現處置而亡。那麼，至少可以有兩件事能從她的話裡得到證實：第一，代樂山的確是越獄。囚室裡蹊蹺死亡的老鼠、麻線、空藥瓶，還有窗戶上被硝酸嚴重腐蝕的鋼條，都是代樂山的傑作。第二，代樂山的妻子是他越獄的同謀。

這個女人一定知道代樂山越獄的整個計畫，但是她不知道的是，代樂山不是死在獄警「執行公務」上，而是被未知的凶手殺害。

任非並不能忍受被人誤會。他一聽完就要開口跟女人解釋丈夫的死因，但剛一張口，轉念卻又住了嘴。在他旁邊，石昊文繃著臉剛要對女人闡明立場，卻被他一把按住了手背。

石昊文不明所以地擰著眉毛，一時間實在弄不清楚，旁邊這位不知什麼時候可能就會脫線一次的少爺，又在打什麼主意。但任非卻沒有看他，只微微地搖了頭，卻對代樂山的妻子說：「既然妳都知道了，那就老老實實把你們暗度陳倉的那些事都交代出來吧，也省得我們彼此糾纏，勞心費神。坦白從寬的原則還是有效的，妳老實認罪，我們幫妳爭取從輕發落。」

任非說著，乾脆放下筆，環抱著雙臂，腳尖著地往前蹬了一下，借力把椅子往後一推，凳子劃著水泥地面蹭出令人牙酸的聲響。他舒展了雙腿，癱坐在椅子上。

「誰稀罕你們的從輕發落？直接判我死刑吧！」彷彿被任非的話刺激到，原本失魂落魄的女人像是一下子活了過來，狠狠地瞪著任非，充滿敵意和仇恨的臉僵硬著，如同就要磨牙吮血一般，「老代已經在前面等著我了，反正活著沒得團聚，死了在黃泉下求個團圓，也算是圓滿！」

「妳是一心準備為亡夫殉葬了？我倒是無所謂。只是你們那個女兒滿倒楣的，小小年紀就沒了爸媽，親戚不願意接手，就只能放到孤兒院去了。」任非眼皮微微向上，嘴角略略翹起，帶著輕慢和嘲諷。

眼前的女人一看這副模樣，再聽完這番事不關己的話，整個人都要爆炸了。如果不是前面有張桌子擋著，任非毫不懷疑這個女人立刻就要一躍而起、抓他兩把洩恨了。「你少拿糖糖的情況來壓我！就因為她有病，快要活不下去了，你們就等著看笑話是不是？你們故意不讓老代出監探病去看看女兒，故意等著看好戲是不是？你們……你們還是人嗎？啊？別人的痛苦，讓你們覺得那麼高興嗎？你們都沒有妻兒家人，都沒有良心嗎？」說到最後，憔悴的女人已經聲淚俱下，她狠狠拍著面前那張小桌子，聲音在狹小的空間裡振聾發聵一般，轟得任非和石昊文同時僵在原地。

石昊文挺直著脖子，回頭僵硬地看了還癱在椅子上的搭檔一眼。

任非張張嘴，一時間，有點裝不下去了……恰巧這時手機震了一下，他拿出來掃了一眼。沒想到，竟然是一條如及時雨般的資訊。

刑偵隊辦公室的群組裡，出去調查代樂山家庭情況的李曉野發了一則簡短的文字：「半年前代樂山的女兒代糖糖被檢查出腦瘤，惡性的。一個半月前代樂山提出回家探視申請，獄方沒批准。」

過了幾秒，又一則資訊進來，還是李曉野傳的：

「代糖糖現在還躺在醫院，醫生說也就是這個禮拜的事了。小孩子滿可憐的。」

方才還裝痞子的任非拿著手機，忽然感覺一陣透不過氣的壓抑。他也不癱了，好好地坐起來，搬著椅子回到桌子前，好不容易才發出聲音，「代樂山越獄……是為了去看女兒？」

終於，對面的女人伏在桌上號啕大哭，「醫院已經發了病危通知，我女兒一共也沒剩幾天了！他這個當爸爸的，會不想去看看女兒，不去見她最後一面嗎？就這樣……就這樣你們都不准啊！你們都不准啊！老代的刑期剩下沒幾年了，要不是為了這個，誰會不要命地想越獄，你們以為我們想嗎？」

偵訊室裡，女人歇斯底里哭得上氣不接下氣，對面的兩個刑警連同窗外看著聽著的同事們，一同沉默了。

有關代樂山越獄的前因，都在女人斷斷續續發洩似的控訴裡，逐漸勾勒成形。

新學期的時候，代糖糖學校舉辦秋季運動會。她被老師、同學半推半就報名一千五百公尺比賽，但小女生平時連跑八百公尺都勉勉強強，去跑一千五百公尺，就是趕鴨子上架。

但是代糖糖並沒拒絕。因為爸爸是一個受刑犯，上高中後，代糖糖的性格越發內向、膽小、自卑，平時也沒什麼要好的朋友，還時常被一些男生捉弄。那次運動會，老師和班長說破嘴，也沒有哪個女生願意報名跑一千五百公尺，後來不知道哪個男生在後面惡作劇，喊了代糖糖的名字，結果他一喊，班裡許多人都跟著起鬨，就這樣把她硬推了上去。

跑就跑了，頂多拿不到什麼名次，最後再被班上那些好事者嘲笑一番，也要不了命。但是任誰都沒想到，代糖糖竟然昏倒在跑道上。

她被送到保健室，等代樂山的妻子火速趕到時，小女生已經醒了。校醫說，昏迷可能是賽前過度緊張和激烈運動的緣故，建議家長帶孩子到大醫院再仔細檢查一遍。

代樂山入獄前幫人算命、看風水、批八字，多多少少賺了點錢留給她們母女。代糖糖的媽媽在果菜市場批發蔬菜，工作雖然辛苦，但是賺得也不算少，家裡雖然少了個支柱，經濟情況整體還算不錯。

聽完校醫的建議，糖糖媽媽立即就要帶女兒去檢查，可是代糖糖不肯去。她因為怕打針，說什麼也不去，所以運動會之後只請假在家休息了一天，然後就照常上學。

但從那時開始，代糖糖總是時不時地說頭痛。起初母女兩人也沒太在意，都以為只是讀書用腦過度的關係。糖糖媽媽開始特意換著花樣，幫女兒補充營養，然而代糖糖的頭卻痛得越來越厲害。

就這樣，一直拖延到期末考試前夕。代糖糖頭痛得終於再也受不了，由媽媽帶著她去了醫院。

農曆臘月二十七，家家準備著即將團圓喜慶過新年的日子，糖糖媽媽拿到了一紙核磁共振檢查報告單：「腦瘤，惡性」。

大街小巷上張燈結綵，家家戶戶燃放鞭炮，煙火在天邊炸出五顏六色彩光的時刻，代家的天卻塌了下來。

代糖糖的病情已經耽誤，診斷出來第二天就被要求立即住院治療。媽媽瞞不住敏感的女兒，一邊開導孩子，夜以繼日地守著，拿出全部積蓄幫女兒治病，一邊強顏歡笑地照例在每個月的家屬接見日探望代樂山。

那個女人真是堅強，她怕代樂山無法出獄鬧出問題，同時也對女兒的病情抱有一絲僥倖，面對代樂山一次次追問女兒沒來的原因，都用課業太忙隨口搪塞了過去。

她裝得很像，就這樣隱瞞了將近半年。在這個過程中，她用光了家裡所有存款，賣了房子，又跟親朋好友借了錢，湊足手術費用，一個人擔下女兒開顱手術的一切煎熬和痛苦。

還好，醫生說手術很成功。有一段時間，代糖糖的術後反應非常良好，她幾乎就要相信老天爺真的開眼了，可是沒過多久，病情忽然急轉直下。

就在一個半月前，醫生遺憾地發了代糖糖的病危通知單。拿到通知單，糖糖媽媽再也撐不下去了。但因為守著女兒，她無法哭泣脆弱。炎熱的大夏天，她穿著黑褲子，指甲在大腿皮膚上硬生生抓出數道深深的血痕，卻絲毫感覺不到疼痛。

這是女兒最後的日子了，她再也不能瞞著丈夫。所以她找醫生開了診斷證明，申請了監獄的特批，在非家屬接見的日子，面對面地把女兒的實際情況告訴了代樂山。

那個時候，因為孩子的病情而申請特批的接見還非常順利。所以當她再次用同樣的理由跟代樂山見面時，怎麼也沒想到，涕淚縱橫的丈夫竟會說，回家探視的申請石沉大海了。

孩子很堅強，也許是為了撐著最後一口氣再見爸爸一面，兩個星期以來，三次從死亡邊緣被搶救回來，靠著維生機和每天從早打到晚的各類藥品點滴對抗死神。

探視申請未批示，想到時間越來越少的孩子，夫妻兩人完全慌了手腳。慌亂之下，代樂山輾轉難眠，在每個不能成眠的夜裡，一遍遍地回憶著跟女兒在一起的每一個細節，然後，他想到了曾經陪女兒看過的那個故事。那是從一本名叫《世界推理小說大全》的盜版書裡看到的，至今他還記得那個故事的名字，叫《逃出十三號牢房》。

在什麼工具都沒有的情況下，怎麼從守衛森嚴的牢房逃出去？

故事裡，主角利用了硝酸、棉線、布片、錢和老鼠。最重要的是，需要單人獨處的囚室，並且裡面必須有一根能通往外界的乾燥排水管。

主角逮住一隻老鼠，把寫好字的布片和夠長的線纏在牠身上，將牠放在廢棄管道入口，老鼠受驚必會選擇一條能逃脫的路，就會將線帶到監獄外管道另一端。等到有人看見，再用金錢誘導得到布片的人，按照其上地址幫他尋找外援、獲得更多酬勞，接著外援再按照他的要求，將硝酸綁在繩子的另一端，讓他拉進囚室，其後便用硝酸腐蝕鋼管、掰彎後，從窗戶鑽出去，再扳直鋼管，神不知鬼不覺地逃脫。

他心想，也許某些細節在這所監獄裡完全可以複製。在束手無策的焦急之下，代樂山決定鋌而走險。

他比故事的主角擁有更多優勢。代樂山的岳父是一個老工頭，曾參與過多年前東林監獄的管道鋪建。記得老丈人以前就當他的面吐槽過，當年監獄臨河最近的那排囚室，為了省事省錢省材料，日常廢水的排放口都開在了後面的河道裡。

有了這個主意，代樂山如同熱鍋上的螞蟻熬過了幾天，終於迎來每個月一次的家屬接見。

他坐在接見樓的二樓，告訴妻子這個想法。彼時糖糖媽媽也已處於頭腦完全不清醒的狀態，也豁了出去，連規勸都沒有，就跟代樂山一起犯了罪。

家屬接見日後沒幾天，糖糖媽媽到監獄送了一些吃食用品和內衣褲給丈夫。外面的東西要帶進裡面必須經過檢查。糖糖媽媽知道，所以不敢夾放違禁品，而是買了一件黑背心，小心翼翼地拆開滾邊，貼著滾邊埋進極細的麻線，來來回回放了數圈之後，又按照原來的針腳，一針一線地把滾邊縫妥。為了不被發現，做好這些之後，又把背心下水洗了一遍。

有了線，其他事情就容易解決。只要再想個辦法，讓獄警把自己關進那排管道跟河道相連通的囚室就可以。

起初他們也不知道這一番計畫究竟有沒有把握，一切都是死馬當成活馬醫，只得勉強一試，碰碰運氣。

沒想到事情竟進展得十分順利。彷彿是老天爺故意捉弄人，在極度的絕望之中，偏偏又留了一道讓人忍不住想要抓住、無論如何也捨不得放手的微弱亮光。

按照代樂山妻子供稱，代樂山是怎麼做到的，她並不知道。她只是按照代樂山的吩咐，在一個星期過後，請爸媽晚上幫忙看護孩子，自己每天固定在凌晨一點之後，按照她父親憑著記憶繪製的圖紙，帶著一瓶裝好的硝酸，在道上的排水口等老鼠。

當年那一片囚室所有的生活廢水皆由這個排水口流入河中，所以排水口較大，她怕一不小心老鼠就從眼前跑走，所以那些日子一直站在排水管前，連眼睛也不敢眨。

直到一個星期前的一天，她抓住了那隻老鼠，被毒蚊子叮滿大包的雙手，緊張而劇烈顫抖著，將那瓶硝酸牢牢綁在從老鼠身上取下來的繩子。然後，那瓶硝酸果真就這麼被代樂山拉進了囚室。後來代樂山都經歷了什麼事，她就完全不知道了。哪怕她拿著糖糖又一次的病危通知去求特批求見面，也仍未獲得核准。

再有消息時，便是被通知，丈夫已死在了獄中。

13 開口

任非和石昊文從偵詢室裡出來時，心裡彷彿都壓了塊重如千鈞的大石，讓他們透不過氣來。

誰也沒想到，代樂山死亡的背後竟隱藏著這麼一樁令人唏噓的故事。

直系親屬病危，如果犯人的情況符合特許探親的條件，是可以獲准回家探望的。既然糖糖媽媽帶著女兒的診斷證明申請特批的接見可以通過，那麼有什麼理由一直不批准代樂山回家探視的申請呢？

代樂山越獄之後立刻被殺害，是凶手明知他有此行動，故意守株待兔，還是說這只是一個巧合，凶手「順手」殺了他？

代樂山的死亡特徵與前兩名死者錢祿和穆彥完全不同，他也不是強姦犯，因此任非之前做過的「凶手不是只殺強姦犯，而是他的死亡名單中，恰巧有人因強姦罪而入獄」的推測，就是正確的。

還有一點……殺害代樂山的凶手既然偷了梁炎東的筆，動機又是什麼？殺人嫁禍？

案發當時不是活動時間，每個囚室都牢門緊鎖，凶手不可能不知道梁炎東此時會有非常明確的不在場證明。

而且，按照梁炎東的說法，上次監獄有人企圖勒死他未得逞。事後獄管調查監視器，都說是梁炎東自導自演搞的鬼，那件事被說成「梁炎東自殺未遂」。那麼對凶手而言，一擊不中，所以籌劃第二次，打算利用梁炎東的筆殺死本人，再製造成自殺的假象，也是很有可能的。

無須任非跟老大彙報審訊結果，兢兢業業、勤勤懇懇的石昊文從偵詢室出來，就追著譚輝跑了。任非腦子裡胡亂一遍遍播放電影似的，回憶著這幾天發生的所有事情，偶爾那麼一、兩個念頭從腦中一閃而過，他一邊低頭用手機飛快記錄下這些乍現的靈感和想法，以防說不定何時就會遺忘，一邊被腿部記憶指引，沒魂似地走向辦公室。

還沒進門，手機就響了，是關洋。電話來得正好，他不打來，任非也想著待會要打過去。

「我聽說你們調取代樂山的探視紀錄了？」

如果不是上學時就認識關洋，太了解這小子的為人，這種急切的口氣非讓任非將他歸類到嫌疑人行列不可。但是任非知道，關洋這個人的行事作風就如印在田字格裡的字，太循規蹈矩了。殺人？借他八百個膽子也不敢。

「嗯。」不過即便了解，任非還是生氣。任非知道關洋是代樂山所在二班的獄管，犯人提的要求都是從關洋這裡往上報，對他們監區的不良印象導致他對關洋的態度也起了變化。任非尾音下沉，硬生生擠出了一個十分不滿的腔調，「怎麼樣，那個出監探視的申請是被你扣下的？」

「……你別亂說啊，我是好心好意當知情人來跟你彙報情況。」

任少爺從鼻子裡「哼哼」一聲，眼睛卻亮了，「坦白從寬，朕恕你無罪。」

「我手上總共就管這兩個班，所以他們每個人的情況，我都很清楚。代樂山家裡的狀況太特殊了，回家探視的申請還是我指導他寫的。」

「是你親手交給長官的？」

「對。我親手交給穆副。中間一直沒回覆，我還追問過幾次。最開始穆副說上面的長官還沒回覆，後來再問，他說上頭還沒批。」

任非沉吟了一下，「那你知道申請流程最後走到哪裡了嗎？」

「我不知道，穆副是我的直屬長官，他說沒批，我也不方便再往下問啊……」關洋知無不言，但最終代樂山那個申請書到底怎麼回事，依舊不清不楚。

說完正事，兩人又隨隨便便聊了幾句沒用的，也算是緩緩精神、清清腦子。不過沒說上幾句，任非手機就又有電話進來。是譚輝打來的，只是發話的人居然變成楊盛韜，「任非啊，我跟你們譚隊借了人，你先放下手頭的工作，跟我到監獄走一趟。」

✦

任非坐在車上的時候還是傻的。他坐在副駕駛座上欲言又止，往後瞄了一眼，然而老局長完全沒有會意，只在後座自顧自地問：「前陣子，你私底下跟梁炎東見面的情況，跟我詳細說說。」

「哦……啊？」任非直覺地回答，可是等到明白過來，就乾脆扒著副駕駛座的靠背，半個身子都扭向後座，「楊局，好好的，你怎麼想起來問這件事？上次我去找你的時候，你不是視他如洪水猛獸嗎？」

楊盛韜沒說話，似乎有心事，有著厚重魚尾紋的眼角垂下來，散發一種非常嚴肅、不怒自威的氣場。

那氣場十分鎮得住任非這隻不服管教的猴子，所以任非揉了揉鼻子，從頭到尾把當時的情況跟老局長一五一十說了一遍。

楊盛韜一言不發地聽完，車子等了一個紅燈之後，才訝然問：「失語症？梁炎東成了啞巴？」

「嗯。」任非身子扭累了，也不管什麼在長官面前得不得體，便轉回去靠在椅背上，自顧自地點了點頭，「嗯，幾次交流，他都是用寫的。要不然，也不會在囚室裡留了枝筆……最後還成了凶器。」

經任非前前後後這樣一說，對於梁炎東為什麼會突然向審訊的刑警提出要見自己，楊盛韜心裡也就大概有了個底——監獄殺人案已經威脅到他了，無法再獨善其身，所以他選擇用這種方式自救。梁炎東對誰都不信任，所以向審訊的員警傳達，希望能見楊盛韜一面。

而對於梁炎東的請求，其實楊盛韜可以不應，但卻又不能不來。之所以可以不應，那是因為「理」；至於不能不來……則是因為「情」。

為了提防待會那個滿腹都是鬼心眼的混帳耍心思，楊盛韜臨時把任非帶了過來。古語說：「知己知彼，百戰不殆。」任非大概是這三年來，警察系統中唯一跟梁炎東打過交道的員警。從任非的嘴裡，他能對過了三年獄中生活的梁炎東有大致的了解。

可是楊盛韜再怎麼也沒想到，梁炎東竟然失語了？那個當年在法庭上舌粲蓮花，憑著一張嘴利救過多少冤屈被告人的梁炎東，因為入獄而不堪打擊，精神上受到了極大的刺激，所以把自己憋成啞巴了？

開玩笑，這怎麼可能。

✦

楊盛韜臨時借了監區長的辦公室。

警方懷疑十五監區內部管理人員參與犯罪，市裡正式的批文已經下來，十五監區相干人等都要配合警方調查，尤其像副監區長穆雪剛這類跟死者有重要關聯的人，為了避嫌，這幾天都沒來上班。

辦公區的走廊內，幾間辦公室門鎖著，顯得冷冷清清。雖是如此，楊盛韜還是讓任非和另外帶過來的兩個人留守在辦公室外。

梁炎東被獄警帶過來的時候，就看見任非倚在外牆護欄上，嘴裡咬著沒點火的香菸濾嘴，像隻剛長牙的小老鼠似的，反反覆覆地磨咬。

任非顯然也看見梁炎東了，那彷彿漫不經心卻讓人無法忽視的眼神，從自己身上一晃而過，似乎怔了一下。梁炎東快進門前，任非攔住了他。

梁炎東隨著任非的動作微微偏了頭，任非叼著菸在身上摸了一把，翻出一個菸盒，連同打火機一起遞給戴著手銬的男人。

這個動作，倒讓梁炎東微感詫異，輕輕挑了眉。

任非取下嘴裡濾嘴快咬爛了的菸，朝梁炎東十分熟稔又不甚在意地勾了嘴角，「你會犯菸癮吧？拿著吧，楊局戒菸呢，你向他要，絕對要不到。」

任非帶了點故意不把自己當正經人的痞氣，看梁炎東的眼神是平等對待，沒有把他當成犯人。梁炎東微微撩起的眼皮，從任非臉上看向手裡的菸盒，伸手接過，朝任非點了點頭，開門進去了。

在他身後，送人過來的王管冷眼看著，上下打量了任非一眼，「老弟跟梁炎東滿熟的？」

「是啊，審案子審出了感情。」任非故意噁心人，皮笑肉不笑地從同事那裡又借了火，終於點燃那根快嚼碎了的菸，抽了一口再漫不經心地補一句：「不過，可當不起王管你的一句『老弟』，我跟你不熟。」

梁炎東嘴角微微抽了抽，回身關上門，把任非的嘲諷和擠兌關在門外，再轉身，看到楊盛韜坐在離辦公桌不遠的沙發上，不動聲色地看著他。

老局長表情深沉，嚴肅中透出一絲審視，那微微下垂的嘴角醞釀出明顯的怒氣，此刻正因為梁炎東的出現而越演越烈。

梁炎東走到楊盛韜跟前，隔著桌子，對他微微欠了欠身，抬眼時，既不是面對審訊刑警的冷淡漠然，也非跟獄警周旋時的含蓄隱忍。他幾乎收斂起全身的氣場，那沉靜謙和的臉色，是晚輩對待師長的態度。

楊盛韜冷眼看著他，「說，還是寫。」

梁炎東的眼神落到茶几上那個事先準備好的筆記本。

有一瞬間，老局長的表情十分複雜，「真的啞了？進監獄受了刺激，連話都說不出來了？」

梁炎東站在原地，沒點頭也沒搖頭，眼神落在紙筆上再也沒移動。一直在等他回應的楊盛韜見對方並未否認，立刻反應過來其中內情。

在法庭上跟人唇槍舌劍，為了搜證據、套口供，嘴裡跑過的火車圍起來能繞地球三圈的梁炎東，有一個不為人知的習慣，正是不會對信任的人說謊。有些事情真的問到了關鍵點，若是無法透露，他便會沉默以對。所以當他沉默時，基本上可以等同於默認。

就是這個「默認」，惹得年過半百的老先生一下子怒火中燒。這幾年，楊盛韜都沒跟梁炎東見過面，當初梁炎東姦殺幼女，當庭親口認罪伏法，楊盛韜得到消息時，恨得摔碎了那個使用多年的寶貝紫砂壺。此刻被梁炎東一激，這幾年壓在心中的怒火盡數爆發，雷霆一怒之下，老局長一掌拍在桌上，「哐噹」一聲悶響，監區長擺在桌上的小茶盤都跟著抖了幾下，「沒啞就給老子說人話！裝神弄鬼的找什麼死！」

梁炎東苦笑著搖搖頭。他早就料定既然求了楊盛韜過來，有些事情今天一定無法再隱瞞。而這是監區長的辦公室，沒有監視器，外面有分局的人守著，不會被監聽……

站在茶几前的男人舔了一下乾燥的嘴唇，張了張嘴——實在是太久沒出過動靜了，試圖發聲的那一刻，竟真的有一種失語之人重新嘗試開口時難以形容的緊張。聲帶摩擦，氣流淺淺滑過喉嚨，梁炎東甚至感到喉嚨口無端一陣乾渴，閉了閉眼睛，又抿了嘴唇，半晌後，終於用十分滯澀的聲音和極度生硬的語調，說了入獄三年以來的第一句話：「老……師。」

跟楊盛韜印象裡的聲線截然不同，眼前說話的人宛如在開口前先吃了一把沙子，實在難聽得很。他本以為梁炎東的「失語症」只是做給別人看，現在看來，倒真的是把自己當成啞巴，在這裡蹲了三年。

老先生臉色稍緩，慢慢吸了口氣，「為什麼？」

「……有人不想讓我開口。我這張嘴有多不讓人……喜歡，老師應該是知道的。」

即使當年梁炎東名聲斐然時，也罕有人知道，昌榕分局的分局長楊盛韜和他有交情。

梁炎東在推理和心理學上天賦異稟。正因此，上大學那時，他的老師蕭紹華是真正把他當成得意門生教導。入獄前，梁炎東和蕭紹華的關係一直非常好，而楊盛韜則是蕭紹華大學同窗四年的好兄弟。

梁炎東剛畢業，蕭紹華第一次引薦得意弟子給楊盛韜時，開口對梁炎東說的就是「這是你楊老師」，梁炎東也從那時起，便尊稱楊盛韜「老師」至今。

既已卸下偽裝的面具，在楊盛韜面前也沒什麼好再隱藏，梁炎東兩步轉到楊盛韜身邊坐下，「活著不閉嘴，會死得更快。」

梁炎東那態度壓根沒把自己當一個犯人，如果不是身上的囚服和手銬，言談舉止便有如當年在蕭紹華家陪楊盛韜喝茶一般。楊盛韜睇著眸子，訓斥的話到嘴邊又嗤了回去，從鼻子裡「哼」了一聲，「你怕被威脅？」

梁炎東盯著手裡的菸盒，「我怕死。」

楊盛韜若有所思地看了他一眼。

果然，梁炎東頓了頓，又用那格外艱澀的語氣補了一句：「要不是門外那小子給我惹了麻煩，我也不會找你。」

「你們的事，任非都跟我說了。上次那案子了結之後，他帶了你的減刑申請來找我，被我罵一頓攆出去了。」楊盛韜說：「你也不必怪他。要不是你想減刑，憑他來說兩句，你就跟著摻和進來？」

「……我沒想出去。」

他不這麼說還好，對話至此，楊盛韜一下子想起梁炎東身上背著的那樁案子，遂從鼻子裡又重重「哼」了一聲，「終身受刑，為當年死在你手裡的那個女孩贖罪？」

梁炎東將手臂拄在兩條大長腿上，弓著身子沒吭聲。那模樣活似一頭受傷的獅子，全然不見往日威風，渾身上下的氣息都透露著顯而易見的壓抑和忍耐。

從當年出事至今，親朋好友多少人都想聽梁炎東親口訴說身上這起案件的真相原委，但是三年了，從閉口不言那一刻起，任誰也沒能掰開他的嘴。梁炎東親手把自己推到了一個孤立無援的境地。

現在忽然被楊盛韜提起，彷彿被揭開隱蔽的舊傷，一瞬間竟讓他無所適從。

若是曾經親近而敬重的人對你所犯暴行、所負罪孽，未有絲毫懷疑，全盤相信判決書上寫明的一切，你該如何是好？

還能怎麼辦？反正，我蹲在這裡，就是為了活成別人眼裡的那個人。

沉默一陣後，梁炎東緩過神來。他不想在這件事上多做解釋、跟人討論，也不想幫自己開脫，只是隨口換了個話題：「蕭老師，他……還好吧？」

「不好。」楊盛韜迎著梁炎東倏然轉頭看過來的目光，嘆了口氣，「半年前突發心肌梗塞，過世了。」

這句話就像扔了一顆地雷，「轟」的一聲在身邊炸開，梁炎東一向冷靜的大腦幾乎停擺。

他的老師，蕭紹華，半年前，心肌梗塞，過世了。

梁炎東活至今日，生命中大部分時間都在跟死亡打交道。不只是刑事案件，還包括多年前送走雙親，但沒有任何一次面對死亡的心情，能與此刻得知蕭紹華的死訊相提並論。

震驚、難以置信、沉痛、悼念之外，六神無主的心悸感幾乎一剎那將他從頭到腳，密不透風地包裹住。

他在監獄蹲了三年，從未害怕過什麼。自始至終，都非常清楚自己怎麼來到這裡，在這裡要做什麼，也有十足的把握，等到時機成熟的那一天，能毫髮無傷、堂堂正正地從這裡走出去。

這一切的把握，都是因為監獄外有一個從未探過他的監，卻未曾動搖對他的信任的授業恩師，蕭紹華。

認罪之前，梁炎東曾把底牌交給了蕭老師，那是他身上背負案件的關鍵性證據，是未來他想從監獄裡離開時，為自己翻盤的最關鍵事物。

可是現在蕭老師突然過世了，那麼……他放在蕭老師那裡的東西呢？再者，蕭老師身體一向健朗，怎麼會突然就……有沒有人在暗中搞鬼？真的是心肌梗塞，還是他殺？

梁炎東並非怕事的人，但那一刻，簡直不敢再往下想。他失神地緊緊盯著楊盛韜，震驚、悲慟和更深層的憤怒、茫然從眼底透出，看得楊盛韜嘆了口氣。

「我知道你想問什麼。」楊盛韜搖搖頭，說著轉過臉，忍不住又嘆一口氣，「不是謀殺，只是一場……意外。事後我親自去出事地點查看過，也找人幫老蕭做過驗屍，沒有疑點。」

不知從何時開始，梁炎東已經坐直了身子，「那怎麼突然……」

「去年年底的時候，老蕭的女兒和女婿鬧離婚，後來乾脆分居了。臨近小年夜時，老蕭就想著快過年了，趕快讓這件事落幕，還能好好過個年。他就背著小夫妻，以自己的名義約了雙方出來。誰知在飯桌上，夫妻兩人又是一場雞飛狗跳，女婿當即離席，女兒還在飯桌上數落他一頓。你也知道，你蕭老師只有一個蘸碟的酒量，結果那天就失控了。女兒數落完就離開，所以也沒人說得清他究竟喝了多少，他喝完就騎自行車回家，結果在回家的路上就……」

梁炎東半晌說不出話來。說不清是什麼堵在喉嚨，讓他無法呼吸，硬生生憋紅了眼。他有些急切地彎腰摸起一根菸點上，深深吸了一口，憋了很長時間，直到尼古丁的氣息似乎把所有感官都麻痺了，才重重吐出卡在胸腔的滿滿濁氣。

梁炎東不說話，楊盛韜也不出聲，就這麼看著他把一根菸抽得只剩菸蒂，看著他紅著眼眶強迫自己一點一點冷靜下來，終於，梁炎東慢慢開了口：「蕭老師的遺物，都怎麼處理了？」

「……啊？」楊盛韜怎樣也沒想到他竟然會問這個，怔了一下才答：「老蕭的房子聽說是賣了。至於房子裡的老東西什麼的，我還真的不知道，不過大概也都是該扔就扔、該燒就燒了。老蕭最值錢的就是那幾櫃書，但是他女兒不是愛書人，怎麼處理，誰知道？你問這個幹什麼？」

梁炎東沉默不語，又掏了根菸點上。

✦

辦公室裡的人一根接一根地抽菸，辦公室外面，把菸奉獻出去的人百無聊賴，在大熱天底下灌著冰水降火。

任非腸胃不太好，喝多了冰涼的水就想上廁所，他找了監獄的人詢問廁所位置，按照對方所指前往北角那個獨立的洗手間，腦子裡亂七八糟地想著這幾天發生的事。

也不知道楊局跟梁炎東在裡面都說了什麼。任非隨手拉開隔間的門，一邊暗自嘀咕，一邊解開褲子準備蹲下去，可是這一連串動作卻在中間頓住了，天光直射……蹲廁所就像在露天廣場裸奔的感覺，這是怎麼回事？

任非一下子站起來，下意識地順著陽光的方向往後看，廁所隔間上方一扇大型的通風窗敞開著，陽光透過窗戶，正巧落在他這個位子上，將這塊地方照得發亮。

「媽呀……男廁就能大開窗戶嗎……」任非回身準備拉上窗戶，但他伸手的時候，眼角餘光卻瞄到了一個不起眼的東西。

他看到了一塊被夾在窗戶縫隙上的小碎布。灰色的，三角形，小指指甲大小，邊緣不齊，像是被窗戶的合金邊框鉤下來的。

這個洗手間就位於辦公區北角。穆彥也是在北角的廁所失蹤的。

任非看著那塊破布，想起之前胡雪莉拿著穆彥的囚服跟他們說的話，「你們看，這裡因為曾刮蹭，不僅鉤了線、導致布料抽在一起，而且還缺了一塊布。應該是凶手在拖拉穆彥的時候，造成後背傷的利物同時鉤壞了囚服。」

「我靠！」任非猛地一震，摸出一包面紙，把裡面的紙張全挖出來，拿一張墊在手上，捏起那塊夾在窗縫裡的碎布，小心地放進空出來的面紙袋裡。

怪不得當初來搜查現場的那組人沒找到可疑物，才這麼點大的東西，又卡在窗縫裡，實在太難發現。幸虧自己有強迫症，不習慣在光天化日下蹲廁所。

這下任非連上廁所的念頭都沒了，揣著那片碎布，又仔仔細細看一遍這個隔間，又在各個隔間裡轉一圈，再沒什麼發現後才轉身洗手，繞著洗手間又轉了一圈，往樓上走去。

如果說這塊布跟穆彥囚服上缺少的那塊吻合，那便可以證明，穆彥就是從剛才那個通風窗被人撈出去的。洗手間周圍沒有監視器，後面有一條不算寬敞的水泥路，不知通往何處。他必須盡快跟譚隊彙報，還要盡早把布片送去給狐狸姊。

任非邊走邊琢磨要不要先跟樓上同事說一聲，自己先回局裡。可是剛上樓，還沒等他開口，同事就把他往門邊推了一把，「楊局在找你呢，要你回來了就進去。」

任非意外地皺了皺眉，「找我？找我幹什麼？」話雖這麼說，還是抬手敲響了門。

✦

楊盛韜根本沒想到，梁炎東會主動提出要幫忙查案。

他詢問蕭紹華的事情、遺物如何處理，問完後就直接跟老楊提了條件，「楊老師，我們來做個交易吧。這個案子，如果我能找到關鍵線索，協助你們破了案，門外站著的那小子上次欠我的減刑申請，你幫他還了，怎麼樣？」

此話一出，楊盛韜擰起眉毛，瞪著梁炎東。

以他對梁炎東的了解，對方突然說起什麼絕非無緣無故，所有「臨時起意」的背後，都有一個非常明確的目的，比如詢問蕭紹華遺物的去向，比如突然說起這個交易。

兩者之間絕對存有關聯。楊盛韜猜測，一定是蕭紹華的遺物裡，有什麼梁炎東特別在意的東西，現在卻不知去向，所以他忽然改變了要長久蹲守監獄的決定。

桌上菸灰缸裡已有好幾根菸頭，整個辦公室以梁炎東為中心，瀰漫著一陣濃濃的煙霧，楊局抬手奪過梁炎東手裡的菸掐熄，話說得非常不客氣，「三年過去了，你還以為警方離了你就破不了案了？」

「楊老師，我真的沒這麼想。」他無意識地舔了乾燥的嘴角，「但是有我的話，破案的速度會更快些，畢竟我就在這座監獄裡。你也知道，這個案子沒辦法再拖延，遲了，不僅會驚動更高層，而且還有人會死——也許是別人，也許是我。」

「你是覺得有人要殺你，所以才找我來？」

「原本是這樣。請你過來，就是想讓你幫我從這件事裡脫身。」

楊盛韜的表情很嚴肅，「現在為什麼又變了？」

梁炎東垂下眼皮，「因為突然明白，無論怎麼躲，我也無法自保了。」看楊盛韜沒說話，等了等，他嘆了口氣，「楊老師，當年我的那個案子，蕭老師一直是相信我的。」

梁炎東說這些話的時候，語氣十分平靜，微微低著頭，半邊臉隱在窗外陽光落下的陰影裡，整個人介於明與暗之間，被襯得如同一幅沒有絲毫生氣的肖像畫。

楊盛韜依舊沒說話，瞇著眼睛，不放過梁炎東身上任何一個微小的動作細節。他以為梁炎東會說出當年那個案子的真相，可是並沒有等到。

良久後，梁炎東才抬起頭，表情是那種他身上極為罕見、鄭重其事的期盼，「現在換成了你，你的態度呢？能不能信任我？」

楊盛韜捫心自問，這幾年拒絕接觸所有關於梁炎東的資訊，一切的一切，都是因為難以置信。他不敢想像梁炎東這樣的人能做出那麼畜生的事情，所以當梁炎東當庭對犯罪事實供認不諱時，自己才會惱怒得無以復加，認為對方辜負了自己的信賴。雖是不敢置信，卻因梁炎東的親口認罪，還是相信了。

楊盛韜覺得，如果現在梁炎東願意對他和盤托出，他不會對這個人的言語有所懷疑，可是偏偏對方又一副咬死了不肯說的態度。

什麼都不說，只問你相不相信。憑什麼相信？憑老友蕭紹華就要信？

楊盛韜有點啼笑皆非。他活了半百年記，還沒做過這麼沒道理的事。

好吧，就憑蕭紹華相信——他清楚蕭紹華是什麼樣的人，在一定程度上……也非常了解眼前的這個混帳小子。

但他還是不願意說出「相信」這兩個字，自己內心的判斷是一回事，當面回答梁炎東，又是另一回事。

所以楊盛韜從鼻子裡「哼」了一聲時，帶有非常明顯的拒絕意味。

然而在楊盛韜觀察梁炎東的同時，梁炎東也在看著對方。每一個細微的表情，每一點細微的反應，落在這個被監獄困了三年的男人眼裡，依然是那些了然於心的密碼，能夠讓他找到最真實的答案。

梁炎東以相當懇切的姿態和語氣繼續說：「楊老師，當年的案子是怎麼回事，我為什麼會在這裡，等事情了結後，我一定會一五一十跟你說明……但不是現在，現在我不能說。」

楊盛韜看著他冷笑一聲，「真不愧是老蕭教出來的徒弟，跟他同一個德行！」

這是楊局準備發火的前兆，梁炎東賠了個笑容，不再出聲。

過了一會，楊盛韜消化了那股火氣，才問他：「有期徒刑十五年？」

梁炎東點點頭。

重大立功表現，從無期徒刑減成有期徒刑十五年，這就算是到底了。

楊盛韜吸了口氣，「就算你在這個案子裡立了功，減了刑期，也最少還要在這裡待十二年。你也知道，這是律法規定，天王老子也改不了。」

「看你想不想給我機會，」梁炎東笑了一下，「能翻案，也就不必繼續服刑了。」

楊盛韜剛端起茶杯，聽見後面的話，又把杯子重重擱回了桌上，「你究竟在想什麼？要是有把握翻案，當年認什麼罪？」

梁炎東收了笑，「我沒把握。為今之計……只是，走一步算一步。」

✦

二人談話的最後，楊局還是跟走一步算一步的囚犯做了交易。

東林監獄這個案子必須盡快偵破，除了案情棘手外，上級施加的壓力也非常大。此外，從現在這個案情走向來看，梁炎東的簽字筆成了凶器，同時他又遭受過襲擊，楊盛韜也擔心梁炎東在這裡真的會出什麼事。要是他真出了事，老蕭泉下有知，自己無法交代。

為了破案，譚輝那頭幾乎忙得不眠不休，他知道刑偵隊那邊的情況並非毫無頭緒，而是東西太多。一個個線索，十分零碎，要逐一調查逐一過濾，但是難以整合，並且翻不出重點。

楊盛韜相信譚輝的能力，也相信整個刑偵隊的能力，只是要從當中挖出真正有用的線索，的確需要時間，而現今恰恰最缺的就是時間。

梁炎東在這所監獄裡蹲了三年，了解這裡的一切，對每個獄友都很熟悉，在一定程度上，有梁炎東的協助，的確能有所幫助，讓辦案事半功倍。

楊盛韜點了頭。

跟楊盛韜這個面見得不易，梁炎東也沒耽誤，接著就開始了解警方已知的全部線索和進展。

「按照現在這個情況，就算是我出面，也不能明著把你從嫌疑人變成協助辦案的角色。卷宗是無法給你看了，我找個人來跟你詳細說一下吧。」楊盛韜說著，起身出去叫任非。

帶了塊碎布回來的任非推門進來時，就看見梁炎東和他們局長一起坐在沙發上抽菸。他掃了眼桌上的菸盒，兩個人抽的都是他的菸。老先生戒菸的定力竟被梁炎東擊破了，任非在心裡腹誹一聲，還是規規矩矩地跟老局長打招呼：「楊局，您叫我？」

然後他就在楊盛韜的吩咐下，懷著一腔莫名其妙，抓了一把椅子坐在他們對面，把案子前前後後的經過、進展和已知資訊又跟梁炎東說了一遍。

他一邊嘴上說著，一邊心裡嘀咕：大神果然是大神，才這麼一會兒的時間，竟然和當初差點把減刑申請書甩在他臉上的老局長站同一邊了……了不起。也不知道自己什麼時候能成為跟梁炎東一樣的人物。

因為沒有卷宗也沒有其他人證物證能直接呈現整起案件，說到後來，任非乾脆站起來，走過去倚在梁炎東那側的沙發扶手上，翻出手機，一邊說著案情，一邊讓他看手機裡對應的照片。他想了想，又站直了，跟楊盛韜打了個報告：「另外，楊局，我剛才去上廁所，就是在穆彥失蹤的那個廁所裡，發現了這個。」他說著把裝在面紙袋裡的灰色碎布遞過去，「我懷疑這個就是穆彥囚服上缺失的那塊。」

梁炎東從楊盛韜手裡接過那個面紙袋看了一眼，熄了菸，也站了起來，看了楊盛韜一眼，意思很明確：楊老師，帶我去現場看看。

（下冊待續）

境外之城 120

逆局・上冊

作　　者／千羽之城
企畫選書人／張世國
責任編輯／王雪莉
發 行 人／何飛鵬
總 編 輯／王雪莉
行銷業務經理／李振東
行銷企劃／陳姿億
資深版權專員／許儀盈
版權行政暨數位業務專員／陳玉鈴
法律顧問／元禾法律事務所　王子文律師
出版／奇幻基地出版
　城邦文化事業股份有限公司
　台北市 104 民生東路二段 141 號 8 樓
　電話：(02)25007008　傳眞：(02)25027676
　網址：www.ffoundation.com.tw
　e-mail：ffoundation@cite.com.tw
發行／英屬蓋曼群島商家庭傳媒股份有限公司城邦分公司
　台北市 104 民生東路二段 141 號 11 樓
　書虫客服服務專線：(02)25007718・(02)25007719
　24 小時傳眞服務：(02)25170999・(02)25001991
　服務時間：週一至週五 09:30-12:00・13:30-17:00
　郵撥帳號：19863813　戶名：書虫股份有限公司
　讀者服務信箱 E-mail：service@readingclub.com.tw
　歡迎光臨城邦讀書花園　網址：www.cite.com.tw
香港發行所／城邦（香港）出版集團有限公司
　香港灣仔駱克道 193 號東超商業中心 1 樓
　電話：(852) 2508-6231 傳眞：(852) 2578-9337
馬新發行所／城邦（馬新）出版集團
　【Cite(M)Sdn. Bhd.(458372U)】
　11, Jalan 30D/146, Desa Tasik,
　Sungai Besi, 57000 Kuala Lumpur, Malaysia.
　電話：(603) 90578822　傳眞：(603) 90576622

封面設計／蔡佩紋
文字編輯／謝佳容
排　　版／極翔企業有限公司
印　　刷／高典印刷有限公司
■ 2021 年（民 110）8 月 26 日初版一刷

售價／ 380 元

國家圖書館出版品預行編目資料

逆局 / 千羽之城作 . -- 初版 . -- 臺北市：奇幻基地出版，城邦文化事業股份有限公司出版：英屬蓋曼群島商家庭傳媒股份有限公司城邦分公司發行，民 110.08
面：　公分 . –（境外之城：120）
ISBN 978-986-06686-1-2 (上冊 : 平裝)

857.7　　110009725

ISBN 978-986-06686-1-2
Printed in Taiwan.

廣　告　回　函
北區郵政管理登記證
台北廣字第000791號
郵資已付，免貼郵票

104台北市民生東路二段141號11樓

英屬蓋曼群島商家庭傳媒股份有限公司城邦分公司 收

請沿虛線對摺，謝謝

每個人都有一本奇幻文學的啓蒙書

奇幻基地粉絲團：http://www.facebook.com/ffoundation

書號：1HO120　　書名：逆局・上冊

奇幻基地 20 週年 ‧ 幻魂不滅，淬鍊傳奇

集點好禮瘋狂送，開書即有獎！購書禮金、6 個月免費新書大放送！

【集點處】（點數與回函卡皆影印無效）

1	2	3	4	5
6	7	8	9	10

活動期間，購買奇幻基地作品，剪下回函卡右下角點數，集滿兩點以上，寄回本公司即可兌換獎品&參加抽獎！
參加辦法與集點兌換說明：
活動時間：2021 年 3 月起至 2021 年 12 月 1 日（以郵戳為憑）
抽獎日：2021 年 5 月 31 日、2021 年 12 月 31 日，共抽兩次
奇幻基地 2021 年 3 月至 2021 年 12 月出版之新書，每本書回函卡右下角都有一點活動點數，剪下新書點數集滿兩點，黏貼並寄回活動回函，即可參加抽獎！單張回函集滿五點，還可以另外免費兌換「奇幻龍」書檔乙個！

活動獎項說明：

★ **「基地締造者獎 ‧ 給未來的讀者」抽獎禮**：中獎後 6 個月每月提供免費當月新書一本。（共 6 個名額，兩次抽獎日各抽 3 名）

★ **「無垠書城‧戰隊嚴選」抽獎禮**：中獎後獲得戰隊嚴選覆面書一本，隨書附贈編輯手寫信一份。（共 10 個名額，兩次抽獎日各抽 5 名）

★ **「燦軍之魂 ‧ 資深山迷獎」抽獎禮**：布蘭登‧山德森「無垠祕典限量精裝布紋燙金筆記本」。
抽獎資格：集滿兩點，並挑戰「山迷究極問答」活動，全對者即有抽獎資格（共 10 個名額，兩次抽獎日各抽 5 名），若有公開或抄襲答案者視同放棄抽獎資格，活動詳情請見奇幻基地 FB 及 IG 公告！

特別說明：

1. 請以正楷書寫回函卡資料，若字跡潦草無法辨識，視同棄權。
2. 活動贈品限寄台澎金馬。

個人資料：

姓名：＿＿＿＿＿＿＿＿＿＿ 性別：☐男 ☐女

地址：＿＿＿＿＿＿＿＿＿＿＿＿＿＿＿ Email：＿＿＿＿＿＿＿＿＿＿

想對奇幻基地說的話或是建議：＿＿＿＿＿＿＿＿＿＿＿＿＿＿＿＿＿＿＿＿

FB 粉絲團

戰隊 IG 日常

奇幻基地 20 週年慶‧城邦讀書花園 2021/12/31 前樂享獨家獻禮！
立即掃描 QRCODE 可享 50 元購書金、250 元折價券、6 折購書優惠！
注意事項與活動詳情請見：https://www.cite.com.tw/z/L2U48/

讀書花園

請剪下右側點數，貼於集點處，集滿兩點即可參加抽獎